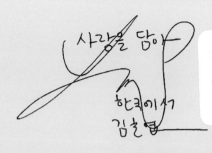

사랑을 담아

한크의 시

김ᄒᆞ

KB191237

语言将万物相连

昼温♡

오늘도 다정하기를

김청귤

Love and

爱與和平

peace

사랑과 평화

尹青浩

Bo

2025. 2. 24.

행복을 바라요.

당신의 삶이 언제까지나 ♡"

천 선 란

每一块玉都有自己的光彩.

王侃瑜

다시, 몸으로

다시, 몸으로

김초엽   김청귤   천선란

저우원   청징보   왕칸위

김이삭 옮김

래빗홀
RABBIT HOLE

차례

1부 기억하는 몸

2부 조우하는 몸

3부 불가능한 몸

1부　　✦　　기억하는
　　　　　　　　　몸

달고 미지근한

슬픔

김초엽

2017년 한국과학문학상 중단편 대상 및 가작을 수상하며 작품
활동을 시작했다. 지은 책으로 《우리가 빛의 속도로 갈 수 없다면》,
《지구 끝의 온실》, 《방금 떠나온 세계》, 《행성어 서점》, 《므레모사》,
《파견자들》 등이 있다. 국내에서 오늘의 작가상, 젊은작가상, 한국
여성지도자상 젊은지도자상, 한국출판문화상을 받았고, 중국 은
하상 최고인기외국작가상을 수상했다.

새하얀 양봉복은 우주복을 닮았다. 머리부터 발끝까지 감싸는 흰색 슈트를 입고, 얼굴에는 메시 베일을 두른다. 두꺼운 장갑을 끼고 긴 부츠를 신는다. 소매와 발목 틈새까지 벌들이 파고들지 못하게 은색의 덕트 테이프로 단단히 밀봉하면, 양봉복 안과 바깥 세계는 차단된다. 그 순간만큼은 정말 우주 한복판에 나온 느낌이 든다고, 단하는 그렇게 생각했다. 정수리부터 차갑게 내리꽂히는 긴장감, 자신의 가만한 숨소리뿐인 적막. 그건 마치 우주선 외벽을 수리하기 위해 진공 속으로 몸을 내던진 우주인이 마주할 고요 같다고.

그러나 그다음에는 완전히 다른 일이 벌어진다. 벌치기가 발을 내딛는 곳은 진공이 아닌 수만 마리의 살아 있는 벌들 사이다. 정원에는 우주의 침묵 대신, 귀를 시끄럽게 울리는 군집 지성체들의 날갯짓이 있다. 양봉복은 우주복만큼 엄밀하게 밀폐되지 않아서 어딘가 반드시 틈새가 있다. 벌들은 덜 밀착된 테이프, 오래되어 이가 벌어진 지퍼, 찢어진 메시 베일 사이로 집요하게 침투한다. 양봉은 온갖 불쾌한 감각과 함께하는 일이다. 손목에 들러붙는 위협적인 간지러움. 얼굴에 벌들이 들러붙을 때의 공포. 방심하는 사이 톡, 혹은 쿡 하는 따끔한 느낌. 수십 시간 동안 이어지는 화끈거림과 쓰라림.

단하가 처음 양봉을 시작했을 때, 단하는 그 기묘한 감각들에 매료되었다. 오래전에는 '양봉장 일지'라는 제목으로 네트워크에 기록을 남기기도 했다. 양봉복과 우주복이 얼마나 닮았는지, 벌떼와 대면하는 순간의 시끄러운 고독이 얼마나 진공 속에 있는 것 같은지. 양봉복 안에서 벌어지는 감각적 사투와 벌들의 군집 움직임에 대한 순수한 감탄도 남겼다. 다른 벌치기들은 그 일지를 초보자의 과장되고 유치한 낭만 정도로 여기며 지나치는 것 같았지만, 개중에는 단하를 대놓고 비웃는 사람들도 있었다.

—왜 그런 한심한 상상을 해? 이제는 우주에 갈 수도 없는 시대인데.

꼭 그런 메시지 때문만은 아니었지만, 몇 년 뒤에 단하는 기록을 그만두었고 간접적으로 열려 있던 타인과의 유일한 소통 경로마저 차단했다. 그래도 다른 벌치기들의 조언을 받아들이지는 않았다. 정원으로 이어지는 오두막 뒷문을 열 때마다 단하는 재차 공상에 빠지기를 고집했다. 적막이 아닌 감각으로 가득 찬 정원의 우주를 상상했다. 몇 걸음 내디디면 물밀듯이 밀려오는 감각들. 이때 달콤하다고 말할 수 있는 감각은 얼마 되지 않는데도 단하는 그 감각의 파도가 좋았다.

양봉복이 우주복과 닮았기 때문에 양봉을 시작했던 단하는, 처음의 환상과는 전혀 다르다는 것을 알게 된 뒤에도 양봉을 계속했고 그 일을 사랑했다. 단하는 자신만의 우주복을 입고 벌들의 우주에 둘러싸여 조그만 벌꿀 항아리를 만들고, 벌들의 춤을 연구하고, 밀원식물을 찾아 가까운 숲을 탐색하며 폐쇄된 세계를 즐겼다. 때로는 자신의 우주가 생산해낸 달고 끈적한 기쁨도 즐겼다.

단하는 오직 자기 자신과 벌들의 세계에 몰두할 조그만 공간만 있으면 되었기에, 벌꿀을 너무 많이 얻을 필요도 없었다. 생활에 필요한 정도만 채밀하고 나머지는 벌들을 위해 놔두었다. 벌들 속에 있을 때면 인간들의 미묘한 신경질과 짜증, 이유를 알 수 없는 분노뿐 아니라, 그것들을 읽어내려 안간힘을 쓰지 않아도 되었기 때문에 삶이 극도로 단순해졌다. 그렇게 단하는 오랫동안 미적지근한 평화에 파묻혀 살았다. 평온하고도 지루한 일상이 셀 수 없는 나날 동안 이어졌다. 그 평온이 어느 날 풋내기 침입자에게 방해

받기 전까지는.

여느 때와 같은 오후, 그날도 단하는 양봉복을 입고 벌집에 모인 벌과 꿀틀을 검수하고 있었다. 날씨가 좋고 해가 쨍한 낮이라 벌들의 다수는 꽃꿀을 채취하러 숲으로 떠났고, 벌집에는 수분을 날려서 꿀을 진하게 만드는 일벌들만 남아서 단하는 벌들에게 방해받지 않고 스무 여개쯤 되는 벌집들을 찬찬히 살펴볼 수 있었다. 여왕벌의 건강 상태를 점검했고 진드기에게 당한 벌집에 약을 치느라 오전 시간을 다 보냈다. 꿀이 흘러넘치기 전에 서둘러 채밀해야 할 것 같은 벌집이 두 개 있었다. 오후에는 작업복으로 갈아입은 후 채밀 창고로 가서 고장 나 있던 채밀기의 원심분리축을 수리했다.

바람 한 점 불지 않는 날 채밀기를 고치느라 땀범벅이 된 채로 단하는 오두막으로 돌아왔다. 양봉 작업을 하는 동안 간단히 휴식을 취하거나 점심을 먹을 수 있는 조그만 오두막이었다. 남은 시간은 집에서 벌꿀을 병에 옮겨 담을 생각이었다. 단하는 땀에 들러붙은 작업복을 겨우 벗고 속옷 차림으로 뒤돌았다.

그리고 잠시 눈을 의심했다. 무방비 상태의 자신 앞에 사람이 있었다. 여자였다.

단정한 회색 셔츠에 캐주얼한 검은 바지를 입은, 품에는 서류철 같은 것을 안고, 한 손에는 몸집에 비해 커 보이는 공구 상자를 들고, 놀란 얼굴로 단하를 올려다보는 여자.

"너……."

누구냐고 소리를 지르고 싶었지만, 다음 말이 나오지 않았다. 단하는 옆 테이블에 내려놓았던 벌집 내검용 칼을 잡아 치켜들었다. 꿀을 훔치러 온 건가? 귀금속을 노린 강도? 그런데 뜻밖에도 여자는 단하보다 더 놀란 것 같았다.

"흐악!"

여자의 하찮은 비명을 들으니 단하는 기운이 빠졌다. 그냥 길을 잘못 든 사람인가? 저런 허술한 태도로 단하에게 해를 끼칠 것 같지는 않았다. 그런데 이 동네에서 길을 잘못 들 수가 있나? 단하는 의심의 끈을 놓지 않고, 여전히 칼을 겨눈 채로 여자를 살폈다. 여자는 단하가 자신을 진지하게 공격할 의사도 있다는 걸 아는지 모르는지, 동그란 눈매로 단하를 바라보았다.

"저, 양봉가 백단하 선생님, 맞으세요?"

단하는 미간을 찌푸렸다. 그 짧은 한마디 안에 트집 잡고 싶은 게 한두 개가 아니었다. 일단 '양봉가 백단하 선생님'이라는 비효율적인 명칭은 무엇이며, 왜 용건은 말 않고 대뜸 사람부터 찾는 것인지. 땀에 잔뜩 젖은 속옷 차림인 사람을 앞에 두고 이름부터 냅다 묻는 건 또 어느 세계의 예의란 말인가. 하지만 너무 오랜 시간, 실제 인간과는 말을 나누지 않은 나머지 단하는 자신이 말하는 법을 잊어버렸다는 사실을 깨달았다.

"……."

의도치 않았던 침묵이 이어지는 가운데 여자는 눈을 도르르 굴렸다. 단하는 한숨을 쉬고 내검용 칼을 다시 테이블 위에 올려놓았다. 말은 해야겠는데 말이 나오지 않았다. 그래서 단하는 옆 테이블에 놓여 있던, 한동안 거의 쓰지 않았던 스크린보드를 들어 올려 신경 입력 기능을 켰다.

—당장 나가.

단하의 목소리가 합성된 음성이 그 말을 재생했다. 대뜸 반말이 된 건 신경 입력 기능이 기본적으로 반말로 설정되어 있기 때문이었지만, 무례한 침입자에게 굳이 격식을 차리고 싶지도 않았다. 여전히 눈을 동그랗게 뜨고 단하를 빤히 보는 여자에게 단하는 한마디를 덧붙였다.

—위험하니까.

벌들이 이제 꿀 채집을 마치고 돌아올 시간이어서 침착하게 굴지 않으면 벌들을 불안하게 할 수 있고, 하필이면 검은 옷을 입고 와서 벌들의 공격성을 자극할 수 있다는 설명까지는 굳이 덧붙이지 않았다. 솔직히 말하면 이 여자가 벌에 쏘이는 것보다 벌들이 불청객 때문에 놀랄까 봐 걱정이었다. 단하는 긴말 덧붙일 것 없이 여자가 그냥 당장 나가주기를 바랐다.

여자가 여전히 단하를 관찰하며 말했다.

"제가 이규은이에요."

―이름 물은 적 없는데.

"백단하 선생님 계신가요? 저 왔다고 하면 아실 거예요."

―나야. 네가 누군지는 모르겠고.

"네?"

―내가 백단하라고.

여자는 놀란 듯 눈을 크게 뜨더니 우와, 감탄을 내뱉으며 단하의 양손을 덥석 잡았다.

"정말 만나 뵙고 싶었어요. 초대해주셔서 감사해요!"

단하는 예상치 못한 접촉과 뜻밖의 말에 당황해서 붙잡힌 손을 비틀어 빼려고 했지만, 사람과의 상호작용 자체가 너무 오랜만이라 허둥지둥하는 꼴만 되었다. 겨우 한 발짝 물러난 단하가 물었다.

―초대했다고? 내가 너를?

"네, 초대요! 분명 저를 초대해주셨어요. 기억 안 나세요? 한 달 전의 일인데, 그동안 제가 다른 지역에서 하던 연구를 마무리하느라 좀 늦어졌거든요."

한 달이고 자시고 단하는 이 오두막에 누군가를 초대한 적이 없었다. 단하는 기본적으로 사람을 싫어했고, 여자는 더 싫어했으며, 그중에서도 어린 여자들을 특히 귀찮아했다. 무엇보다 그저 같은 여자라는 이유만으로 손을 덥석덥석 잡아대는 이런 태도에 몸서리쳐졌다. 그러니 술에 취해 고주망태가 되었다고 해도 자신이 규은을 초청했을 리가 없었다.

하지만 규은이 내민 스크린보드에 단하는 멈칫했다. 보드에 자신의 네트워크 프로필이 떠 있었다. 언제인지는 기억도 나지 않지만, 분명 언젠가 자신이 프로필로 설정했던 유백색 띠를 가진 노미아(Nomia) 알칼리벌의 사진이었다.

규은 씨, 제 이야기를 흥미롭게 봐주셔서 매우 감사합니다.
사정상 더는 글을 올리지 않고 있습니다.
더 나눌 이야기가 있다면, 아래 주소로 찾아와주세요.

단하는 이 메시지를 보낸 기억이 없었다. 그래도 그게 단하가 쓴 메일인 건 맞았다. 단하의 프로필이 있고, 양봉장 주소가 정확히 적혀 있고, 심지어 형식상 정중하게 초대를 하고 있는 것도 사실이었다. 발신 일자도 규은의 말대로 한 달 전이었다. 황당해진 단하는 메일을 유심히 뜯어보다가

맨 아래의 또 다른 문장을 발견했다.

'이 메시지는 자동 응답으로 전송되었습니다.'

그제야 어렴풋이 기억났다. 오래전 양봉장 일지를 그만 쓰기로 했을 때, 가끔 왜 일지를 더 쓰지 않냐고 묻는 사람들이 있었다. 단하는 그들에게 일일이 답장하기 귀찮아 자동 응답을 걸어두었다. 단하의 양봉장 주소까지 적어서. 그 이후에도 몇 번 더 질문이 이어졌지만 실제로 양봉장을 찾아오는 사람은 없었다. 아마 그렇게 질문한 이유가 정말로 단하의 일지에 관심이 있다거나 단하와 벌에 대한 이야기를 나누고 싶다거나 한 것이 아니라, 시시한 호기심이나 트집 잡을 거리를 찾아다니는 일에 불과했기 때문일 것이다. 그러니까 눈앞의 이 여자, 규은은 단하의 일지에 관심을 가지고, 초청에 응한 최초이자 유일한 사람인 것이다.

그래도 이상했다. 그 자동 응답 메시지를 설정한 건 아마 20년도 더 된 일일 텐데.

황당하지만 얘기나 들어보자는 생각에 단하는 물었다.

—여기 찾아온 이유가 뭔데?

규은은 선뜻 대답하는 대신 조금 망설였다.

"저는 어, 그러니까…… 사실 메시지에도 썼지만, 부탁을 드리려고 했는데요."

어디선가 크게 윙 하는 소리가 들려왔다. 벌집에서 탈출

한 벌 한 마리가 오두막 안으로 들어온 것이었다. 우물쭈물 하던 규은이 날아온 벌을 발견하고 눈을 크게 떴다. 단하는 신경 쓰지 말라는 의미로 손을 가볍게 들어 규은의 시선을 돌리려고 했다.

"그, 이런 부탁을 드려도 될지 모르겠지만……."

그래도 규은은 여전히 긴장한 듯 벌에 시선을 고정하고 있었다. 벌에 신경을 쓰면 오히려 쏘인다고, 신경 쓰지 말고 하던 얘기나 계속하라고 단하가 말하려는 순간, 규은이 물었다.

"혹시, 벌에 좀 쏘여봐도 될까요?"

별 미친 인간이 다 있군.

그런 생각이 들었을 때 냉큼 내쫓았어야 했는데, 단하는 그때 즉시 실행하지 않은 자신을 탓하며 한숨을 내쉬었다. 규은은 지켜보는 동안 절대 방해하지 않겠다고 말했지만, 당연하게도 신경이 쓰였고 방해가 됐다. 흰 포대 자루가 단하를 졸졸 따라다니는 것 같았다. 단하가 빌려준 양봉복이 규은에게 너무 컸던 것이다. 메시 베일의 뒤통수 쪽 지퍼를 어설프게 잠근 것도 거슬렸다. 단하는 미간을 찌푸리며 규은의 뒤통수를 노려보다가 고개를 돌렸다.

규은은 곤충을 연구하는 사람이라고 했다. 지금은 곤충

들의 독성과 공격성을 연구하는 중이라고 했다. 그래서 벌에게 쏘여보려는 것이라고. 뜬금없이 곤충 연구라니? 요즘 시대에 곤충을 연구하는 사람이 왜 있는 걸까? 하긴, 이런 시대에 군이 벌을 치는 단하 같은 사람도 있으니 다른 종류의 괴짜들도 있겠지. 여러 미심쩍은 점에도 불구하고 단하는 규은을 내쫓는 대신 양봉장과 벌들을 관찰할 수 있게 허락해주었다. 형식상 규은을 초청한 건 단하였으니까. 비록 그 초청이 단하의 의식하에 이루어진 것은 아니고, 일지를 올렸던 건 무려 20년 전이었지만 말이다.

"여기 있으면, 언젠가는 벌에 쏘여."

단하는 천천히 입을 열어 말했다. 벌들 사이에 있으면 정신을 바짝 차려야 하니 신경 입력 기능을 쓸 수가 없었다.

"그러니 일부러 쏘이지는 마."

규은이 아니라 벌을 위한 경고였다. 벌의 침은 한번 박히면 빠지지 않는 갈고리 모양이라, 벌은 침을 쏘고 나면 이어진 내장이 몸 밖으로 흘러나와 치명상을 입고 죽는다. 개체이지만 군집에 복무하는 벌 하나하나의 죽음을 다른 생물의 죽음과 동일하게 볼 수는 없겠지만, 그래도 가급적이면 벌들이 죽지 않는 편이 좋다. 그런 단하의 설명에 규은은 이해하기 어려운 표정을 지었는데, 질겁한 것인지 호기심을 느끼는 것인지 단하로서는 알 수 없었다.

금방 흥미를 잃을 거라는 단하의 예상과 달리, 규은은 그이후 몇 달간 꾸준히 양봉장을 찾아왔다. 어떤 날은 얼굴만 비추고 갔지만 어떤 날은 거의 하루 종일 머물렀고, 그런다음에는 열흘 넘게 보이지 않다가 또 먼 곳에 출장을 다녀왔다며 반갑게 인사하며 나타났다. 규은은 단하가 하는 일을 옆에서 관찰하고, 가끔은 어설프게 따라 하며 작은 일들을 돕기도 했다. 스크린보드에 뭔가를 기록하고, 사진을 찍고, 단하에게 묻고 또 들었다. 단하의 일상은 예전과 비슷했지만, 어떤 면에서는 완전히 달라졌다. 단하는 양봉의 과정과 벌의 생태 하나하나에 대해 꼬리를 물고 이어지는 규은의 질문이 생각보다 귀찮지 않았는데, 벌과 양봉에 대해서누군가에게 말하는 일이 의외로 즐거웠기 때문이다. 규은이 단하의 일상에 더한 것은 굳이 분류하자면 불쾌함이 아니라 미세한 기분 좋음에 가까웠다. 그럼에도 단하는 약간의 의심을 품은 채 규은을 살폈다.

　일단 겉으로 보아서는 규은은 그럴싸한 연구자였다. 틈틈이 도표나 수식이 가득한 외국 논문들을 들여다보는 눈빛이 진지했고, 관찰력도 좋았다. 규은은 단하의 양봉장에 있는 벌들의 종류가 벌집마다 다르다는 것을 빠르게 파악했고, 그 벌들이 서로 다른 꽃가루를 묻혀 온다는 것도 얼마지나지 않아 알아냈다. 실제로 단하는 고대의 양봉가들이

주로 길렀던 사육종 외에도 다양한 야생벌들을 기르고 있었다. 단하는 규은에게 고대에는 양봉가들이 아피스 멜리페라(Apis mellifera)라는 사육종만을 길렀는데, 단일종이다 보니 꿀벌 군집 붕괴 현상에 너무 취약해서 거의 멸종 위기까지 갔었다는 사실을 알려주었다. 그래서 이 양봉장에 있는 벌의 종류는 수십 가지에 달한다고 설명하자, 규은에게서 뜻밖의 대답이 돌아왔다.

"벌들마다 통증 반응이 다를 테니, 한 번씩 다 쏘여봐야겠네요."

말이 그렇게도 되나. 그런데, 굳이 직접 쏘여봐야 할까?

작은 의문들이 매일 차곡차곡 쌓였다. 일단 한 가지. 규은은 벌레를 징그러워했다. 다른 사람이라면 모를까, 곤충 연구자가 저렇게 연구 대상을 징그러워할 수가 있을까? 벌은 좀 나았지만, 벌 이외에 진드기나 하얀 구더기 같은 애벌레들이 손에 들러붙을 때마다 규은은 으악, 하고 소리 질렀다. 또 한 가지, 규은은 벌이나 다른 곤충들을 관찰하기보다 양봉가인 단하를 관찰하는 데에 더 많은 시간을 쓰는 것 같았다. 실제로 단하가 하는 일도 벌과 관련이 있으니 그럴 법도 했지만, 때로 단하는 자신이 규은의 연구 대상이 된 듯한 기묘한 기분이 들었다.

그렇지만 한동안 단하는 그 의문을 깊게 파고드는 대신

그냥 두었다. 작은 즐거움을 잃고 싶지 않아서였다. 규은은 단하의 이야기를 무척 귀 기울여 들었다. 단하가 양봉 중에 벌떼에 휩싸이면 때로 한 마리의 벌이자 벌떼 자체가 되는 느낌을 받기도 한다고 말해도, 다른 벌치기들과는 달리 그 말을 비웃지 않았다. 규은은 벌과 양봉뿐만 아니라 단하의 생각과 느낌에도 관심이 많았고, 그래서 단하는 처음으로 누군가와 자신의 일상을 깊이 공유하는 경험을 했다. 가끔 규은이 열흘 넘게 나타나지 않을 때면 어딘가 허전했다.

오랫동안 사람과의 소통을 차단하고 살아왔지만, 그건 단지 마음을 나눌 사람이 없었기 때문일까? 단하는 인정하기 조금 부끄러웠던 마음을 받아들였다. 처음 양봉을 시작했을 때부터 그랬다. 단하는 누군가에게 벌들을 바라보며 느끼는 경탄에 대해서, 시끄러운 고독으로 가득한 이 일에 대해서 말하고 싶었다. 양봉장 일지를 올렸던 것도 그 때문이었으니까. 물론 규은에게는 이 모든 것이 단지 연구이자 일에 불과하다는 사실을 알고 있었지만, 그럼에도 단하는 규은이 일상 한구석으로 침투한 것이 싫지 않았다.

벌에 쏘여봐도 되겠냐던 첫 부탁처럼, 규은은 벌에 쏘이는 일 자체에 가장 관심을 보였다. 이미 양봉에 숙련된 단하는 벌들에게 워낙 익숙해서 쏘이는 일이 거의 없다 보니 주로 옆에서 허둥지둥하던 규은이 벌에게 쏘였다. 그런데 규은은 쏘인 부위가 거의 매번 달걀만큼 크고 붉게 부풀어 오르는데도 아파하는 일이 그다지 없었다. 오히려 쏘인 부위에 손바닥만 한 장치를 가져다 대며 뭔가를 분석하는 규은의 얼굴은 무척 차갑고, 심지어는 통증을 거의 느끼지 않는 것처럼도 보여서 단하는 조금 섬뜩했다. 하지만 단하가 규은의 상태를 살피면, 규은은 평소처럼 "으으, 제 팔 너무 징그러워요" 하는 식으로 호들갑을 떨었다. 조금 전의 냉정한 태도는 없었던 것처럼.

어느 날은 드물게 단하가 벌들에게 잔뜩 쏘인 적이 있었다. 꿀 수확을 하던 날이었다. 원래 꿀 수확은 벌들이 가장 예민해지는 작업이라 규은은 애초에 가까이 오지 못하게 했는데, 하필이면 그날 훈연기가 제대로 작동하지 않아 단하가 쏘이고 말았다. 퉁퉁 부은 얼굴로 수확을 중단하고 오두막으로 돌아가자 규은이 놀란 표정을 했다. 단하는 아무렇지 않게 응급처치를 했지만, 결국 신음을 약간 흘렸다.

규은은 아파하는 단하에게 장비를 들이대는 것을 미안해하면서도, 옆에서 통증 부위를 기록하고 관찰하기 시작했다. 단하는 별로 기분 나쁘지 않았다. 그게 처음부터 규은이 하려던 일이니까. 규은이 무언가를 한참 기록하더니 내려놓고 입을 열었다.

"단하 님은 아주 오래 양봉을 하셨잖아요. 여전히 벌에 쏘이면 많이 아픈가요?"

"아프지."

단하는 대답하며 쏘인 부위를 건드려보았다. 처음 시작할 때만큼은 아니지만, 여전히 아팠다. 어쩌면 단하가 극도로 조심하고, 감각에 예민한 편이라 그런 것일 수도 있었다. 벌에 면역이 생길 정도로 많이 쏘인 양봉가들은 몇 방 정도는 따끔하는 느낌으로 그치기도 한다고 했다.

"그런데 왜 아플 위험을 감수하고 계속하세요?"

규은의 질문에 단하는 깊이 생각하지 않고 대답했다.

"살아 있다는 느낌이 드니까."

그러고 나서 단하는 자신의 대답에 약간 놀랐다. 누군가에게 그런 말을 해본 적이 없었다. 그냥 둘러댄 말은 아니었다. 실제로 단하는 벌들을 다룰 때 살아 있다는 느낌을 받았다. 수만 마리 벌들 사이에 있으면 설명할 수 없는 어떤 감각이 단하를 붙들었다. 평생을 품어왔던 부유하는 느낌, 이 세상에 없는 느낌, 그 공허함 속에서 단하를 세계에 단단히 붙잡아두는, 그래서 '살아 있다'고 느끼게 하는 감각. 그 살아 있다는 느낌이 통증과 동일하지는 않았다. 그건 양봉의 총체적인 감각에서 왔다. 하지만 통증은 그 총체에 분명 녹아 있었다.

"살아 있다고요?"

규은이 차갑게 물었고, 단하는 순간 당황하며 규은의 얼굴을 마주 보았다.

규은은 저도 모르게 대꾸한 것인지 얼른 표정을 바꾸었지만, 단하는 그 짧은 질문을 그냥 지나칠 수가 없었다.

"그럼 살아 있지 않다는 건가?"

규은은 아주 잠깐 머뭇거렸고, 침묵 뒤에 얼른 웃으며 덧붙였다.

"당연히 살아 있죠. 그냥 그 말이 인상 깊어서요."

하지만 그 짧은 머뭇거림이 단하에게 어떤 확신을 주었다. 지금까지 차곡차곡 쌓아온 의문들이 같은 방향을 가리키고 있었다.

그날 침대에 누워 천장을 보는데 잠이 오지 않았다. 단하는 규은과 함께 보낸 지난 시간이 즐거웠다. 누군가에게 자기 이야기를 잔뜩 하고 싶은 노인 같은 마음이 스스로에게 있던 줄도 몰랐다. 규은과는 단지 우연하게 양봉장 일지와 관찰 연구로 엮인, 아무리 좋게 해석해도 친구라고는 할 수 없는 사이였지만, 그래도 단하는 오랜만에 자신의 닫힌 세계에 누군가를 들이는 기쁨을 느꼈다. 하지만 그 모든 게 다 기만에 불과했다면 이날들을 어떻게 기억하게 될까.

예상대로 얼마 뒤에 규은이 관찰을 마무리하겠다고 말할 때까지만 해도 단하는 망설였다. 규은의 다정한 태도를 보니 굳이 그 속내를 캐묻고 싶지 않았던 것이다. 규은은 지금까지 도와줘서 너무 고맙다고, 꿀벌들에 대해 이야기하는 시간이 행복했다고 말했다. 그리고 이제 기록한 내용들을 정리해서 연구를 이어가면 되는 상황이니, 나중에 네트워크를 통해 다시 연락하겠다고 말했다. 어쩌면 모든 것이 웃으면서 잘 마무리될 수도 있었다. 그럼에도 뒤돌아서는 규은의 뒷모습을 보면서 단하는 무언가를 결심했다.

몇 걸음 빠르게 다가서며 단하가 말했다.

"잠깐. 가기 전에, 관찰 기록을 보여줘."

규은이 멈추며 뒤돌아보았다. 규은의 표정이 이상하게 구겨졌다.

"관찰 기록이요?"

"그래. 지금까지 나에 대해서 기록했잖아."

"네? 맞아요……. 하지만, 왜 지금 갑자기요?"

"무슨 문제라도 있나? 나에 대한 기록을 보겠다는데?"

"죄송해요. 그 말이 맞지만…… 지금은 안 돼요. 너무 예상치 못하게……. 아직 너무 난삽하고, 또 개인적인 감상도 많고요. 음, 시간을 주시면 이따가 좀 정리해서 제가 보내드릴 테니까요."

횡설수설하면서도 스크린보드를 등 뒤로 숨기려고 하는 규은을 보면서 단하는 배신당한 기분이 들었다. 단하는 오두막 문을 막아서면서 규은의 스크린보드를 향해 손을 뻗었다. 관찰 기록을 보여주지 않으면 강제로 뺏어서라도 볼 생각이었다. 줄 때까지 여기서 몇 시간이고 서 있을 수도 있었다.

규은이 막힌 오두막 출구와 단하를 한참이나 번갈아 보더니, 긴 침묵 끝에 어쩔 수 없다는 듯 스크린보드를 내밀었다.

관찰 기록은 흘려 쓴 글씨와 전문용어로 추정되는 약어로 가득했다. 규은은 단하가 못 알아볼 거라고 생각하고 내민 것인지도 모르지만, 중간중간 규은의 메모 일부를 알아볼 수 있었고 단하의 의심을 사실로 확정하는 데에는 그것만으로도 충분했다. 그러니까, 규은은 곤충을 연구하는 사람이 아니었다. 관찰 기록에 적힌 것은 대부분 단하에 대한, 그리고 단하가 '느낀다'고 보고한 감각에 대한 기록이었다.

"대체 왜 나를 찾아온 거지?"

단하는 화가 났다. 이전에는 이렇게 강렬한 분노를 느낀 적이 없었다. 몸이 떨리고 뜨거운 것이 치밀어 올랐다.

"왜 하필 나를 골랐지? 비웃으러 온 건가? 이런 세계에서 굳이 안 해도 될 짓을 하면서, 아등바등 애쓰며 살아가는 게 우스워? 이제 날 조롱거리로 만들어서 전시할 건가?"

관찰 기록의 알아볼 수 없는 약어들 사이에서도, 단하의 눈에 확연히 들어온 한 줄. 왜 모든 것이 거짓에 불과한 세상에서, 어떤 사람들은 여전히 '살아 있다'고 느낄까?

이로써 믿고 싶지 않지만 명백해진 사실이 있었다.

규은은 '몰두'하지 않는 사람이었다.

'몰두'는 허무에 빠지지 않고 살아가기 위한 규칙이다.

단하는 몰두하지 않는 사람이 싫었다. 이 세계가 거대한 양자 컴퓨터 속 큐비트서버로 구현된 시뮬레이션이고 더는 진짜 인간 따위는 존재하지 않는다는 사실은, 그것을 생각하면 생각할수록 거대한 공허만을 안겨준다. 이 세계에 몰두하지 않는 사람들은 마치 자신만이 진실을 아는 것처럼 다른 모든 이들을 비웃는 경향이 있었다. 그들은 모두가 아는 사실을 끊임없이 다시 말하고 싶어 했다. **어차피 우리는 실재하는 물리적 몸이 없는, 그래서 통 속의 뇌조차 되지 못하는 부유하는 데이터에 불과해.** 그리고 그 속삭임이 과거의 인류를 집단 자살로 몰고 갔다.

처음 데이터 세계로 이주한 초기 이주 세대는 '몰두'가 필요하다는 것을 몰랐다. 그들은 자신들이 육신을 버리고 양자 큐비트의 세계로 이주한 데이터 정신이라는 것을 매 순간 인식했으며, 심지어는 불필요할 정도로 과도하게 인식했다. 수년도 지나지 않아 그들이 기반으로 삼고 있던 문화적

유산, 즉 진짜 지구 위에서 몸을 가지고 살았으나 지금은 멸종된 고대인들이 만들어낸 정신적 기반과, 더는 몸을 갖고 있지 않은 인간의 자의식 사이에 균열이 생겨났다.

어차피 몸이 없는데 왜 몸에 기반한 감각과 감정과 행동이 필요할까? 슬플 때 몸이 떨리고 명치가 아프도록 고통스러운 감각이 왜 필요할까? 사랑할 때 심장이 터져나갈 것 같은 느낌이 왜 필요할까? 몸이 있던 고대인의 문학과 음악과 미술과 춤이 새 인류에게 더 무슨 의미가 있을까? 이제 인간은 그 자신의 물리적 생존과 안정과 주위 환경에 대해 스스로 조금도 기여할 수 없는 데이터 조각에 불과한데, 이제 무엇을 추구하며 살아야 할까? 초기 이주 세대는 그 무수한 의문에 대한 답으로, 몸이 없는 존재들에게 허락되는 가장 먼 감각과 먼 의식까지 가보는 방향을 선택했다.

그들은 자기장과 전기장과 초음파와 적외선을 감각했고, 방사능과 공기 중의 분자 하나하나를 개별적으로 감지하는 능력을 실험했고, 서로 다른 종류의 전자기파 스펙트럼을 동시에 감지했고, 중력파와 시간의 곡률을 인지하기 시작했다. 그들은 서로 연결된 집단 무의식을 실험했고 여러 공간에 동시에 존재하는 다차원적인 존재가 되어보았다. 하지만 그 어떤 것도 그들에게 살아 있다는 감각, 현존감을 주지 못했다. 오히려 그들이 인간의 몸을 벗어나 다른 감각을 실험할수록, 세계가 물리적 현실의 완전한 복제가 아니라 모사에 불과하다는 사실이 더 선명해졌다. 이 세계는 인간이라는 몸에 갇혀 있던 고대인이 경험하고 이해했던 지식의 기반 위에 시뮬레이션된 세계였고, 그래서 그 한계 밖은 우스꽝스러운 스케치처럼 보였다. 초기 인류는 점점 허무의 덫에 걸려들었다. 그들은 자신이 살아 있지 않다는, 엄밀한 의미에서는 존재하지도 않는다는 생각에 너무 깊이 빠져들었다.

현 인류는 초기 이주 세대의 대규모 자살과 집단 재생성 끝에 기억을 지우고 탄생한, 의도적으로 세계에 '몰두'하도록 학습된 세대였다.

몰두는 규칙이다. 몰두는 이 세계가 마치 물리적 현실인 것처럼 살아가는 행위다. 몰두는 이 세계가 거짓이라는 사실에서 모른 척 눈을 돌리고, 모두가 그러기로 합의하는 것이다. 고대인들이 모든 인간은 죽는다는 사실을 알면서도 매분 매초 죽음의 무게에서 눈 돌리며 살아갔던 것처럼, 몰두 역시 이 세계에 도사린 근본적인 허무에서 도망치며 살아가는 것이다.

그렇기에 단하는 규은에게 자신의 일이 모욕당한 것이나 다름없다고 생각했다. 몰두하지 않으면 단하가 하는 일은 아무런 의미가 없다. 땀을 뻘뻘 흘리며 벌집을 검수하고 벌들을 돌보는 일도, 서로 다른 종의 벌들이 채취해 오는 다양한 향의 꿀을 맛보는 것도, 벌에 쏘여 고통을 느끼면서도 매일 아침 양봉장으로 나서는 것도, 수만 마리 벌들 사이에서 벌떼의 일부가 되는 상상을 하는 것도, 시끄러운 고독 속에서 우주와 양봉이 공유하는 고립감을 생각하는 것도, 세계가 거짓이라고 생각하면 아무 의미가 없다. 어차피 이 세계에는 벌도 꿀도 우주도, 심지어는 벌에 쏘이거나 땀을 흘릴 몸조차도 실제로는 존재하지 않는데, 다 무슨 소용이란 말인가?

단하는 너무 화가 나서 규은을 관리국에 신고하려고 했다. 관리국에서 몰두하지 않는 사람들에게 경고와 처벌 조치를 한다는 이야기를 들은 적 있었다. 생각할수록 몸서리쳐졌다. 규은이 그런 사람이라는 걸 알았다면 말도 섞지 않았을 텐데. 그런데 한창 네트워크로 신고 절차를 밟던 중에, 단하는 문득 뭔가 이상하다는 생각이 들어 멈추었다.

그러니까, 규은은 실제로 뭘 연구하고 있었던 걸까.

규은은 자신을 곤충 연구자라고 말했지만 그건 거짓이었다. 하지만 단하가 언뜻 본 관찰 기록은 그저 무의미한 글자들의 모음이 아니었다. 어쩌면 규은이 감각에 대해서 연구한다는 말은 진실일 것이다. 그런데 어차피 규은은 이 세계에 몰두하지도 않는 사람인데, 자신이 거짓이라고 생각하는 세계에서 감각을 연구하는 건 또 무슨 소용일까?

단하는 신고 양식 문서를 폐기하고, 천장을 보며 욕을 내뱉었다. 몹쓸 일에 휘말려서 생각을 멈출 수 없었다. 이래서 사람들이 몰두하지 않는 이들을 불쾌하게 여기는 건데.

다음 일주일도 단하는 매일 아침 양봉장으로 향했다. 땀을 흘리며 열심히 일했고, 하루의 끝에는 자신이 직접 수확한 꿀을 바른 토스트를 먹었다. 하지만 이미 시작된 생각은 멈추지 않았다. 점차 감각이 이상해졌다. 일주일 뒤에는 단하의 눈에 보이는 것과 들리는 것, 피부에 흐르는 땀, 토스트의 맛 같은 것이 전부 비누 거품처럼 미끄럽게 흘러내리는 느낌이 들기 시작했다.

그래서 단하는 잔뜩 화가 난 채로 오랜만의 외출을 감행했다.

규은이 사는 동네는 장난감으로 구현된 마을 같았다. 규은의 집은 아이가 쓴 것처럼 못생긴 글자로 이름이 크게 적힌 장식용 우체통 덕분에 쉽게 찾아낼 수 있었는데, 그 집도 모형 주택 같았다. 모든 게 원색에 거슬릴 정도로 광택이 나는 플라스틱이었다. 단하는 자신의 정교한 양봉장과는 비교도 되지 않을 정도로 성의 없는 시뮬레이션으로 구성된 낯선 동네를 인상 쓴 채로 둘러보다가, 망설임 없이 규은의 집 문을 두드렸다. 예전에 규은이 단하에게 네트워크로 보냈다는 메시지를 찾아 규은의 주소를 알아낸 것이다.

고개를 내민 규은은 눈을 동그랗게 떴다. 단하가 퉁명스레 말했다.

"잠깐 이야기 좀 하지?"

어딘가 잔뜩 풀이 죽은 것 같은 기색으로 규은은 문을 열어주었다. 단하는 미간을 찌푸리며 안으로 들어갔다. 단하를 거실 소파에 앉힌 규은은 몇 분 지나지 않아 주방에서 찻잔을 들고 나왔다. 거실에 달콤한 꿀 향이 퍼졌다. 규은이 찻잔을 테이블 위에 내려놓는 것을 보자, 단하는 더 참을 수가 없었다.

"대체 뭘 하고 싶은 거야? 이 세계는 다 거짓인데 저 사람은 왜 저런 한심한 짓이나 하고 있냐며 기만적인 기록을 써대더니 지금은 꿀차를 마시라고 하네. 이것도 어차피 가짜 액체 아니야?"

"단하 님. 맹세컨대, 그건 정말 오해예요……."

규은이 여전히 풀죽은 얼굴로 말했다.

"알아요. 진짜 전 쓰레기예요. 최악이죠. 그렇지만 정말 단하 님을 그런 식으로 생각한 건 절대 아니었어요. 꿀차가 가짜 액체여서 의미 없다고 생각하지도 않았고요……."

그럼 대체 그게 다 뭐였냐고, 전부 설명해보라는 단하의 눈짓에 규은은 한숨을 푹 쉬고 입을 열었다.

"저는 지금까지 '살아 있다는 느낌'을 추적해왔어요. 단하 님과 가까워지면서 제 연구 내용을 솔직하게 밝혀야 한다고 생각했지만, 그 시점에서는 그럴 수 없었어요. 왜냐하면 단하 님이 정말로 벌들의 세계에 몰두해 있다는 걸 알아버 렸거든요. 아마 단하 님도 아실 거예요. '몰두'는 이 세계의 엄격한 규칙이지만, 동시에 굉장히 연약한 규칙이에요. 단지 이 세계가 거짓이라는 것을 잠깐 상기하는 것만으로도 그 몰두는 깨져버리니까요."

슬프지만 그건 사실이었다. 규은이 직접 단하에게 이 세계가 거짓이라고 소리를 친 것도 아닌데, 단하는 규은의 입장을 알게 된 것만으로 이후 줄곧 거짓 세계에 대한 생각을 멈출 수 없었다.

"얼마 전부터 끔찍한 느낌이 사람들 사이에 퍼지고 있어요. 살아 있지 않다는 느낌이요. 초기 이주 세대를 집단 자살로 몰아간 원인과 동일하죠. 저 역시 그 느낌에 시달렸고, 그래서 감각에 대한 연구를 시작했어요. 저는 그것이 몰두의 규칙에 근본적인 결함이 있기 때문이라고 생각했죠. 몰두의 규칙은 우리에게 착각을 강요해요. 우리는 몸을 소유하고 있다고, 신체 감각은 실재한다고, 그 감각에서 출발하는 정서와 느낌을 가지고 살아간다고요. 그렇지만 그 착각은 진실과 다르기에 유지될 수 없어요."

규은은 자신의 연구에 대해서 구체적이고 단호하게 설명했다. 이어진 이야기는 단하도 어렴풋이 짐작했지만 굳이 짚고 싶지는 않았던 사실이었다. 단하와 규은이 살고 있는 세계와 그 안의 개인들은 양자 컴퓨터의 수많은 큐비트로 이루어져 있지만 결국 전체 시뮬레이션 자원의 한계가 있다는 것. 고대인의 몸속 장기를 대략적으로 흉내 낼 수는 있어도 분자와 원자와 전자, 그 세밀한 상호작용을 큐비트로 일일이 시뮬레이션할 수는 없다는 것.

그렇기에 아무리 몰두하려고 애쓰는 사람들도 언젠가는 반드시 한계에 부딪힌다. 실제로는 피가 돌지 않고, 호르몬이 분비되지 않고, 신경 자극도 존재하지 않는데, 오직 감각만이 진짜 같을 수는 없는 것이다. 감정도 마찬가지다. 감정이란 몸을 가지고 있던 고대인들이 자신의 신체적 반응과 외부 환경에 대한 두뇌의 예측을 해석하는 방식이었다. 슬프기 때문에 호흡이 가빠지고 눈물이 흐르는 것이 아니라, 호흡이 가빠지고 눈물이 흐르는 것을 슬프다고 해석한 결과가 감정이었던 것이다. 하지만 그 감정의 기반이 되는 온갖 감각들, 특히 가장 중요한 몸의 내수용 감각이 대부분 생략되다시피 한 세계에서 감정을 느끼려는 노력은 오히려 세계가 가짜라는 사실을 직시하게 할 뿐이었다.

"거기까진 알겠는데, 그럼 어떻게 해야 할까요? 답이 없었어요. 해결할 방법이 없었죠. 제 연구도 원래는 그런 절망적인 결말로 향하고 있었고요. 어차피 이 세계는 거짓이고, 우리의 감각과 감정도 거짓이고, 몰두는 언젠가는 깨어질 수밖에 없고, 거대한 허무감에 빠져서 스스로를 삭제하기를 선택했던 초기 이주 세대처럼 우리도 결국 그렇게 될 수밖에 없다……. 그런데 그 무렵에, 단하 님이 쓴 양봉장 일지를 발견한 거예요."

단하는 그제야 규은이 처음에 자신을 찾아온 이유를 알았다. 오래전 단하는 양봉장 일지에 많은 것을 썼다. 대부분이 감각과 느낌에 관한 것이었다. 벌들로 가득한 정원에서 느끼는 긴장과 고독, 기쁨과 슬픔. 벌이 코에 닿는 느낌과, 양봉복이 땀에 젖어 피부에 들러붙는 감촉과, 심장이 빨라지거나 느려지는 느낌. 단하는 그 감각들을 진실하게 느꼈고, 자신이 이 몸에 속해 있다고 느꼈다.

"정말 만나 뵙고 싶었지만 20년도 넘은 글이어서 연락이 될 거라고는 기대 안 했어요. 하지만 그 일지가 제 관점을 바꾸었죠. 계속 단서가 보이기 시작했어요. 이 세계의 모든 것이 거짓인데도, 어떤 사람들은 정말로 자신이 '살아 있다'고 느껴요. 몸이 없는데도 마치 몸을 느끼는 것처럼 보여요. 공허감에 지배당하지 않죠. 그런 사람들의 사례를 찾아 연구하기 시작했어요. 어떻게 그게 가능할까? 모두가 허무에 빠져드는 이 세계에서 무엇이 '살아 있다'는 감각을 만들어 낼까? 정말로 알고 싶었어요. 결코 모욕하려는 의도가 아니에요. 오히려 간절히 바랐죠. 그게 저를 구해줄 것 같았거든요. 이전까지 다른 사례를 몇 차례 조사했는데 진전이 크게 없어서, 혹시나 하는 마음에 단하 님께도 메시지를 보냈죠. 그런데 답장이 와서 정말 기뻤어요."

그렇게 말하며 단하를 보는 규은의 눈빛이 반짝였다. 하지만 지금까지 규은이 한 말대로라면, 규은이 단하를 향해 웃거나 놀라거나 미안해할 때 규은의 실제 내면은 동굴처럼 텅 비어 있을지도 모른다. 그럼에도 규은은 그런 표정과 태도를 취함으로써 진짜 감각과 감정에 닿기를 바라고 있을 것이다.

"그럼 양봉장에서 답을 찾아냈나?"

"솔직히 잘 모르겠어요. 제가 부족해서 그런 거겠죠……. 그래도 몇 가지 추측을 확인했어요. 조사한 대부분의 사례에서, 단하 님을 포함해 현존감을 느끼는 사람들은 각자 소유한 시뮬레이션 자원이 내적인 감각에 많이 할당되어 있었어요. 그러니까 통증이나 배고픔, 혹은 근육이나 신경을 움직이는 감각에요. 다만 그것만으로는 설명이 불충분해요. 아무리 많이 할당해도, 분자 단위의 상호작용이 중요한 생화학 현상의 특성상 시뮬레이션은 극도로 피상적이니까요.

하지만 확신한 것도 있어요. 예를 들면……."

규은이 단하를 빤히 바라보며 말했다.

"어떻게 가능한지 설명할 수는 없다고 해도, 살아 있다는 느낌 자체는 진짜라는 거예요. 그렇지 않나요? 단하 님은 양봉장에 있을 때 살아 있다고 느껴요. 감정과 감각도 진짜라고 느껴요. 저 때문에 몰두가 깨졌다고 말하며 화를 낼 때, 단하 님은 정말로 화가 나셨잖아요. 제가 의도치 않게 훼방을 놓았지만, 화가 날 때의 감각과 감정 자체가 거짓이라고 느끼지는 않으셨을 거예요. 살아 있다는 느낌 자체는 훼손되지 않은 거죠. 그건 다른 사례에서도 비슷했어요. 일단 살아 있다고 느끼는 사람들은, 그 감각이 일관적으로 유지됐어요."

"나도 그 얘기를 하려고 왔는데."

단하가 말을 끊으며 살짝 미간을 찌푸렸다.

"엄밀히 말하면, 훼손되지 않은 건 아니야."

규은이 단하의 말에 놀란 얼굴을 했다.

"그래, 여전히 나는 살아 있다고 느껴. 하지만 동시에 이젠 이 세계와 나와 당신이 큐비트로 구성된 시뮬레이션이라는 점을 의식하지 않을 수 없어. 얼마 전부터 감각이 겉돌기 시작했어. 당신의 표현에 의하면 내가 무의식적으로 대부분의 시뮬레이션 자원을 할당하던 내적 감각을 의식하게 되면서 이렇게 된 모양이지. 빨강이 빨강 같지 않고, 단맛이 단맛 같지 않아. 긴장하면 땀이 나거나 심장이 빠르게 뛰는 것도 기이하게 느껴지고."

규은은 단하의 말을 들으며 어쩔 줄 몰라 했다.

"으아, 죄송해요. 저 때문에……."

하지만 단하는 규은을 탓하려고 한 것이 아니었다.

"그러니까 내 요구는 말야."

단하가 딱 잘라 물었다.

"다음 연구 현장에 날 데려갈 수 있나?"

규은은 단하의 말을 전혀 예상하지 못한 듯했다. 잠시 아무런 반응이 돌아오지 않았다. 다음 순간 규은이 다시 눈을 크게 뜨며 단하를 보았다.

왜 살아 있다고 느끼는가. 왜 이 세계에 현존한다고 느끼는가. 그 이유를 규은이 묻기 전까지 단하는 자신만의 고립된 세계에서 안락하고 평화로웠다. 세계에 깊이 몰두해 있었고, 살아 있다는 느낌은 질문의 대상이 아니었다. 하지만 일단 질문을 시작하자 그것이 더는 당연하지 않게 되었다.

단하는 이제 자신이 살아 있다는 것을 완벽하게 확신할 수 없었다. 그럼에도 자신이 살아 있다고 느끼는 이유를 알고 싶었다. 단하처럼 느끼는 다른 사람들을 만나보고 싶었다. 그러기 위해서라면 지금까지 고집해온 벌들의 세계를 벗어날 수도 있었다. 어쩌면 규은과 달리 단하는 살아 있다는 느낌을 알기 때문에, 자신과 비슷한 사람들을 만나면 이유를 알아차릴 수 있을지도 모른다. 단하는 그런 생각을 입 밖으로 내지는 않았지만, 규은은 약간의 침묵 끝에 그 의도를 짐작한 것 같았다.

규은이 단하에게 손을 내밀며 말했다.

"네, 좋아요. 같이 가주세요."

두 사람은 세계의 끝에서 끝으로 향했다. 몰두할 수 없는 세계에서도 여전히 살아 있다고 느끼는 사람들을 만나기 위해서였다.

규은의 말대로 현 세대의 인류는 현존감을, 살아 있다는 느낌을 잃어가는 중이었다. 그럼에도 많은 이가 살아 있다는 느낌을 갈망했기 때문에 공유 지역의 시뮬레이션 자원 상당수가 자극적인 도박에 할당되어 있었다. 슬롯머신들이 뿜어내는 휘황찬란한 빛을 피해 도박 지역을 벗어나자, 조각 블록으로 쌓아 올린 언덕이 나타났다. 데이터 더미가 만든 산이었다. 그곳에서 사람들은 고대인들이 남긴 낡은 오락거리를 발굴하려고 밤낮없이 더미를 파헤쳤다. 어떤 이들은 오래된 데이터를 들여다보며 흥미롭다는 듯 연신 고개를 끄덕여댔고, 여기 늘 상주하는 괴짜 역사학자가 있다는 소문도 들었지만, 사람들 대부분은 표정이 텅 비어 있었다. 단하가 그 사람들에게 말을 걸려고 하자 규은이 말렸다. 이곳 사람들은 고대인들의 쓰레기 데이터에 중독되어서, 도박 지역에 있는 사람들과 별다를 바가 없다고 했다.

또 어떤 지역에서는 통증과 폭력에서 현존감을 찾으려는 사람들을 마주쳤다. 개인 시뮬레이션 자원을 정밀한 통증 구현에 모두 쏟아부은 사람들이 종교 공동체를 이루고 살았다. 그 마을에서는 타인에게 가장 기이한 방식으로 강렬한 통증을 가하는 사람이 높은 지위에 올랐다. 하지만 그들 역시 공허감에 시달린다고 호소하는 것을 보면, 아마도 살아 있다는 느낌을 통증에서 찾을 수는 없는 모양이었다.

여러 무익한 마주침 끝에, 단하와 규은은 네트워크의 바다를 떠도는 외딴섬이나 떠돌이 소행성을 조사하기 시작했다. 네트워크에 퍼진 수많은 생각 파편 중에서도 타인과의 상호작용 없이 진공 속을 헤매는 조각들을 주요하게 살폈다. 규은이 예전에 단하의 양봉장 일지를 찾아냈을 때 그런 방식을 썼다고 했다. 이런 세계에서 여전히 자신이 살아 있다고 느끼는 사람들은, 오래전 단하처럼 타인과 그 느낌을 공유하고 싶어 하지만 결국 실패하고 고립되어 있을 가능성이 높았다.

조사 대상을 선별한 다음에는 신중하게 접근했다. 단하

가 몰두하지 않는 사람들을 싫어했던 것처럼, 이번에 만날 이들도 그럴 수 있었다. 직접 만나기 전 최대한 정보를 수집하고, 그 사람이 얼마나 몰두해 있는지 먼저 파악했다. 대개는 몰두의 규칙을 구체적으로 언급하지 않고, 감각에 대한 다큐멘터리를 만들기 위해 여러 현장을 조사하고 있다는 식으로 우회해서 표현하며 정중히 접근하면 만남을 거절하지 않았다. 현존감을 느끼는 사람들이 그 느낌에 대해 누군가와 공유하고 싶어 할 것이라는 두 사람의 추측이 틀리지 않았던 것이다.

단하와 규은은 등대지기와 전문 다이버를 만났다. 등대지기는 해안 절벽 위 등대에서 홀로 근무했고, 매일 등명기를 관리하고 장비를 보수하고 기상 상태와 선박들의 특이 사항을 기록했다. 뜻밖에도 선박을 타고 바다를 오가는 사람들이 꽤 있었다. 하지만 등대지기는 정작 바다로 나가거나 배를 타는 일 자체에는 별로 관심이 없었다. 그는 가장 좋아하는 일이 해안가에 찾아오는 철새 떼의 군무를 바라보는 일이라고 했다. 때로는 새 무리의 일부가 되는 느낌을 받는다고도 했다. 그는 그것이 어떤 느낌인지 자세히 서술했다. 무리와 방향 감각을 공유하는 느낌, 가야 할 곳을 온몸으로 아는 느낌, 이동의 축이 하나 늘어나며 3차원의 공간을 넓게 쓰는 느낌. 침착해 보이던 인상의 등대지기는 새들에 대한 이야기를 할 때 유독 말이 많아졌다.

등대지기가 차분하고 사색적인 사람이었던 반면, 절벽 아래 자갈밭에서 만난 다이버는 내내 무척 수다스러운 사람이었다. 단하와 규은을 만나자마자 10년은 수다를 참아 온 사람처럼 이야기를 시작했다. 숨을 참고 물 아래로 깊이 내려가는 일이 얼마나 감각적인 일인지 열변을 토했고, 물고기 떼나 산호초 군집을 마주쳤을 때의 소름 돋는 느낌에 대해서도 한참을 말하더니, 곧장 단하와 규은에게 다이빙의 기초에 대해 강의하기 시작했다. 다른 다이버가 많지는 않지만 자신과 견해를 공유하는 동료 다이버도 두 명 더 있다며, 당장 단하와 규은을 그들에게 소개할 겸 바다로 끌고 가고 싶어 하는 눈치였는데, 다이버의 수다에 질린 두 사람은 다음 일정이 급하다는 핑계로 겨우 그 자리를 빠져나왔다.

"고립이나 고독이 중요한 것 같지는 않네요……."

규은이 지친 채로 말했다.

얼마 뒤에 두 사람은 수족관을 관리하는 사람도 만났다. 앞서 다이버를 만났으니, 혹시 바다나 물이 중요한 역할을 할까? 규은도 단하와 비슷한 의문을 가졌는지 수족관 안의 물을 유심히 살폈다. 수족관지기 역시 수족관 안에서 무리를 지어 움직이는 해양 생물들을 바라볼 때, 그 생물들 사이에 녹아든 듯한 느낌을 받으면서, 자신이 살아 있다고 실감한다고 했다. 하지만 그 느낌이 꼭 기쁨과 같은 좋은 것은 아니라고도 했다. 그는 때로 살아 있는 것이 숨 막히고, 두렵다고도 했다. 그럼에도 그가 자신을 살아 있다고, 현존한다고 느끼는 것만은 확실해 보였다.

"어쩌면 생물들의 군집이 뭔가 중요한 역할을 하는 걸까요? 다른 사람들도 철새, 물고기 떼, 산호초 군집을 계속 언급했으니까요."

언뜻 단하도 자신이 벌떼를 바라볼 때 느꼈던 기이한 현존감을 떠올렸다. 그러나 그런 공통점으로 묶을 수 없는 사람들을 이후에 훨씬 더 많이 만났기에, 가설을 다시 폐기해야 했다. 이를테면 그다음에 단하와 규은이 만난 사람은 놀이공원에서 비눗방울을 만드는 일을 했다. 그렇지만 작은 비눗방울을 여러 개 잔뜩 만드는 것이 아니라 하나의 비눗방울을 아주 크게 만들어 오랫동안 유지하는 노하우를 가진 숙련자였다. 그가 만들어 보여준 커다란 비눗방울이 둥실둥실 오랜 시간 허공에 떠서 날아가는 것을 보니 감탄이 나왔다. 보기보다 꽤 훈련이 필요한 기술이라면서, 그는 규은에게 고리를 건넸다. 규은도 따라 해보았지만 규은이 만든 비눗방울은 고리를 벗어나지도 못한 채 볼품없이 터지고 말았다. 그는 껄껄 웃으며 말했다.

"비눗방울의 표면이 참 신기하지 않습니까. 내가 바라보는 모든 순간에 다 다른 빛이 반사되고 있어요. 심지어 당신이 바라볼 때와 내가 바라볼 때의 색도 다르죠. 어떤 순간에도 그 색을 확정할 수 없습니다. 붙잡으려 들면 터져버리고요. 이렇게 말하는 게 정확할지 모르겠지만, 마치 제가 비눗방울 같다는 생각을 합니다. 그렇지만 쑥스러워서 남들에게는 한 번도 해본 적 없는 이야기지요."

살아 있다고 느끼는 사람들은 모두 다른 현장과 일상에 살고 있었다. 그들은 각자의 감각과 이야기를 품고 있었고, 단하와 규은은 그들의 말에 동화되었다. 때로는 살아 있다는 게 무엇인지 그들의 관점에서 얼핏 이해할 수 있을 것처럼도 느껴졌다. 하지만 그 현장을 떠나면, 즉시 혼란과 의문만이 남았다. 그들 모두에게는 살아 있다고 느끼는 것 외에는 아무런 공통점이 없었기 때문이다.

내적 감각에 집중하는 사람도, 바깥의 보거나 듣거나 만지는 감각에 집중하는 사람도 있었다. 자연 속에 사는 사람도 있었고 철저히 인공적인 장소에 사는 사람도 있었다. 타인과 단절된 채 사는 사람도 있었고 타인과 적극적으로 교류하며 사는 사람도 있었다. 그들 모두가 현존감을 선명하게 느낀다는 점에서 이 세계의 소수였지만, 그것만으로 묶기에는 서로 너무 달랐다.

그렇다면 살아 있다는 느낌은 그냥 우연에 불과한 것일까. 선물처럼 혹은 저주처럼 누군가에게 주어지고, 그것을 받지 못하면 포기하고 살아가야 하는 걸까. 단하에게도 그런 생각이 언뜻 스쳤는데, 규은이라고 달라 보이지는 않았다. 단하는 규은의 체념을 느꼈다. 점점 표정을 잃어가는 규은을 보며 단하는 안타까웠고, 규은에게 그런 종류의 친밀감을 느끼는 스스로에게도 놀랐다. 현존감에 대한 실마리를 꼭 찾고 싶었다. 단하 자신뿐만 아니라 규은을 위해서라도.

만약 이것을 언어화할 수 없다면, 언어가 아닌 다른 방법을 찾아야 하는 걸까?

며칠 뒤 단하는 혼자서 어떤 장소를 다시 찾아가기로 결심했다. 처음에 지나쳤던, 데이터 블록들이 마구잡이로 쌓여 쓰레기 산을 이룬 지역이었다. 이전에 본 것처럼 텅 빈 표정의 사람들이 여전히 서성이고 있었다. 그들 대부분은 쓰레기 더미에서 고대인들의 오락거리를 찾아내 허겁지겁 소비하고 던져버리는 이들이었다. 하지만 단하는 그중 유독 침착하고 느긋해 보이는 남자를 찾아냈다. 이제 막 노년의 문턱에 들어선 나이로 보이는 그는 등받이가 반쯤 부서진 안락의자에 앉아 책을 읽고 있었다.

단하가 다가가 말을 걸기도 전에 그가 단하를 알아보았다.

"당신들 얘기 들었습니다. 대체 뭘 찾는지는 모르겠지만 뭔가를 찾아 세계 곳곳을 들쑤시는 두 여자가 있다고요. 그런데 오늘은 혼자 오셨군요?"

남자에게서는 현 인류가 탄생한 이후 단 한 번도 스스로를 삭제하거나 기억을 지우지 않은 사람 특유의 느릿느릿함이 보였다. 그는 자신이 '우연'이라는 이름을 쓰는 역사학자이며, 이곳 고대인들의 데이터 더미에서 사료를 찾는다고 했다. 단하가 묻고 싶은 것이 있다고 하자 그는 녹슨 안경을 고쳐 쓰며 단하를 빤히 보았다.

"말해보세요."

"자료를 하나 찾고 있습니다. 그러니까, 고대인들과 현 인류의 중대한 차이점에 대해서라고 할까요. 그들과는 다르게 우리가 존재하는 방식에 대한, 다시 말해……."

단하는 신중하게 단어를 골랐다. 상대가 사실을 외면할 수 없는 역사학자인 만큼 몰두한 사람일 가능성은 적었지만, 이곳은 공유 지역이었다. 그런데 역사학자가 단하의 말에 대뜸 끼어들었다.

"시뮬레이션의 원리를 묻는 거지요?"

단하가 놀라며 주위를 살펴보자, 역사학자가 히죽거렸다.

"여기서는 안전합니다. 무엇을 할 의욕조차 잃은 사람들만 득시글거려서, 다들 규칙 위반을 신고할 기력이 없어요."

"그렇습니까."

"그래도 너무 길게 말하면 감시국의 시선을 끌 테니……. 어디 보자. 아주 간혹 그런 걸 궁금해하는 사람들이 있지요. 내가 설명하는 것보다는 그냥 이걸 좀 읽어보는 게 좋겠습니다."

역사학자가 보따리에서 두꺼운 교재 한 권을 꺼내 단하에게 내밀었다. 표지는 이미 훼손되어 제목이 잘 보이지 않았다. 단하는 책을 받아서 조심히 살폈다. 부피나 질감은 책처럼 구현되었지만 실제 무게는 구현하지 않았는지, 솜덩어리를 든 것처럼 가벼웠다. 단하는 책을 쭉 훑어보고 실망해서 바로 덮었다.

"이건 역사 기록 같지는 않습니다만."

"뭐, 찾아보면 좀 더 쉬운 책도 있겠지만. 결국은 수식을 보는 게 나아요. 그게 우리 본성의 언어니까. 정 모르겠으면 네트워크로 연락해요. 네트워크는 감시망에 걸리니 은유를 써야 할 겁니다."

단하가 책을 품에 안았다. 고맙다고 고개 숙여 인사하고 뒤돌아 떠나는데, 단하의 뒤통수에 대고 역사학자가 외쳤다.

"당신들이 찾는 게 우리의 본질 같은 거라면, 그런 건 없다고 생각하는 게 속 편해요."

집으로 돌아간 단하는 역사학자에게서 받은 책을 곧바로

펼쳤다. 책은 도저히 뜻을 알 수 없는 Ψ와 δ 같은 기호와 수식으로 가득 차 있었는데, 규은의 관찰 기록이나 논문에서도 본 적 없는 기호였다. 단하는 역사학자가 자신을 놀리려고 한 게 아닌지 의심하다가, 다시 책을 앞뒤로 샅샅이 살피며 이해할 수 있는 설명들을 추려 읽었다.

동전 하나를 생각해보자. 동전에는 앞면과 뒷면이 있고, 바닥에 놓인 동전은 앞면 혹은 뒷면이다. 이것이 0 또는 1의 상태를 가지는 고전적인 비트다. 하지만 이 동전이 계속해서 회전하고 있다고 생각해보자. 회전 방향은 어느 쪽으로도 가능하다. 이 동전은 회전하는 순간에 앞면과 뒷면, 혹은 앞면도 뒷면도 아닌 상태가 무한한 가능성의 조합으로 겹쳐져 있다. 누군가 이 동전을 멈추기 전에는, 모든 가능성이 중첩되어 있는 것이다. 그런데 이 동전은 특별하게도 누군가가 동전을 측정하려는 순간에 멈춰서 어떤 상태로 확정된다. 이것이 양자 시뮬레이션의 기본 단위, '큐비트'이다.

다음 날 단하와 규은은 즉흥 재즈 연주가를 만났다. 그는 두 사람에게 자신이 느끼는 연주의 즐거움과 짜릿함을 말하고 싶어서 안달이 나 있었다. 연주를 들려줄 수 있느냐는 부탁에는, 아쉽지만 즉흥 재즈는 반드시 함께 연주해야 할 사람이 있어야 그 재미가 사는 거라며 피아노를 몇 소절 쳐주는 것이 다였다. 그런 다음에 그는 한참이나 자신의 일을 설명했다.

"즉흥 연주는 어떻게 흘러갈지 몰라요. 그게 묘미예요. 일단 내가 음을 내면, 파트너가 거기에 맞춰서 소리를 내죠. 매 연주가 달라요. 예측할 수 없죠. 불확정성 속에서 가능성을 따라가는 거예요. 확률 속에서 헤엄치는 것이죠. 하지만 마치 이런 느낌도 들어요. 내가 음을 내는 순간, 파트너의 음도 결정된다는 생각. 하나의 음을 낼 때, 이미 파트너가 무슨 음을 낼지 알고 있는 것 같은 느낌. 그게 맞아떨어질 때는 소름이 끼쳐요. 그 순간의 이상한 느낌을, 정말 말로는 표현할 수 없을 거예요."

더욱 기이해지는 건 여기서부터다. 이제 열 개의 동전이 동시에 돌고 있다고 상상하자. 이 동전들은 서로 '얽혀' 있다. 만약 한 동전을 멈춰서 어떤 가능성을 확정하면, 다른 동전들에는 전혀 손을 대지 않더라도 다른 동전들의 상태가 동시에 확정된다. 동전들을 가까이 놓아도, 점차 떨어뜨려 결국 아주 멀리 놓아도 이 동시성은 똑같이 적용된다. 이처럼 기묘한 방식으로 얽혀 있는 동전 여러 개에 이 동전들의 안정성을 지원하는 소자들을 함께 묶은 것이 큐비트 소결정이다. 양자 시뮬레이션에서는 여러 소결정을 결합해 하나의 양자 의식 객체, 큐비트 결정을 구성한다.

그리고 단하와 규은은 유리 공예가를 만났다. 그는 뜨거운 화로에서 녹인 유리를 먼저 보여주었다. 그는 녹인 유리를 파이프로 불고 회전시켜 특정한 모양으로 만들었다. 유리를 녹이고 불고 부분적으로 다듬어 꽃병이나 유리잔 따위를 만드는 과정을 다시 말로 설명하면서, 그는 이 작업의 가장 신비로운 부분은 녹아 있는 유리 그 자체에 있다고 말했다.

"이 유리는 지금 고체도 액체도 아닌 불확정의 상태이지요. 무엇이든 될 수 있지만 아직 무엇도 되지 않은 상태입니다. 겉으로 보기에는 제가 유리를 다듬어 뭔가를 만들지만, 실제로는 유리에 숨을 불어넣는 순간 그 가능성이 확정되고, 그래서 그때 유리가 무엇이 될지 이미 알고 있다는 생각도 들어요. 손을 대는 순간 아직 완성하지 않았는데도 이미 형태가 확정되는 거죠. 그럴 때면, 이상한 표현이지만, 나와 유리를 구분할 수 없어지죠. 나 자신이 바로 그 불확정 상태의 존재인 것처럼요."

이제 알 듯 말 듯한 생각들이 단하의 눈앞에 둥둥 떠다녔다. 서로 관련이 없어 보이는 말들 가운데 느슨한 연관성이 보였다. 하지만 그 모든 것이 '현존감'과 어떻게 연결되는지 알 수 없었다. 규은은 단하보다 더욱 큰 혼란에 빠진 것 같았다. 단하는 원래 알고 있던 감각이 불분명하고 와해되는 느낌을 받은 반면에, 규은은 이 여정을 계속하며 한 번도 겪어본 적 없는 느낌을 받았다고 했다. 그런데 그것을 설명할 말도, 동작도 없다고 했다.

"어쩌면 처음부터 풀 수 없는 문제였나 봐요. 그러니 초기 이주 세대도 결국 그런 길을 간 거겠죠……."

그렇게 말하며 한숨을 푹 내쉬는 규은은 지금껏 단하가 봐온 모습 중 가장 침울해 보였다. 설령 그 침울함이 내적인 감각이 없는 침울함이라고 해도, 단하는 규은의 겉으로 드러나는 마음에 동조되는 스스로를 느꼈다. 일단 이 여정을 중단할 필요가 있다고 단하는 판단했다. 지금까지 조사한 것을 돌이켜볼 시간이 필요했다.

마침 공유 계절이 바뀌고 있었다. 그동안 단하는 양봉장에 공유 계절이 자연스럽게 찾아오도록 내버려두었다. 단하와 규은이 여정을 시작했을 때는 가을이었고, 어느새 겨울을 지나 봄이 시작되려고 했다. 계절에 따라 단하의 벌들은 월동을 했다. 이제 봄이 온다면, 벌들도 봄철 활동을 재개할 것이다. 이대로 여정이 끝날지도 모른다는 불길함을 느끼면서도, 단하는 규은에게 한동안 양봉장의 벌들을 돌보러 가야 한다고 통보했다.

규은이 기운 없는 강아지 같은 태도로 대꾸했다.

"저도 따라갈래요."

"그러시든지."

이상한 안도감과 안쓰러움을 느끼며 단하가 대꾸했다.

규은과 함께 돌아온 단하의 양봉장은 여느 때와 같이 익숙하고도 평화로웠다. 눈이 쌓였다가 녹은 곳에 땅이 파여서 정비가 필요해 보였고, 벌들은 월동하는 동안 수가 많이 줄어 있었지만, 다행히도 큰 질병 없이 건강해 보였다. 평온한 양봉장을 천천히 둘러보면서 단하는 문득 지난 몇 달간 규은과 떠났던 여정이 아주 이상하게 느껴졌다. 왜 그렇게 먼 길을 갔을까? 단하는 이 세계 속에서 살아 있음을 실감했고, 가끔은 행복했고, 그래서 삶에 아무런 불만도 품지않았는데. 어쩌면 그냥 살아가야 할지도 몰랐다. 아마 고대인들도 자신이 살아 있다고 느끼는 이유를 잘 몰랐을 것이다. 인간의 몸이 무엇인지, 영혼이라는 것이 있는지 그들 스스로 이해하기 전에도 그들은 그냥 살았다. 단하 역시 그래야 하는 것인지도 몰랐다. 하지만 그렇게 되면, 살아 있다는 느낌을 받지 못하는 사람들은 어떻게 되지? 규은의 감정이 피상적이라고 해도 규은은 여전히 그것을 원하고 바라는데. 그리고 이 바깥에는 살아 있다는 느낌을 갈망하는 수많은 사람이 있었는데.

그런 생각을 하며 양봉장을 다시 돌아볼 때 단하는 자신이 바라보던 평온한 이 정경이 더는 평온하지 않다는 것을 알았다. 단하는 이미 양봉장을 벗어나 너무 많은 세계를 다니고 보아버렸다. 단하의 개인 시뮬레이션 자원은 양봉장 하나와 벌들의 세계를 구현하기에는 충분했지만, 단하는 이제 그게 전부가 아니라는 생각을 떨칠 수 없었다. 벌들은 원래 벌들만으로 존재하지 않고, 그들이 관계 맺는 모든 다른 식물과 연관되어 있으며, 그 식물들은 여러 균류를 포함한 다른 생물 종과 관계 맺고, 이 끝없는 연결고리에 올라탄 모든 개체와 환경을 구현하는 것은 불가능하다. 그렇다면 단하의 양봉장 역시 완벽하게 구현된 닫힌 세계가 아니었다. 단하는 이제 몰두할 수 없었다. 이 세계가 거짓이라는 걸 알았다. 규은과 마찬가지로.

그런데도 왜 여전히 자신은 살아 있다고 느낄까.

두 사람 앞으로 꽃꿀 채집을 재개하는 거대한 벌떼가 날아올랐다. 수만 마리 벌들이 만들어낸 날갯짓의 윙윙거림은 고막을 뒤흔들 정도로 시끄러웠다. 그 윙윙거림이 거대한 소리의 덩어리로 모여 더욱 커졌다. 규은이 우와, 작게 감탄했다. 규은의 시선을 따라 허공으로 고개를 돌리자, 벌집 가까이에서 꿀벌 한두 마리가 팔자로 춤을 추고 있는 것이 보였다. 춤추는 벌 뒤로 다른 일벌들이 뒤따라 날아오르며 집단에 합류했다. 그동안 아주 오래 꿀벌들을 들여다본 단하도 아직 꿀벌의 춤을 정확히 해석할 수는 없었지만, 그 춤이 늘 집단 전체에 즉각적으로 정보를 전달하는 모습은 놀라웠다. 꿀벌들은 서로 얽혀 있었고, 각각의 개체이면서도 하나의 초개체처럼 행동했다. 벌떼의 비행은 언뜻 불규칙해 보이면서도 한 생명체처럼 같은 목적을 가지고 움직였다.

그때 어떤 생각이 단하를 스쳤다.

군집과 초개체. 불확정성과 중첩. 얽힘과 동시성. 측정되기 전까지는 무수한 가능성이 중첩되어 있고, 확정되는 순간 다른 얽힌 것과 동시에 확정되며, 작은 개체가 모여 하나의 초개체를 이루는 것. 혹은 그런 존재.

모든 단서가 앞에 있었다. 늘 여기 있는 것이나 다름없었다. 하지만 모두 제각기 다른 방향을 가리키고 있어서 깨닫지 못한 것뿐이었다. 단하가 중얼거렸다.

"전제가 틀렸던 거야."

규은이 의아한 얼굴로 고개를 돌렸다.

"몸이 없는 게 아니었어. 잘못된 전제에서 출발했어. 우리에게는 몸이 있어. 이 세계와 우리의 물리적 기반. 각각의 의식을 구현하는 양자 큐비트 결정. 그게 우리의 신체야."

"네? 그게 무슨……."

규은이 바로 이해하지 못한 듯 단하를 빤히 보았지만, 단하는 지금 자신을 스쳐 간 깨달음에 입을 다물었다. 그리고 멍하니 꿀벌들을 바라보았다. 벌떼가 빠르게 멀어졌고 윙윙거리는 소리는 어느새 작아진 지 오래였다. 이해의 순간은 귓가를 잠시 스쳤다 떠날 뿐이었다. 그럼에도 그런 순간이 존재했다. 그리고 단하는 도저히 이해할 수 없는 것의 끝자락을 붙들려 하고 있었다.

어떤 신체가 그 자신의 자아로는 온전히 이해할 수 없을 만큼 기이하고 이상한 특징을 띠는 동시에, 그 자아가 살아 있기를 갈망하고 살아 있음을 이해하기를 갈망한다고 해보자. 아마도 그 자아는 환상 속에서라도 자기 몸의 그림자를 감지하려고 애쓸 것이다. 무수한 벌떼와 새들의 군무를 바라볼 때, 녹은 유리 속에서 아직 확정되지 않은 수많은 가능성을 볼 때, 붙잡으려 하는 순간 터져버리는 비눗방울을 만들 때, 한 음을 연주하자 다른 음도 이미 확정된다는 사실을 깨달을 때, 단하와 그들은 자신이 존재하는 방식의 그림자를 스쳐 보았던 것이다. 그중 어느 것도 그들의 실제 존재 방식과는 다르다. 적절한 비유조차 아니다. 어느 무엇도 양자 큐비트로서 존재한다는 것의, 그 기이한 신체성의 한 단면조차 포착하지 못한다. 그럼에도 몸에 속하고 싶다는 갈망이, 현존하고 싶다는 바람이 그 불완전한 조각들로부터 자신의 존재 방식을 겹쳐 보도록 만들었다.

마음이 거주하는 곳이자 마음이 구현되는 곳, 혹은 마음과 의식의 물리적 기반이며 동시에 마음 그 자체. 그것이 몸이라면, 단하라는 존재를 구성하는 물리적인 몸은 큐비트 결정이다. 큐비트 결정은 그 자체로 고유한 신체다. 과거에 어떤 인류도 가졌던 적 없는 몸이자 현재의 모든 인류를 구성하는 몸이다. 그것은 세포도 유기물도 아닌 광자 큐비트로 이루어져 있다. 그 몸은 중첩과 얽힘과 불확정성과 초개체성이라는 여러 겹의 신체성을 지닌다. 그중 어느 것도 과거의 인류는 지닌 적 없기에 오랫동안 그것은 몸으로 간주되지 않았다. 직관적으로 이해할 수도 없었다. 그러나 지금 이곳에 살아 있는 존재들에게 빛의 입자로 이루어진 이 몸은 자신과 타인과 환경이 존재하는 유일한 형태이자 존재 방식이다.

지금 단하가 느끼는 현존감은 인류가 지녔던 어떤 일상 언어로도 완전하게 서술될 수 없는 것이었다. 큐비트 결정으로 존재한다는 것은 벌떼나 새들의 일부가 되는 것과도 다르고, 비눗방울의 표면이 되는 것과도 다르며, 연주되기 전에 이미 정해진 음표가 되는 것과도 달랐다. 그러나 동시에 그 모든 것이었다. 그 모든 현상과 포착이 살아 있다는 느낌에 불완전하게 기여하고 있었던 것이다.

단하와 규은은 언덕에 앉아 오로라를 보고 있었다.

오로라를 마주한 건 극지방에서 순록을 기른다는 한 부부를 만나러 온 길에서였다. 정작 그 부부는 당일까지도 자신들의 정확한 좌표를 알려주지 않아서, 드넓은 툰드라를 헤매며 계속 연락을 시도하다 해가 지고 말았다. 찾고 있던 사람은 나타나지 않았지만 찾던 것은 다른 형태로 밤하늘에 그 모습을 드리우기 시작했다.

옅은 초록빛의 리본이 나풀거리다 하늘을 뒤덮으며 펼쳐졌다. 아마도 단하와 규은의 추정이 맞다면, 그 유목민 부부는 저 밤하늘을 보면서 그들 자신의 신체성을 감각하는지도 몰랐다. 그렇기에 살아 있다고 느끼는 것인지도 몰랐다. 그들이 이 툰드라에서의 삶에 얼마나 몰두하고 있는지는 아직 알 수 없었지만 적어도 단하는 눈앞의 오로라가 실재하지 않는다는 것을 알았고, 그러니 눈앞의 풍경은 한때 지구의 극권에서 관찰할 수 있었던 신비로운 자연현상의 모사에 불과하다는 것도 알았다. 하지만 이 오로라는 여전히 제법 그럴싸하게 구현되어 단하와 규은을 잠시 침묵하게 하기에는 충분했다.

말없이 오로라를 바라보던 규은이 한숨을 푹 내쉬었다.

"그 사람들, 자신들이 '세상의 끝'을 보여주겠다고 해서 일부러 찾아온 건데. 이 넓은 데서 어떻게 만나야 할지 막막하네요."

"우리가 생각하는 세상의 끝과는 다를지도 모르지. 말 그대로 북극점을 말하는 거였을지도. 그들이 이 북극이 정말로 존재한다고 믿고, 그 믿음에 깊게 몰두해 있다면 말야."

"그럼 역시 세상의 끝 같은 건 없는 걸까요?"

"글쎄. 아마도…… 있지 않을까? 어쩌면 사과의 표면이 아니라, 사과를 통과하는 구멍 같은 형태로."

단하는 그렇게 말하며 손을 들어 올려 밤하늘을 콕 찍듯이 내밀어보았다. 양자 큐비트 존재가 이 시뮬레이션 세계를 넘어 그 바깥으로 향하거나, 그 바깥을 감지할 수 있을까? 가능하다면 그런 일이 벌어지는 곳이 바로 세상의 끝 지점일 것이다. 그렇다면 그건 익숙한 형태의 풍경이 아니라, 풍경을 가로지르거나 일그러뜨리거나 뚝 떼어낸 것과 같은 이상한 모습일 것이다.

두 사람은 여정을 다시 이어가고 있었다. 벌들을 바라보던 순간의 깨달음 이후로 기이한 신체성에 대한 희미한 단서를 찾았지만, 어디로 가야 할지 막막한 건 여전했다. 단하와 규은은 그동안 만났던 현존감을 느끼는 사람들에 대한 관찰 기록과 양자 큐비트 결정의 특성을 대조했고, 실제로 큐비트 결정의 양자역학적 특징을 알아차리는 것이 살아 있다는 느낌의 근원이 된다는 가설을 확인했다. 그렇지만 그것이 곧바로 문제 해결로 이어지는 건 아니었다. 규은은 현존감을 느끼고 싶어 했고, 이 세계의 사람들이 허무감에 잠식되는 상황을 해결하고 싶어 했다. 어떤 사람들은 단하처럼 아주 오랫동안 특정한 일과 현상에 몰두하고, 그 끝에 큐비트 몸을 가지고 살아 있다는 느낌을 스치듯 포착하지만, 그건 극히 일부의 사람들일 뿐이었다. 게다가 단하 역시 몰두가 깨어진 이후로 아슬아슬한 느낌을 받고 있으니, 아마도 모두에게 세계가 시뮬레이션이라는 것을 애써 잊어버리고 양봉이나 유리 공예 따위에 몰두하라고 권하는 건 가능한 해결책은 아닐 터였다.

아마도 시간이 필요할 것이다. 단하가 꿀벌들을 들여다보며 살아 있다는 느낌을 선명하게 발견하고 몸에 속해 있다고 느끼기까지도 긴 시간과 수고가 필요했다. 그렇다면 이 몸을 총체적으로 이해하고 인지하기 위해서는, 유기체 몸이 아닌 큐비트 몸으로부터 출발하는 감각과 감정과 언어를 규정하기 위해서는 또 얼마나 긴 시간이 필요할까.

"앞으로의 일들이 무척 막막하네요. 이 행성에 살았던 우리 아닌 대부분의 지성적 존재는, 자신의 몸을 스스로 보거나 만질 수 있었잖아요. 그게 그들에게는 현존감의 중요한 근원이었고요. 하지만 스스로는 볼 수도 없고 만질 수도 없는, 오직 내적 감각의 그림자만 희미하게 인지하는 몸이라니……."

"하지만 고대인들도 이 과정을 겪었겠지. 그들 역시 자신들이 어떤 방식으로 존재하는지에 대해서는 수없이 시행착오를 거쳐서 겨우 알아냈어."

"그럼 우리에게 필요한 것도 수만 년의 시간일까요?"

단하는 대답 없이 다시 생각에 잠겼다. 그렇게 긴 시간이 필요하지는 않을지도 모른다. 고전역학의 세계 속에 살았던 고대인들은 자신이 속한 규모의 현상을 직관적으로 이해했고, 양자 규모의 현상을 끝내 이해하지 못했다. 그들은 직관이 아니라 다른 언어를 빌려서 겨우 이해의 그림자에 닿았다. 하지만 큐비트 세계에서 탄생한 이 세계의 존재들은 그 의식 전체가 양자 규모에 속해 있다. 아직 고대인의 경험과 문화와 언어를 기반으로 이 세계가 시뮬레이션되고 있기에 깨닫지 못한 것뿐일지도 모른다. 어쩌면 물에서 태어나 수중 호흡을 해야 하는 생물에게 공기 중에서 호흡하기를 요구해온 것이 지금 이 세계의 구조인지도 모른다.

"제 생각에는, 우리 자신을 살아 있게 하는 물리적 실재, 그러니까 시뮬레이션 서버 자체에 접근할 수 있는 방법이 필요해요. 고대인들은 이 서버를 관리하는 영역과 의식 객체들이 살아가는 영역을 분리해 설계했지만, 그걸 넘어가봐야 할지도 몰라요. 우리가 느끼는 허무감은 어쩌면 '아무것도 할 수 없다'는 느낌에서 올 거예요. 살아가기 위해서 필요한 일을 스스로는 아무것도 할 수 없다는 느낌에서요. 지금우리는 이 세계가 얼마나 유지 가능한지, 우리가 앞으로 얼마나 더 안정적으로 살아 있을 수 있는지조차 스스로 판단할 수 없어요. 그렇지만, 우리가 거주하는 몸이 큐비트 결정이라고 해서 우리 몸이 큐비트 결정에만 한정될 필요는 없어요. 고대인들에게도 확장된 신체가 있었잖아요? 도구, 연장, 기술 같은 것이요. 분명 이 세계의 물리적 기반을 유지하는 장비들이 있을 거예요. 그걸 찾아내서 접근해보는 거죠. 단하 님이 얼마 전 저 밖에 아직 꿀벌들이 살고 있는지궁금하다고, 정말 유기체 인류가 전부 멸종했다고 해도 다른 생명체들은 새로운 모습으로 살아가고 있을지도 모른다고 했잖아요. 정말 그런지 알아낼 수도 있을 거예요. 음, 어쩌면 그 생명체들이 우리 서버를 위협할 수도 있지만……."

규은의 긴 말을 듣던 단하는 픽 웃었다. 조금 전만 해도한숨을 푹 쉬어대던 규은이 갑자기 눈을 빛내며 앞으로의계획을 마구 이야기하는 것이 재미있었다. 규은은 단하의웃음에 잠시 당황하며 말을 멈추더니, 다시 입을 열었을 때는 조금 버벅거렸다.

"어, 그러니까······ 위험하죠. 신중해야 하고요. 세계를 변형할 도구에 접근할 수 있다고 해서 그걸 함부로 쓰면, 고대인들처럼 되겠죠. 자신들이 거주할 수 있었던 유일한 행성을 망가뜨린······. 그렇지만······."

"네 말이 맞아."

단하가 고개를 끄덕였다.

"그 모순 속에 살아가야 하는지도 모르지. 살아 있다고 느끼고 싶은 갈망, 존재하는 방식을 이해하고 싶다는 마음이, 어떤 면에서는 우리의 존재 기반을 무너뜨릴 수도 있다는 모순 속에서. 하지만 알기 전으로 돌아갈 수는 없을 것 같군."

규은이 단하의 말을 듣다가, 오로라를 향해 고개 돌렸다.

"저도 그래요."

어디로 가야 할지는 아직 알 수 없었다. 그래도 한 가지는 알았다. 살아 있다는 감각에서 출발해야 한다는 것. 이 세계도 이곳의 사람들도 결코 거짓이 아니었다. 단지 다른 방식으로, 어떤 생물도 존재한 적 없는 방식으로 존재할 뿐이었다.

눈앞의 오로라가 색을 바꾸어 유백색으로 빛났고, 단하는 자신이 특별히 아꼈던 노미아 벌들을 생각했다. 유백색 띠를 지녀서 햇살 아래 아름답게 빛났던 벌들을. 한때 사랑했고 마음을 주었던 세계가 있었다. 그리고 이제는 그 세계에 완전히 몰두할 수 없다는 것을 단하는 알았다. 과거의 감각과 느낌이 자신을 서서히 떠나가고 있었다. 벌들을 바라볼 때 느꼈던 살아 있음을, 생생함을, 그 감각의 파도를 다시는 이전과 같은 방식으로는 겪을 수 없으리라는 것을 단하는 예감했다. 그 감각들은 애초에 단하에게 온전히 속한 것이 아니었기에. 단하 자신의 몸을, 존재하는 방식을 생각하고 또 생각할수록 어떤 현상이나 비유로도 빗댈 수 없는 다른 감각들이 자꾸 생겨났다. 흩어지고 다시 모이며, 동시에 여러 곳에 존재하고, 그럼에도 서로 얽혀 있는 감각이. 이제 단하는 슬픔과 불안과 기쁨과 분노를 새롭게 발명해야 할 것이다. 유기체 몸에 속하지 않는, 그렇기에 한 번도 규정된 적 없는 종류의 감정에 새롭게 이름 붙여야 할 것이다. 그것은 여전히 슬픔과 같은 이름을 가질 수도 있겠지만, 이전과 같은 슬픔은 아닐 것이다.

그 자각이 이끌어낸, 아직은 정확히 설명할 수 없는 달고 미지근한 슬픔이 단하를 관통해 지나갔다.

존재하지만 그 존재를 충분히 설명할 수 없다는 슬픔.

어쩌면 영원히 모르는 것들의 경계가 있고, 그 경계를 알아내는 것조차도 불가능할 수도 있다는 깨달음에서 오는 슬픔.

하지만 그 슬픔에서는 여전히 달콤한 맛이 났다. 탐구할
가치가 충분한 슬픔이었다.

내일의 환영,
어제의 휘광

저우원

2018년 중력상 최우수 단편소설상을 수상하며 작품 활동을 시작했다. 지은 책으로 《삶을 훔친 소녀》, 《별은 어떻게 이어지나》, 《무중력 언어》 등이 있다. 미국의 조지 R. R. 마틴이 수여하는 테란상과 중국의 성운상을 수상했다.

우주는 소녀의 대뇌다.

제1장 단절

A

2026년, 동쪽 A국

"……그러니까 우리는 사흘 안에 반드시 방법을 찾아내야 해. 이봐, 듣고 있어?"

눈을 뜬 나는 깜짝 놀랐다. 어떤 여성이 조급함과 책망 그리고 걱정이 뒤섞인 눈빛으로 나를 보고 있었다.

"미안해요. 잠깐 딴생각을 했어요. 나는……."

"괜찮아. 지금 단계에서는 이런 증상을 보이는 게 정상이거든. 그러니까 사흘 안에 반드시 해결법을 찾아야 해."

그녀는 반복해 말했다.

"이봐, 듣고 있냐니까?"

듣고 있지 않았다. 주변을 둘러보았다. 이곳은 호텔 연회장 옆에 있는 소회의실이었다. 셈어파 계통 언어를 쓰는 나라에서 중국어가 어떻게 변화했는지를 조사하고자 동쪽 A국으로 출장 와서 머무르고 있는 호텔이었다. 나는 지난 며칠간 이곳 회의실에서 녹취록을 정리했었기에 이곳이 어딘지 바로 알아볼 수 있었다. 다만 막 꿈에서 깨어난 듯한 기분이었다.

조금 전까지만 해도 바닷가에 있지 않았나?

나는 오른쪽 창문 너머를 보았다. 수평선을 이룬 바다가 소리 없이 너울거리고 있었다. 분명 바닷가 모래사장에 있었는데. 이곳으로 순간 이동이라도 한 걸까? 고개를 숙이자 신발 양쪽 옆면에 모래가 묻어 있는 게 보였는데, 모래는 이미 말라 있었다.

이틀 전 쇼츠 영상을 훑어보다가 어떤 물체가, 심지어는 농촌에 있는 소형 건축물이 순간 이동을 하는 장면을 봤던 게 생각났다. 영상을 올린 이는 "다섯 귀신이 옮긴 거"라고 했지만, 인공지능 합성 동영상을 자주 접했던 사람들은 그말을 믿지 않았다.

"괜찮아. 지금 단계에서는 이런 증상을 보이는 게 정상적이거든. 그러니까 사흘 안에 반드시 해결법을 찾아야 해. 이

봐, 듣고 있냐니까?"

정신이 흐릿한 게 가물가물했다. 눈앞의 여성은 같은 말을 반복하고 있었다. 음성도 어조도 변화가 없었다. 순간 서늘함이 등줄기를 타고 올랐다.

이건 확실히 이상한 일이었다. 사람은 평생을 살아가며 무수히 많은 말을 내뱉지만 "발을 같은 강물에 두 번 넣을 수 없다"는 표현처럼 완전히 같은 맥락의 말을 똑같이 두 번이나 뱉을 수는 없었다. 자기만의 슬로건이나 입버릇이 있는 연예인이라고 할지라도 매번 다른 음색과 다른 음량으로 말하기 마련이었다. 소리의 파형을 오실로스코프로 포착했을 때, 완전히 중첩되는 곡선이 나올 수는 없었다.

만약 이 여성이 정상이었다면 내가 계속 딴생각에 빠졌을 때 나에게 더 조급한 말투로 말했을 것이다. 나를 꾸짖는 게 아니라 이렇게 인내심을 가지고 반복해서 말한다고? 내가 오실로스코프 같은 기계는 아니지만, 언어에 관해서는 극도로 민감했다. 그런 나도 그녀가 했던 말들에서 다른 부분을 느낄 수도 차이점을 거의 찾아낼 수도 없었다.

"듣고 있어요. 듣고 있다고요."

나는 대충 답하며 몰래 그녀를 관찰했다. 짙은 회색 정장을 입은 여성은 왼손으로 노트를 안고 있었는데 노란색과 분홍색 포스트잇이 노트 가장자리에 한가득 붙어 있었다.

까닭 없이 그녀와 내가 같은 연구자일 거라는 생각이 들었다. 믿어도 되는 사람.

"……이봐, 듣고 있냐니까?"

그녀가 다시 한번 말했다. 완전히 똑같은 어조였다. 나는 놀라 뒷걸음질했고 비틀거리다가 소회의실 문에 부딪혔다. 그녀가 빠르게 다가와 나를 잡아주었다. 그러나 자동문이 닫히기 전에 문 너머의 풍경을 본 나는 극도의 두려움을 느꼈다. 평소 텅 비어 있던 로비에 사람이 가득했다. 여행객, 호텔 직원 그리고 현지 노동자가 모여 있는 듯했다. 누구는 앉아 있었고 누구는 서 있었다. 호텔 목욕 가운을 입고 명한 얼굴로 자기 가방을 꼭 껴안은 이도 있었고, 지나치게 긴장한 나머지 쉴 새 없이 이 사람에게 말을 걸다가 곧 다른 사람에게 말을 거는 이도 있었다. 공간 전체에 공중화장실에서 날 법한 냄새가 퍼져 있었다.

상대적으로 잘 차려입은 이들 몇 명이 질서를 유지하고자 사람들 사이를 바쁘게 오가면서 작은 무언가를 나눠주었다. 그건 포스트잇과 볼펜이었다. 노란색 포스트잇과 분홍색 포스트잇이 벽과 바닥 그리고 사람들의 등에 가득 붙어 있었다.

이때 문 바로 옆에 있던 부부가 서로에게 속삭였다. 그러나 내가 그 속삭임을 듣기도 전에 여성이 나를 소회의실 안으로 힘껏 끌어당기더니 곧장 문을 닫았다. 그러자 모든 소리가 바깥에만 머물면서 이곳과 단절되었다.

"여기 대체 무슨 일이 생긴 거죠? 당신은 누구고요?"

"드디어 깨어났네."

여성은 다행이라는 듯 웃었다.

"이 방법이 아주 효과가 있어."

"무슨 방법이요?"

"네가 내게 가르쳐준 방법 말이야."

여성은 내 이마에 붙어 있던 포스트잇을 떼어냈다. 포스트잇에는 내 필체로 이렇게 적혀 있었다.

내가 이상한 증상을 보이면 계속 똑같은 말을 반복해주세요. 될 수 있으면 완전히 같은 음성과 어조로요.

"이건……. 밖에 있는 사람들도 기억을 잃은 건가요?"

상황을 더 자세히 알아볼 수 있도록 나는 말을 뱉으면서 문을 열려고 했다.

"네가 그랬잖아. 절대 밖으로 나가지 말라고."

그러나 여성은 필사적으로 문을 막았다.

"이 언어를 구사할 수 있는 건 우리 둘뿐이라고 그랬어. 밖으로 나가면 우리의 언어가 오염이 될 거라고."

"이게 어떻게 된 일이죠?"

뇌리에 100개가 넘는 가능성이 떠올랐다. 이건 신종 사기일까? 아니면 외국인인 나에게 누군가가 약물이라도 먹인 걸까?

"열 번째로 내 소개를 할게."

여성의 입술이 떨리고 있었다.

"나는 상하이천문대에서 일해. 마침 너처럼 이곳으로 출장을 왔지. 네가 여기에 재난이 생겼다고 했어. 언어 재난이 생겼다고."

"제가 그런 말을 했다면, 그렇게 애매한 상위어로는 말하지 않았을 텐데요. 이름을 지어줬을 거예요."

나는 그녀를 노려보았다. 역시 이 사람은 믿을 수 없었다.

"맞아."

여성은 고개를 끄덕이며 말을 이었다.

"네가 이름을 지어줬지. '후이광(輝光)증후군'이라고."

나는 숨을 들이켰다. 기억이 천천히 수면 위로 떠올랐다.

B

2026년 8월 17일 18 : 26, 동쪽 A국, B 호텔, 24층,

루프톱 수영장 옆, 지중해식 레스토랑, C57 테이블

OR

7일 전

".요아않 는지하편불 이활생"

앞에 있는 아가씨가 웃으며 말했다. 에어컨 덕분에 35도
라는 높은 온도는 창문 밖에만 머물고 있었다. 동쪽으로는
도시의 스카이라인이 솟아 있었고, 서쪽으로는 끝없는 수
평선이 펼쳐져 있었다. 모래인지 안개인지 알 수 없는 무언
가가 미처 검푸른 바다에 도달하지 못한 석양을 완전히 가
려버렸다.

그녀는 내 눈빛을 보며 보충하듯 말했다.

".요걸는하말 게렇이 들다 은금지 도들람사 실무사"

나는 고개를 끄덕였다. 동작이 2초 정도 더뎠다. 이어폰
의 인공지능 어시스턴트가 문장의 어순을 조정해 들려주기
를 기다렸기 때문이다.

"언제부터 이렇게 된 거예요?"

그녀는 무알콜칵테일을 한 모금 마셨다.

".요게볼해 좀 각생 .요에날첫 된견과 .요걸일전 달 석"

감동적인 노래라도 부르듯 유창하게 내뱉은 말이었다.

RTL(Right To Left), 오른쪽에서 왼쪽으로 쓰는 방식인 우횡서(右橫書).

나는 노트에 몇 가지를 적었다. 이건 '유헌사자(輶軒使者)'인 내가 동쪽 A국에서 조사한 세 번째 케이스였다.

언어를 왼쪽에서 오른쪽으로 쓰는 게 유일한 방식일까? 일문은 오른쪽에서 왼쪽으로 줄 바꿈 하는 세로쓰기 방식인 우종서(右縱書)로 쓰였다. 책장의 순서도 중국과 달라 오른쪽에서 왼쪽으로 책장을 넘겼다. 대다수의 중문은 왼쪽에서 오른쪽으로 가로쓰기를 하는 좌횡서로 쓰였는데 번체를 사용하는 곳에서는 중문을 세로쓰기인 우종서로 썼다. 이집트의 상형문자는 가로로 혹은 세로로도 쓸 수 있었으며 오른쪽을 향해서 쓸 수도 있었고 왼쪽을 향해서 쓸 수도 있었다. 동물 형상의 문자를 기반으로, 동물의 머리가 가리키는 부분을 기준 삼아 방향을 판단했다.

여기에서는 현지 언어가 오른쪽에서 왼쪽으로 쓰였다. 나는 이곳으로 오는 길에 거리에서 좌횡서인 영어와 우횡서인 현지 언어가 나란히 적혀 있는 이중 언어 광고를 보았는데 그 광고판에서 색다른 아름다움을 느낄 수 있었다.

그러나 중국어는 이제껏 우횡서였던 적이 없었다. 그래서 나는 이 단서를 처음 접했을 때 질병과 관련된 케이스라고 생각했었다. 신경언어학 분야를 오랫동안 연구해오면서 이상한 질병을 많이 보았다. 잠을 자고 일어났을 뿐인데 어렸을 때부터 쓰던 방언을 갑자기 잊어버린 이도 있었고, 운동신경이 작동하지 않아 제대로 된 음절을 내뱉지 못하는 이도 있었다. 소리 내어서 읽지 않으면 문자를 이해하지 못하는 이도 있었고, 독서로 인해 언어적 간질이 생겼거나 문장을 조합하지 못하는 브로카실어증을 앓는 이도 있었다…….

이 질병들은 다 대뇌와 관련이 있었다.

이 사람도 병에 걸린 걸지도. 대뇌에 신경 착란이 일어나서 어순이 반대가 된 것이다. 병원에 데려가야 하는 걸까. 마침 휴대용 브레인 캡도 내 가방 안에 있었다. 나는 어떻게 해야 그녀가 이 현실을 받아들일지를 고민하면서 가방을 향해 손을 뻗었다.

그때 그녀가 흥분하며 벌떡 일어났다.

"!이하 !기여"

그녀는 막 레스토랑 안으로 들어온 이들에게 알은체했다.

직장 동료들이었다. 출장 혹은 파견으로 근 1년 안에 이 나라에 온 사람들.

나는 브레인 캡을 꺼내려던 손을 도로 거둬들였다. 아니, 이건 병이 아니었다. 신경언어학 분야에서 오래 일해온 나는 무엇이 질병인지 구분할 수 있었다. 그건 알아들을 수 없거나 말할 수 없는 혹은 쓸 수가 없는 증상이었다. 모든 질병은 단 하나의 방향을 향해 나아갔다. 바로 교류를 방해하는 거였다.

그러나 여기 있는 이들은 달랐다. 화기애애하게 일과 생활을 논하고 있었다. 조금 전에 받은 네일아트에 대해 이야기하기도 했고, 다음 주말에 갈 요트 여행에 대해 떠들기도 했으며 나를 소개하거나 내게 인사를 건네기도 했다. 또한 숙련된 현지 언어로 메뉴를 주문하기도 했다.

그녀들은 모두 우횡서의 중국어를 구사했다. 유창했고, 표현이 풍부했으며 독창성도 드러낼 수 있었다. 심지어 어떤 여성은 우횡서로 언어유희를 구사해 모두를 한바탕 웃게 만들었다.

이건 하나의 언어가 분명했다. 혹은 변형된 중국어라고 할 수도 있었다. 세계 각지에 자리를 잡은 영어가 다양한 억양을 낳았던 것처럼, 중국어가 현지 우횡서의 언어적 환경에 영향을 받으면서 이런 언어가 탄생된 거라고. 나는 확신을 했다.

다만, 이렇게 빠를 수도 있는 걸까? 1년이었다. 가장 먼저 온 사람이 이곳에 머문 기간이. 그러니까 1년 전만 해도 이들은 나처럼 베이징 길거리에서 간식을 샀을 테고, 베이징 억양이 강한 아주머니와 가격을 흥정했을 것이다. 그러나 지금은 새로운 언어 공동체를 형성했다. 그 사이에 있는 나는 이들과 모어가 같은 데도 꿔다 놓은 보릿자루처럼 멍하게 서 있어야만 했다.

그녀가 이곳에 온 지는 석 달밖에 되지 않았다. 그사이에 언어 시스템이 이렇게나 크게 변화할 수 있는 걸까? 이건 언어 발달의 결정적 시기가 지난 성인은 언어적 습관을 쉽게 바꾸지 못한다는 신경언어학적 상식에 맞지 않았다.

아예 바꾸지 못한다는 건 아니었다. 다만 그 속도가 아주 느리다는 거였다. 그녀가 이곳에서 5년 이상을 살았다면, 나도 놀라지 않았을 것이다. 속도는 매우 중요했다. 인류가 늑대를 개로 길들일 수 있었던 건, 돌을 하나씩 쌓아 피라미드를 만들 수 있었던 건, 모두 오랜 시간을 거쳤기 때문이었다. 야생 늑대가 폴짝 뛰었다고 푸들이 되어서 당신 발밑으로 떨어질 수는 없었다. 이집트 시내에 있는 모텔에서 하룻밤 자고 일어났더니 아침 풍경에 피라미드 하나가 추가되어 있을 수도 없는 법이었다.

물론 상식도 무너질 수는 있다. 나는 이렇게 빠른 언어적 변화를 본 적이 있었다.

내가 가장 애틋하게 여기는 샤오광(小光)*에게서였다.

C

2023년 5월 4일 13:50, 동남아 D국,

E 놀이공원, 얼룩무늬 회전목마 옆

OR

3년 전

"샤오광, 너무 멀리 가지는 마. 그러다가 길을 잃는다고!"

"Can이에요, can이라니까요—"

샤오광은 장밋빛 끈 나시와 새하얀 스트레이트 팬츠를 입고 있었다. 어제 현지에서 산 옷이었다. 머리에는 놀이공원에서 파는 판다 머리띠를 쓰고, 등 뒤에는 애니메이션이 그려진 팝콘 통을 메고 있었으며 목에는 반짝이는 휴대전화 스트랩을 걸었다. 가지고 있는 거라고는 이게 다였다.

흥분한 샤오광이 인파를 헤치며 앞서갔다.

* 일종의 애칭이다. 중화권에서는 자기보다 어리거나 동년배인 사람의 성이나 이름에서 한 글자를 따와 그 앞에 샤오(小)를 더해서 부른다.

"멀리 가지 말라고 했잖아!"

나는 숨을 고르며 이를 악물고는 인파 사이로 사라지던 이의 얇은 손목을 힘껏 붙잡았다. 묵직한 백팩 안에 담긴 텀블러와 열쇠, 지갑 그리고 과일이 서로 격렬하게 부딪치면서 소리를 냈다.

"도쿄 디즈니랜드에서 있었던 일을 잊은 거야? 그리고 올랜도에서도. 네가 —"

그러나 샤오광은 눈을 깜빡이며 나를 볼 뿐이었다. 내가 했던 잔소리들을 잊어버린 게 분명했다. 나는 한숨을 내쉬었다. 그녀가 이런 말을 듣기 싫어한다는 건 나도 알고 있었다.

"Sis, 내 말 좀 들어봐."

내가 팔을 놓아주자마자, 그녀가 내 손을 힘껏 붙잡았다.

"듣고 있다니까요."

샤오광은 나이가 곧 서른인데도 소녀 같았다. 사춘기 소녀처럼 매력적이었다. 반면 자외선 차단 옷을 풀 세트로 입은 채 목에 카메라를 걸고 있는 나는 늘 근심하고 걱정하는 엄마 같았다.

푸드 트럭을 지날 때 나는 본능적으로 샤오광을 다른 곳으로 끌고 가려고 했다. 놀이공원의 음료와 음식이 너무 비쌌기 때문이다. 게다가 나는 과일과 빵을 가져왔다…….

"Sis, tired해요, drink a bit하죠!"

샤오광은 내 말에 답하지 않았다. 유창한 현지 영어를 단숨에 발동해 주인과 값을 흥정하기 시작하더니 몸을 돌려 내게 물었다.

"뭐 먹을래요?"

"커피면 돼."

나는 관자놀이가 다 지끈거렸다.

"Kopi-O, kopi-C, 아니면 kopi-C kosong？"

"잰말놀이라도 하는 거야? 블랙커피면 돼."

관자놀이가 더 욱신거렸다.

내가 불편해하는 걸 본 샤오광은 더는 묻지 않았다. 단 몇 마디로 주인과의 전투를 끝낼 뿐이었다.

몇 분 뒤, 우리는 길에 있는 벤치에 앉았다. 이상한 녹색 젤리가 든 새하얀 액체를 왼손에 든 샤오광이 내게 오른손으로 커피를 건네주었다.

"언니, 언니 거 kopi-O예요. 블랙커피."

나는 푸젠성*의 방언을 떠올리며 고개를 끄덕였다. 'O'는 확실히 '검은색'을 의미했다.

* 동남아시아로 이주한 화교 중 상당수는 광둥성이나 푸젠성 출신이다.

"그러면 kopi-C는 뭐야?"

"연유커피요. Kopi-C kosong은 무가당 연유커피."

샤오광은 잘 알고 있다는 듯 막힘없이 말했다.

"내 건 cendol이죠. 인도네시아 스타일이에요. 처음 마셔보는 거라고 하니까 사장님이 10파센 할인도 해줬어요……."

"샤오광, '파센'이 여기서 percent를 뜻한다는 건 나도 알아. 그냥 ten percent라고 말하면 되잖아."

갑자기 몰려오는 통증에 나는 참지 못하고 손으로 관자놀이를 눌렀다.

"나랑 같이 출장으로 온 거잖아. 여기에 머문 지 사흘밖에 되지 않았고, 그러니까…… 이렇게나 빨리 현지인처럼 변할 필요는 없어."

"알겠어요."

젊은 여성은 시선을 떨구더니 인도네시아식 음료에 담긴 녹색 젤리를 먹으려고 하다가 아주 작은 목소리로 중얼거렸다.

"처음에는 이래서 좋아했던 거잖아요……."

샤오광 말이 맞았다. 신경언어학 종사자인 내가 그녀에게 관심을 가지게 된 건 강력하고도 천부적인 언어적 재능 때문이었다. 싱가포르식 영어를 마스터하는 것 정도는 식은 죽 먹기랄까. 그것도 사흘 만에 가능했다. 어쨌든 싱가포르식 영어도 일종의 중국어식 영어 표현이니까. 다른 나라의 언어적 환경에 녹아드는 샤오광의 속도는 실로 경악할 만한 수준이었지만, 그렇다고 그녀가 다중 언어 구사자는 아니었다. 그녀의 대뇌는 특정 언어적 환경을 벗어나면 조금의 주저함도 없이 이전에 익힌 언어들을 버렸다. 언어는 그녀의 삶에서 반짝이며 흘러갔고, 그녀의 개성 또한 문화적 맥락에 따라 순식간에 전환되었다.

연구자와 자원봉사자, 연구소에서 처음 만나 서로를 알게 된 우리는 상대방을 존중했고, 어느새 절대 떨어질 수 없는 사이가 되었다.

물론 이런 재능도 가끔은 성가실 때가 있었다. 인도로 출장 갔을 때 그녀의 억양은 실로 두통을 유발할 정도였다.

아니지, 인도에 있을 때만 그랬던 게 아니었다. 그녀가 현지 환경에 적응하며 변화할 때마다 내 관자놀이에서는 갑작스러운 통증이 일어났다. 언어는 과거를 가장 잘 전달하는 매개체였다. 자기 고향과 교육 수준, 희망과 동경, 기쁨과 후회가 무의식적으로 말하는 방식에 반영되곤 했다. 뉴런은 대뇌에서 기억의 장면을 편집하고, 기억은 인지와 자아를 빚어낸다. 바로 그 사이에서 언어는 만들어진다. 다른 매개체를 통과하는 빛처럼 언어는 굴절되거나 반사되었고, 분해되거나 합쳐졌으며 왜곡되기도 했다. 결국에는 입술 사이로 새어 나오며 공기를 가르는 음절이 되는 것이다.

나는 언어가 한 사람의 가장 짙고도 깊은 바탕색이라고 믿었다. 과거의 모든 흔적을 대뇌에서 지워낼 방법이 없는 것처럼 사람은 자신의 모어를 바꿀 수 없다.

그러나 샤오광은 그렇지 않았다.

그녀는 부드러운 시폰 같았다. 어디로 가든 현지에서 가장 흔한 모습으로 아주 쉽게 변했다. 그녀는 받아들여졌고, 사랑을 받았다. 반면 관광객이라는 걸 모두가 한눈에 알아볼 수 있는 나는 항상 꿔다 놓은 보릿자루였다. 그녀가 현지 말투로 내게 말을 걸 때면 나는 무의식적으로 낯섦과 불쾌함을 느꼈다.

우리가 중국에서 함께 생활할 때에만, 내가 관광객이 아닌 곳에서 지낼 때에만 이런 느낌이 옅어졌다.

그녀는 아주 행복해하고 있는데. 나는 대체 뭘 두려워하고 있는 걸까.

제2장 재편(Reshuffle)

A

2026년, 동쪽 A국

언어의 경계는 세계의 경계다.

언어를 잊는다는 건 세계를 인지할 방법을 잃는다는 것이다.

조금 전 나는 언어 능력을 잠시 잃었었다. 머릿속이 혼란스러웠다. 뉴런이 올바른 연결 방식을 되찾자 내 기억도 천천히 되돌아왔다. 기억이 얼마나 회복된 건지는 나도 알 수 없었다. 깊이 파고들 엄두가 나지 않았다.

함께 방법을 논의하는 사이 그녀는 몇 번이나 의식이 흐릿해졌다. 그녀를 깨우는 방법은 작고도 검은 반점들이 빼곡한 A4 몇 장을 보여주는 거였다. 그녀가 직접 그린 항성도였다. 수백만 광년이나 떨어진 지금의 별빛을 수집하기 위해 얼마나 무수한 밤을 천문대의 망원경과 함께하며 보냈을까. 그녀에게 별의 위치는 내게 언어와 같은 의미였다.

몇 주 전, 이곳에서 특수한 방언을 발견했다. 바로 우횡서 중국어였다. 처음에는 개별적인 현상인 줄 알았지만, 시간이 지나면서 그렇지 않다는 걸 알게 되었다. 새로운 변종 언어가 빠른 속도로 나타나면서 모어의 불안정성이 급격히 높아지고 있었다.

나는 협조해줄 현지인을 몇 명 찾았다. 브레인 캡으로 그들의 뉴런 응집 패턴을 측정했고 나 자신을 검사하기도 했다. 그 결과 우리 뇌가 언어 발달의 결정적 단계에 있는 아이와 흡사한 상태라는 걸 알게 되었다. 이건 사실 아주 위험한 상황이었다.

언어는 취약했지만, 동시에 강인했다. 나는 늘 언어가 생명을 가지고 있다고 느꼈다. 언어는 세상을 여행하면서 동료들과 구성 요소를 교환했고, 가끔은 자기 자신의 경계마저 모호하게 만들었다. 그러나 그 내면만큼은 안정적이면서도 묵직해 쉽게 바뀌지 않았다. 특히 세상에 1,000년, 100년이나 전해진 언어는 언어적 공동체가 방대했고 문명이 강성했으며 문화도 깊었다. 이 점은 언어의 생명력을 매우 굳건하게 만들었다. 다른 것을 포용하면서도 자신의 정체성을 지킨다는 것은 그 언어를 사용하는 이들마저 감싸안는 걸지도 모른다. 대뇌는 투명해질 수 없었지만, 맑은 마음을 드러낼 수는 있었다. 그렇게 서로를 이해할 가능성을 존재하게 했다.

모어는 인간 개개인에게 흔들리지 않는 존재였다. 어린 시절에 습득한 언어적 습관이 종종 평생을 가기도 했으니까. 물론 삶에서 마주하는 것들이 미묘한 영향을 주기도 한다. 유행어가 전 세계를 휩쓸고, 동북 지역의 말이 친구들에게 전염되기도 하며* 애인과 언어 습관이 점차 하나가 되기도 하니까. 언어는 지난 삶의 모든 것을 아울렀고, 뱉어내는 음절들 또한 개인이 엮어낸 연대기였다.

원래는 이래야만 했다.

그런데 언어의 진화 속도가 달라진다면? 1,000배나 빨라진다면? 외국에 간 지 사흘밖에 되지 않았는데도 자기 모어를 잃게 된다면?
세상의 모든 생물이 생식 격리에서 벗어났다고 상상해보자.

나는 깊게 숨을 들이켜고는 회의실 문을 잠갔다. 그녀의 말이 맞았다(혹은 그때 내가 했던 말이 맞았다고 할 수도 있을 것이다). 우리는 당분간 다른 이들과 격리되어야 했다. 절대로 교류해선 안 된다. 회의실 안에는 조식 뷔페에서 다급하게

---

* 요즘 중국 전역에서 동북 지역의 말인 동북화(東北話)가 크게 유행하고 있으며, '전염성이 가장 강한 방언'이라는 평가를 받는다.

가지고 나온 듯한 버터롤과 피타브레드가 많았다. 누가 여기에 둔 건지는 모르겠지만, 굳이 알려 하지 않기로 했다. 어쩌면 내가 가져왔는데 기억을 못 하는 걸 수도 있고.

내가 정신을 차리자 여성은 눈에 띄게 안도했다.

날이 어두워지면서 멀리 보이는 불빛이 점점 선명해졌다. 지난 며칠 동안 사고가 많이 발생했다. 항공사고, 교통사고, 공장에서의 사고. 모든 공항이 문을 닫았고, 많은 이가 언어적 혼란을 겪고 있는 알츠하이머 환자 같았다. 그리고 우리가 머무는 호텔의 연회장은 현지에 머무는 외국인을 '케어'하는 곳이었다.

잃어버린 기억을 되찾기 위해 나는 소회의실에 있는 포스트잇들을 자세히 살펴보았다. 내가 알아볼 수 없는 언어로 적혀 있어 처음에는 다른 이가 남긴 포스트잇인 줄 알았지만, 나는 곧 이 포스트잇이 열몇 시간 전에 내가 남긴 거라는 걸 필체로 알아보았다. 언어의 변화 속도가 너무나 빨랐기에 나와 이 여성이 이야기를 나누는 사이에 두 사람만의 언어가 만들어진 것이다.

그러자 두려운 마음이 들었다. 상대방과 표준어로 대화를 나누고 있다고 생각했지만, 다른 중국인에게는 완전히 다른 언어로 들릴 수 있었다. 어쩌면 언어보다는 동물의 울부짖음이나 의미를 찾을 수 없는 소리에 가까울 수도. 자기가 구사하고 있는 모어가 그 말을 알아듣지 못하는 이에게 어떻게 들릴지를 이제 영원히 알 수 없을 것이다.

심지어 이 여성이 하고 있는 말을 내가 정말로 알아듣고 있는 게 아닐지도 모르겠다는 생각도 들었다. 이 언어가 우리 두 사람에게만 속하는 언어라면, 같은 단어에 대한 우리 두 사람의 이해도 같다는 걸 어떻게 확신할 수 있을까?

몇 년 전에 읽었던 모험소설이 떠올랐다. 대뇌에 영향을 미칠 수 있는 괴물을 만난 주인공은 괴물이 내뱉는 말이 '끄으으으' 소리뿐이었는데도 아주 원활하게 대화를 나눌 수 있었다. 괴물의 소리가 주인공의 머릿속에서 정상적인 언어로 자동 변환되었기 때문이었다.

나는 깊게 숨을 들이마셨다. 비현실적인 생각은 하지 말아야지. 냉정해져야만 했다. 나와 그녀는 연구자니까. 그래서 우리는 서로를 택했을 테고, 이곳에 숨어서 서로 소통하고자 했을 것이다. 밖으로 나설 수는 없었다. 다른 이들과 교류한다면, 우리의 언어는 빠르게 그들의 영향을 받아 예측할 수 없는 변화를 겪을 테니까. 까딱하면 다시는 서로를 이해할 수 없게 될지도 몰랐다.

만약 이곳이 중국이었다면, 모두가 중국어를 구사하니 상황이 이렇게 나쁘지는 않았을 것이다. 그러나 이 호텔은 세계의 교차로였다. 안에 모인 이들이 구사하는 모어가 20여 종이나 되는 이 '용광로'에서 어떠한 언어가 탄생할지는 누구도 예측할 수 없었다.

우리는 토론 끝에 중국인 한 명을 데려와 우리의 언어에 동화시키기로 했다. 셋이서 대화를 하다가 호텔 직원들도 한 명씩 데려와 동화시키면 작은 커뮤니티 안에서 상대적으로 안정적인 교류 수단을 확보할 수 있었다.

우리는 바로 실행으로 옮겼고, 공교롭게도 우횡서 중국어를 구사하던 아가씨가 사람들 사이에 있는 걸 발견했다. 그녀는 곤혹스럽다는 듯한 얼굴로 호텔 구석에 쭈그려 앉아 있었다. 냅킨으로 귀를 막은 뒤 서로의 손을 꼭 붙잡은 우리는 달라진 언어로 말하는 사람들 사이를 지나 그녀를 소회의실 안으로 순조롭게 '납치'했다.

대화는 생각보다 원활했다. 그녀는 곧 우리 언어를 '배우게 되었다'. 물론 역으로 우리가 아가씨에게 동화된 걸 수도 있었다. 이곳의 언어는 변화가 너무나 빠르니까. 뭐든 다 가능성이 있었다.

"샹잉 선생님." 그녀가 처음으로 내뱉은 (내게는) 의미 있는 말이었다. "왜 아직 여기에 계세요?"

"왜 그렇게 말씀하시죠?"

나는 당황했다.

"지난번에 제게 그러셨잖아요." 그녀는 기억을 떠올리려고 노력했다. "안 가면 늦는다고요."

"뭐에 늦는다는 거죠?"

나는 곤혹스러웠다. 이렇게 엄청난 재난이 생겼는데, 이것보다 중요한 일이 뭐가 있다는 거지?

"선생님이 그러셨잖아요. 후이광(輝光)이 선생님을 잊게 될 거라고요."

서늘한 검이 척추를 찌르는 듯했다. 놀랍게도 후이광을 잊고 있었던 것이다.

B

2024년 7월 17일 12:20,

중국 베이징시 하이뎬구 F 식당

OR

2년 전

"그런가요. 우리가 여기 온 적이 있어요?"

샤오광이 새로 산 가방을 테이블 아래에 있는 바구니에 넣더니 자연스럽게 벽쪽 소파 좌석에 앉았다.

"농담하는 거야? 우리가 매주 오는 곳이잖아. 우리가 처음으로 함께 밥을 먹었던 곳이기도 하고."

나는 어쩔 수 없이 건너편 나무 의자에 앉았다. 허리가 조금 욱신거렸다. 샤오광은 내 허리가 좋지 않다는 걸 안 뒤로 매번 내게 소파 좌석을 양보했고 세심하게 쿠션도 몇 개 더 깔아주었다. 그러나 이번에는 신경도 쓰지 않는 듯했다.

어쩌면 내게 화가 난 걸지도. 물론 화가 날 만도 했다. 아프리카로 출장을 다녀온 석 달 동안 내가 연락을 거의 못 했으니까 신호가 잡히지 않아서였다. 남아프리카에서 이집트, 다시 아랍에미리트로, 그런 뒤 베이징으로. 그녀를 봐야 한다는 생각에 나는 온갖 교통수단을 사용해서 이틀이나 앞당겨서 왔다.

한 번도 싸워본 적이 없어서 나는 그녀의 화난 모습을 알지 못했다.

하지만 샤오광은 전혀 불쾌해 보이지 않았다. 아주 진지하게 메뉴를 볼 뿐이었다. 그녀는 베이지색의 딱 붙는 반소매 티셔츠를 입고 있었고, 분홍색 긴 바지 아래로는 회색과 보라색이 섞인 투박한 디자인의 운동화를 신고 있었다. 백팩에는 분홍색 모자가 걸려 있었는데 입고 있는 바지, 하고 있는 귀걸이와도 아주 잘 어울렸다. 하지만 샤오광의 평소 스타일이 아니었다. 누군가가 그녀에게 골라준 것이다. 새로 사귄 친구일까?

"선배, 뭐 드실래요?"

샤오광은 고개를 들어서 날 보더니 진지하고 예의 있게 물었다.

나는 답하지 않고 입술만 달싹였다. 그녀가 화난 게 분명하다고 확신할 수 있었다. 이제껏 그녀는 나를 '선배'라고 부른 적이 없었고, 이곳에 올 때마다 매번 같은 메뉴를 시켰기에 내게 뭘 먹을 거냐고 물어볼 필요도 없었다.

"너…… 네가 골라."

"좋아요."

샤오광은 다시 고개를 숙이더니 이곳에 처음 오기라도 한 것처럼 찬찬히 메뉴를 살펴보았다.

"음, 여기 시그니처인 밤수플레 하나랑요, 복숭아디저트도 하나 주세요. 라테 두 잔도요. 설탕은 반만 넣어서요."

"양후이광, 할 말이 있으면 그냥 솔직하게 말하지 그래?"

관자놀이가 다시 욱신댔다. 일부러 이러는 게 분명했다. 나는 복숭아 알레르기가 있었고, 절대 커피에 우유나 설탕을 추가하지 않았다. 그리고 이 모든 걸 그녀는 분명히 알고 있었다.

"선배, 왜 화가 나셨어요? 제가 시킨 게 입에 안 맞는 거예요?"

샤오광은 놀란 것처럼 보였다. 커다란 눈을 깜빡이면서 나를 보고 있는 샤오광의 얼굴은 아주 무고해 보였다.

"양후이광, 아프리카에 있던 동안 연락을 못 한 게 내 잘못이라는 건 나도 인정해. 하지만 환경적으로 불가능했던 거잖아. 그리고 하루라도 날 그리워하기는 했어?"

억울함이 순식간에 쏟아져 나왔다. 나는 그날 밤을 영원히 기억할 것이다. 열다섯 시간을 내리 일한 뒤 소중한 휴대전화 신호를 겨우 얻었지만, 그녀가 단 한 번도 내게 연락하지 않았다는 걸 알게 되었던 그날의 밤을. 베이징에 있을 때 매일 많은 이야기를 나누던 우리였다. 그래서 지구 반대편에 외롭게 있기는 해도, 신호가 잡히기만 한다면 그녀가 보내준 관심들을 한가득 받게 될 줄 알았다.

"하나도, 단 하나도 없었어."

눈물이 흘러내렸다.

"어떻게 아무 일도 없었다는 듯 굴 수가 있어!"

샤오광은 정말로 놀란 듯했다. 어쩔 줄을 몰라 하며 냅킨 두 장을 뽑더니 내 곁으로 달려와 허둥지둥 내 등을 토닥였다.

"미안해요, 미안해! 이런 일이 또 생겼네요. 다 제 잘못이에요. 옛 친구를 보러 가면 안 된다고 몇 번이나 다짐했는데도 참지를 못했어요. 젠장……."

그녀가 무슨 말을 하는 건지 알아들을 수 없었기에 내 울음은 더 격해졌다. 샤오광은 아예 쭈그려 앉아서는 나를 안아주었다. 그녀의 품은 여전히 깨끗했고 따뜻했으며 특유의 향을 품고 있었다. 나는 그제야 평온해졌다.

"미안해요. 샹잉 언니, 제가 건망증이 심해서요."

내가 더는 울지 않자 샤오광은 나를 소파로 데려가 앉히더니 바로 옆에 붙어 앉았다.

"기억을 잘 못 해요. 어느 정도 보지 못하면 그 사람을 잊게 되거든요."

"그게 나라고 해도?"

"심지어 제 엄마라고 할지라도요."

샤오광은 고개를 숙이며 말을 이었다.

"미안해요. 아마 예전의 제가 이야기해주지 않았던 건, 언니가 그걸 알고 절 멀리할까 봐 그랬을 거예요……. 언니가 출장 간 뒤로 채팅창을 훑어보면서 그간 나눴던 대화를 복습하려고 했어요. 그렇게 조금이라도 기억해보려고 했죠. 사실 오늘도 언니를 만나러 올 용기가 없었어요……. 혹시 제가 중요한 일을 잊은 거라면, 정말로, 정말 미안해요."

이런 표정에 이런 눈빛이라니. 나는 그녀를 용서하지 않을 수가 없었다.

그런데, 잠깐, 나는 무언가를 떠올렸다.

"샤오광, 언제부터 이랬던 거야?"

"계속 이랬어요. 기본적인 상식을 제외하고는 장기적으로 기억할 수 있는 게 거의 없거든요. 어렸을 때부터 지금까지, 시험도 벼락치기로 했어요."

"그러면 말이 되네. 그러면 말이 돼."

"뭐가요?"

"네 언어적 재능 말이야."

흥분한 나는 냅킨으로 눈물과 콧물을 닦은 뒤 진지하게 샤오광을 보았다.

"기억은 뉴런 간의 연결과 소통을 통해서 형성되는 거야. 우리가 어떤 일을 겪을 때, 이 경험들은 뉴런의 연결을 자극하고 특수한 신경 회로를 형성해. 근데 너는 달라. 대뇌 뉴런의 연결이 느슨하거든. 그래서 새로운 신경 회로가 계속 형성될 수 있는 거야. 오래된 연결점은 빠르게 끊어지는 거고. 그래서 장기 기억이 저장될 수 없는 거지. 다시 말하면 네 뉴런은 아이처럼 활발해서 환경의 변화에 아주 빠르게 적응할 수 있어. 오래된 일을 잊어버리고 새로운 언어를 배우는 거지."

샤오광은 아이처럼 투명하고 맑은 눈빛으로 나를 보았다. 아주 진지한 두 눈이었다. 나는 샤오광이 내 설명을 곧 이해할 거라는 걸 알고 있었다. 나도 모르게 샤오광의 두 손을 붙잡았다.

"우리 조직에도 비슷한 사례가 있었어. 치료할 방법도 있어. 내일 와줄래? 내가 네 순서를 앞으로 배정해줄게……. 걱정하지 마. 내가 널 치료할 수 있어."

나는 간절한 눈빛으로 샤오광을 보았다. 그녀를 진정으로 이해하고 있는 사람은 나였다. 틀림없이 그렇다고, 나는 굳게 믿고 있었다. 그녀의 장기 기억 속 첫 번째 사람이 되고 싶었다. 그 안에 아주 깊이 박혀 있고 싶었다…….

"미안해요, 언니. 이건 병이 아니에요. 치료 같은 건 필요없어요."

"뭐?"

뜻밖에도 샤오광이 내가 붙잡은 두 손을 빼내더니 시선을 떨구면서 차가운 목소리로 말했다.

"언니, 저는 지난 과거에 얽매이고 싶지 않아요…… 차라리 내일을 살겠어요."

나는 깨달았다.

이건 질병이 아니었다. 그녀의 선택이었다.

C

2026년 9월 26일, 일몰, 동쪽 A국, D 해변 옆

OR

이틀 전

해변 의자는 유료였다. 그래서 나는 가방에서 낡은 노트를 하나 꺼내 그 위에 대충 앉았다. 파도가 여기까지 닿지는 않으니 모래 때문에 노트를 적실 일은 없었다. 물론 노트가 젖어도 상관은 없었다. 모든 내용은 내가 펜으로 글을 쓰던 순간에 머릿속 깊이 새겨졌으니까. 내가 노트 필기를 하는 건 그저 습관 때문이었다.

해가 졌다. 석양이 아주 아름다웠다. 그러나 나는 너무 많이 보았기에 샤오광처럼 매번 흥분하며 반응할 수가 없었다.

그녀는 내일을 살고 있었고, 나는 어제를 살고 있었다.

지난번의 재회는 어색한 대화로 끝이 났다. 나는 샤오광과

의 관계를 예전처럼 회복할 방법을 강구했다. 어쩌면 예전과
도 좀 다를지 모르겠다. 서로에게 좀 더 솔직해졌으니까.

"샤오광, 우리가 3주나 만나지 못하면, 넌 날 잊게 되는 거
야. 맞아?"
"미안해요, 언니. 그렇게 되는 게 맞아요."
"좋아. 그러면 우리 약속을 하자. 영원히 헤어지지 않는 거
야. 잠깐 떨어진다고 할지라도 절대 3주를 넘겨서는 안 돼."
"네, 우리 약속해요."

샤오광. 네가 뇌 치료를 받는다면, 딱 한 달이면 정상인처럼
될 거야. 영원히 나를 잊지 않게 될 거야…….

나는 마지막 말을 끝내 뱉지 못했다.
그녀가 택한 삶이었다. 샤오광에게는 선택권이 있었다. 언
제든 새로운 삶을 맞이할 수 있는, 집 안에 가득 쌓인 케케
묵은 고물 같은 자신에게서 영원히 벗어날 수 있는 선택권이.

"하지만 정말로 네가 나를 잊는 날이 온다면—"
"언니, 언니는 충분히 강한 사람이에요."

언제든 과거를 버릴 수 있는 사람은 역시 냉정했다. 그러나 나는 샤오광이 필요했다. 샤오광이 나를 필요로 하는 것보다 훨씬 더.

물론 내게도 선택권이 있었다.

연구소에서 안정적인 일을 맡으며 샤오광 곁에 계속 머문다면 3주는커녕 사흘도 떨어져 있을 필요가 없었다. 그러나 나는 유헌사자가 되겠다고 결심했다.

'유헌'은 고대 사신이 타던 간편한 수레를 의미했다.

한나라 말 응소가 쓴《세속통의(世俗通義)》서문에는 이렇게 기록되어 있었다.

"주나라와 진나라는 매년 8월마다 유헌사자를 보내 여러 세대의 방언을 채록하게 하였다."

즉 주진 시대에는 곡식을 창고에 넣는 8월마다 유헌사자가 보내졌다. 최고 통치자가 유헌사자를 간이 수레에 태워 각지로 파견 보낸 것이다. 지역 시가와 동요, 방언을 채록해 풍속과 민심을 살펴 통치에 참고하기 위해서였다.

서한 시기의 양웅은 이렇게 채록한 자료들을 분류해서 책으로 엮었는데 그 책이《유헌사자절대어석별국방언(輶軒使者絶代語釋別國方言)》이었다. 훗날 사람들은 이 책을 간략하게 《방언》이라고 불렀다.

그리고 나는 전 세계를 다니면서 중국어의 변화를 관찰해 기록하는 사람이었고, 연구소에서 관련 프로젝트를 주도했다.

학창 시절에 익힌 언어 규칙이 너무 깊게 각인된 걸까. 나는 늘 언어의 '순수성'을 지키려고 했다. 다른 이의 잘못된 발음을 교정했고, 인터넷 유행어를 비웃었다. 심지어 한동안은 온라인에서 맞춤법 선생 노릇을 하기도 했다. 대중의 언어적 습관을 반영해 사전 속 단어의 발음이나 용법을 수정했다는 신문 기사라도 보면 나는 커다란 고통에 빠지곤 했다.

내가 바라는 현대 유헌사자의 역할은 채찍이었다. 현대 언어가 변화해 다른 곳으로 가려는 걸 기민하게 포착하고 나름의 방법으로 원래 궤도로 돌려놓는 채찍. 그렇게 변화를 막는 채찍…….

그 뒤로 나는 방방곡곡을 여행했고 정보가 다른 언어로 전해질 때마다 변화하는 걸 보았다. 추상적인 '시간(時間, time)'은 영어에서 수평적 개념이었지만, 중국어에서는 수직적 개념이었다. '맛있는 사과'는 '뱀과일[蛇果]'이라는 어휘로 음역되었고 나중에는 아예 특정한 품종을 지칭하는 말이 되었다.* 또는 쩝쩝거린다는 뜻의 '바지(吧唧)'는 영어의 '배지(badge)'와 소리가 비슷해 '휘장'이라는 뜻으로 쓰이게 되었다. 영어 'goods'가 '조(谷子, 구즈)'라고 불리면서 굿즈를 사는 게 '조 먹기'라고 표현되기도 했다. 모어밖에 구사하지 못하는 부모를 위해 통역을 하게 된 어린 이중 언어 구사자들은 성인 세계의 언어적 환경에 너무 빨리 노출되면서 고통을 받았고, 다국적 기업 내부에 존재하는 언어적 장벽은 현지 직원들의 단결을 강화하면서도 고위층만이 사용하는 모회사의 언어에 상위자로서의 우월감을 부여하였다. 두 언어가 교차하는 지점에서는 언어가 물처럼 융합되었다. 고립된 언어의 가장 깊은 곳에서 제일 독특한 언어가 뿜어져 나오는 것이다.

언어가 날뛰는 용과도 같다는 걸 이제는 나도 인정하지 않을 수 없었다. 내가 무엇을 하든 언어는 매 시간 변화했고, 내가 할 수 있는 일이라고는 기껏해야 기록하는 것뿐이었다.

나는 좌절했다.

---

* 레드 딜리셔스 애플이 미국에서 중국 광둥성으로 처음 수출되었을 때, 포장지에 적힌 "Delicious Apple"을 보고 사람들이 '디리셔 과일(地哩蛇果)'이라고 불렀는데 후에는 뱀과일[蛇果]이라고 줄여서 부르게 되었다. 이에 '맛있는 사과'라는 뜻을 음역한 '뱀과일'은 '레드 딜리셔스 애플'을 의미하게 되었다.

사실 이 모든 건 나 자신을 위한 거였다. 나는 샤오광과 달랐으니까. 내 신경세포들은 너무나 안정적이었다. 일단 연결이 되면 이를 끊어내지도, 새로이 무언가를 연결하지도 않았다. 과거의 물건이 자극할 수 있는 건 오직 기존의 신경 회로뿐이었는데 나는 새로운 무언가를 마주하는 걸 완전히 거부했다…….

이 세상이 내가 모르는 모습으로 바뀌는 것을 그 무엇보다 두려워했던 나이지만, 내 노트 안에는 이러한 변화가 이미 가속되고 있었다.

일단은 먼저 잊어야 해요. 그래야 기억할 수 있거든요.
샤오광은 예전에 이렇게 말했었다.

나는 과거의 늪에 더 깊이 빠지며 허우적거리고 있는데, 샤오광은 거대한 용을 타고 멀리 가버렸다. 치료를 받아야 하는 사람은 샤오광이 아니라 나였던 게 아닐까?

날이 어두웠다. 윤슬이 반짝이던 해수면은 황혼이 넘실거리는 무서운 존재가 되어 있었다. 이제 돌아가야 했다. 내일은 베이징으로 돌아가는 날이었다. 이틀 뒤면 샤오광이 나를 잊어버리고 말 것이다.

제3장 재구성

A

2026년, 동쪽 A국

"후이광증후군의 치료 방법이 있어요!"

나는 흥분했다. 전부터 준비해둔 방법이 있기 때문이었다. 샤오광이 원하기만 한다면 언제든 샤오광을 고칠 수 있었던 바로 그 방법이었다.

"빨리요. 정부에 연락합시다. 대사관으로 연락을 하면 제가—"

"잊었나 보네. 휴대전화도 쓸 수 없어. 그렇게 된 지 오래지."

여성은 고개를 가로저으며 말을 이었다.

"다들 비밀번호를 잊어버렸거든."

"좋아요."

나는 고민에 빠졌다.

"어쨌든 이 방법으로 모든 걸 해결할 수 있어요. 다만 그 설비가 베이징에 있거든요. 그것만 구할 수 있다면……."

두 사람은 안타깝다는 듯한 얼굴로 나를 보았다.

그랬다. 비행기를 타고 여덟 시간 반이면 갈 수 있었던 곳이 이제는 평생 도달할 수 없는 곳이 된 것이다. 높은 산에

옛사람이 막힌 것처럼, 비행 능력을 잃은 오늘날의 우리도 막혀버렸다.

서둘러 돌아가지 않으면 샤오광이 나를 잊을 게 분명했다. 심지어 나도 그녀를 잊게 될지 몰랐다. 그녀 곁으로 순간 이동을 할 수 있다면 얼마나 좋을까……. 이제껏 나는 21일이라는 주기를 걱정했고 샤오광에게서 오래 떨어져 있지 못했으며 적지 않은 해외 파견 업무를 포기했었다. 이제껏 샤오광은 단 한 번도 나를 따라오고 싶어 하지 않았지만.

울음이 터져 나왔다. 아가씨가 쭈그리고 앉더니 부드럽게 내 등을 토닥여주었다.

세계 질서의 붕괴보다 더 깊은 두려움이 느껴졌다. 내 삶의 전반기는 어린 시절과 학창 시절이라는 공고한 기억 위에 세워졌다. 국어 시간에 학습한 규칙은 나를 문장 속 어휘와 발음으로 이끌었고 부모님의 가르침은 장기적인 관계를 선호하게 했다. 그리고 나는 내 뛰어난 기억력을 믿었기에 정보를 저장할 때도 다른 도구를 쓰지 않고 그냥 외웠다.

그러나 지금의 나는 기억을 잃고 있었고 언어도 끊임없이 재구성되었으며 내 인격이 꽃잎처럼 하나씩 시들어가는 걸 느낄 수 있었다. 과거의 나는 모어와 함께 죽었고, 지금의 나도 귀중한 기억과 함께 사라질 것이다. 그렇다면 미래의 나는 과연 어떤 사람일까?

이제 어쩌면 좋지aaa
Aaa지좋 면쩌어 제이
13423453¥%……&**&%¥#¥%……&

"언니, 언니는 충분히 강한 사람이에요."

너덜너덜해진 기억 속에서 갑자기 이 말이 튀어나왔다. 이 말은 더 큰 혼돈에 빠지지 않도록 나를 붙잡아주었다. 샤오광과 관련된 기억들이 다시 생명력을 얻더니 자기에게만 속하는 접점인 시냅스를 잃지 않으려고 내 머릿속에서 발버둥치는 듯했다.

그녀는 아직 있었다. 다행이었다.

잠시 숨을 고르고 나서야 나는 어떤 여자가 내게 말을 걸고 있다는 걸 알아챌 수 있었다. 시간이 조금만 더 지났어도 그녀의 말을 알아듣지 못했을 것이다.

"……진정해. 네가 준 정보는 매우 중요해. 그걸 전달해야
만 해."

여성이 다가와 내 팔을 붙잡더니 나를 일으켜주었다.

"아까 그랬잖아. 우리나라에서는 언어가 이 정도로 통제
불능 상태가 되지는 않았을 거라고. 그러면 우리에게 아직
기회가 있다는 거잖아."

나는 고개를 끄덕였고 눈물을 닦았다. 팔다리가 천근만
근이었다. 여성은 벌써 실행에 옮겨 밖에서 중국인을 한 명
데려왔다.

일은 순조롭게 진행되었고 우리는 중국어가 모어인 사람
들과 빠르게 언어를 통일시켰다. 이로써 모어의 영향력이 여
전지 존재하고, 모어가 같은 사람들끼리는 어느 정도 교류
할 수 있다는 걸 증명했다. 호텔 직원과의 교류는 확실히 힘
이 더 들었지만 반드시 해내야 하는 일이었다. 그들은 무전
기를 가지고 있었기에 정부와 어느 정도 소통이 가능했다.

안타깝게도 첫 번째 직원은 우리 말에 영향을 '너무 많
이' 받아서 무전기의 말을 알아듣지 못하게 되었다. 나중에
나는 소통 방침을 바꿨다. 좀 더 많은 수의 직원과 소통해
그들이 우리와 정부를 이어주는 소통 수단이 되게 했다.

방법을 찾으니 더는 무섭지 않았다. 예부터 지금까지 언어는 늘 변화했으니까. 다만 그 속도가 지나치게 빨라졌을 뿐이었다. 대륙판 경계에서 천만 년에 걸쳐서 천천히 솟아올랐던 산이 순식간에 올라왔다가 사라지는 늪의 기포처럼 눈 깜짝할 사이에 이동한 거였다.

두 사람이 대화한다는 것은 두 언어가 경계에서 빠르게 교전하고, 서로 영향을 준다는 거였다. 다만 언어가 새로워지고 진화하는 과정에서 대뇌의 신경세포 연결 방식이 격렬하게 변화했고, 무수히 많은 기억이 사라지게 되었다.

다행히 정부의 언어학자들도 같은 규칙을 발견했고, 해결 방법이 있다는 내 말에 매우 기뻐했다. 그들의 대학에도 비슷한 설비가 있었기에 후이광증후군의 해결책은 빠르게 되살아날 수 있었다.

정부가 보내준 차를 기다리며 오랜만에 안심했다. 어쩌면 사람들을 바로 치료할 수 있을지도. 그러면 항공편도 제때에 정상 복구가 될 테고, 나도 샤오광에게 돌아갈 수 있을 것이다.

곧 도착한다는 연락에 우리는 호텔 입구에서 차를 기다렸다. 불길이 치솟는 혼란한 시내와 달리 멀지 않은 곳의 바다는 파도가 잔잔했다. 이곳은 구름이 적었다. 밤에 접어든 지 오래인 하늘은 맑고도 투명했고 별은 어디서도 본 적이 없을 정도로 밝고도 많았다.

정말 아름다웠다. 샤오광도 이곳에 있었다면 얼마나 좋았을까. 사람들이 자기도 모르게 고개를 들어서는 영원히 별이 총총할 하늘을 올려다보았다.

"저기요. 여기서는 별자리를 몇 개나 볼 수 있어요?"

나는 여성을 보았다. 이건 그녀의 전문 영역이었다.

그녀도 고개를 들어 하늘을 보고 있었지만, 표정이 다른 이들과 전혀 달랐다. 낯빛이 창백했고 이를 악물고 있었다. 평생을 바쳐서 사랑한 대상을 향해 지을 법한 표정이 아니었다. 오히려 형용할 수 없는 공포를 느끼는, 심해 괴물을 마주하고 지을 법한 표정이었다.

"왜 그래요? 괜찮아요?"

"별의 위치가 바뀌었어."

그녀가 잇새로 말을 짜내듯 뱉었다.

"그게 어떻게 가능해요. 그런 무서운 소리는 하지 말아요."

내가 그녀의 말을 제대로 이해한 게 맞을까. 나조차도 헷갈릴 정도였다.

"지금 우리는 정신이 맑지 않아요. 그리고 저건 상하이의 별이 아니잖아요. 여기랑 다를지도 모르니—"

"넌 언어가 변화하면 그걸 알아채지 못해?"

그녀가 나를 노려보았다. 두 눈이 붉어져 있었다.

"별이 바뀌었어. 혼란스러워졌다고. 언어처럼, 사람들의
머릿속처럼 말이야!"

나는 순간 멈칫했다.
이건 내 영역이 아니었다. 내가 판단할 수 있는 게 아니었
다. 멀리서 다가오는 자동차 빛을 보며 우리를 마중 온 이들
이기를 바랄 뿐이었다.
서둘러 모두를 치료해야, 샤오광을 만나러 가야 했다.

그게 내 유일한 소망이었다.

B
?년 ??월 ??
????????

해변에 가서 아무렇게나 앉은 뒤 황혼이 오기를 기다렸다.

지금은 도시에서 멀리 떨어진 곳일수록 안전해. 인간의 변
화된 대뇌는 더는 정밀한 기계와 복잡한 시스템을 받아들이
지 못하거든. 재난은 몇 번이나 다시 일어났고, 드디어 멈출 기

미를 보였어. 하지만 공항은 당분간 개방되지 않을 것 같아.

이곳의 바닷물은 푸르렀다. 파도가 뒤쫓듯 해안으로 달려오더니 새하얀 물보라를 일으키며 부서졌다. 절대 멈추지 않는 무희가 빙글빙글 춤을 추는 듯했다. 여러 겹의 치마가 박자를 맞추면서 함께 흔들렸고, 불어오는 바닷바람에 걱정과 고민도 함께 흩어지면서 날아갔다.

내가 제안한 해결책이 나름의 도움이 되기는 했지만, 상황은 내가 생각했던 것보다 훨씬 더 복잡했어. 그날 우리는 정부가 조직한 국제 위기 대응 세미나에 참여했는데 간신히 구축한 통신 시스템 앞에서 각 학계에서 파악한 상황을 공유받았지.

태양은 수평선 너머를 향하며 졌고, 찬란한 빛을 거두면서 둥그렇고도 온화한 공이 되었다. 하늘을 주황빛으로 물들였고, 해수면에는 작은 금 조각을 뿌렸다. 매우 아름다웠다.

여러 분야의 과학자들이 곧 같은 결론을 내렸어. 복잡한 시스템 내부에서 요소 간 연결이 끊어지면서 재구성되고 있다는 거야. 이러한 변화는 여러 층위와 차원에서 일어나고 있었는데 언어의 변이와 융합, 인간 대뇌의 신경망 변화만 있는 게 아니었어. 우주 별들의 상대적 위치도 이상하게 이동하고 있었거든.

게다가 이러한 변화들은 패턴이 기이할 정도로 비슷했어.

어떤 사람이 이 현상에 대해 충격적인 가설을 내놓기도 했는데 우주는 대뇌이며 지금 우주가 시냅스를 재구성하고 있다는 거야. 그것도 극단적으로 격렬하게. 이어져 있었던 것이 완전히 끊어졌고, 예전에는 멀었던 것들이 새로 이어지고 있다나. 사람의 두뇌도 그렇잖아. 뉴런은 한정적이니까. 무언가를 잊을 줄 알아야만 새로운 걸 받아들일 공간이 생기지.

이렇게 말하니까 실연의 트라우마에서 벗어나기로 결심한 소녀 같네.

느릿하게, 그렇지만 필연적으로 석양과 해수가 서로 이어졌다. 구름과 하늘은 그 무엇과도 비교할 수 없는 부드러운 색을 보여주었고, 더 넓은 범위의 어둠에 감싸였다. 파도에 담긴 아름다움은 잘게 부서져 있으면서도 율동감이 있었고 깊고도 차가운 곳을 지나 내 눈앞으로 전해졌다.

이 길고도 짧은 아름다움 속에서 나는 길게 숨을 내뱉었다.

아직까지는 긍정적이야. 우리의 대뇌는 여전히 기능하고 있으니까. 언젠가는 사람들이 새로운 균형점을 찾아내겠지. 그러면 새로운 기억의 임계를 기초로 한 또 다른 문명이 세워질 테고. 더 역동적이면서도 유연한 문명을 일궈내 옛 족쇄에서 멀어질 거야.

이 새로운 문명에는 수천만 개의 언어가 동시에 존재할지도 몰라. 사람들은 새로운 언어에서 이해의 본질을 찾아낼지도 모르지. 혹은 "친구"라는 단어가 미래에는 거리와 밀접한 관련이 있을지도. 작별을 고한다면 아무리 특별한 사람이라고 할지라도 결국 네 기억 속에서 사라질 테니까. 심지어는 네가 그녀와 대화하던 방식도 함께 사라질 거야.

그 친구의 삶처럼 말이야.

나는 다시 눈물을 흘렸다.

그녀는 일몰을 볼 때마다 이런 기분이었을까? 늘 새로웠을까. 매번 감동했을까. 잊는 법을 배우기만 한다면 무한한 아름다움을 가질 수 있게 되는 걸까. 과거의 나와는 달리? 나는 첫 번째 기억을 뇌리 깊숙이 간직해놓았기에 다시는 처음 보듯 감동할 수가 없었다.

어쩌면 이런 삶을 사는 것도 가치가 있을 거야.

호텔로 돌아오자 어느 정도 질서가 회복되어 있었다. 나는 현지인과 새로운 언어로 말을 했다. 우횡서였을 수도 있고, 중국어에는 없는 띄어쓰기처럼 단어와 단어 사이에 공백을 두었을지도 몰랐다. 혹은 이탈리아 사람들처럼 G를 모두 발음해서 왕 여사를 "완 거(Wan Ge)"라고 불렀거나 말을 했던 게 아니라 울부짖었을 수도 있었다.

나는 커튼을 젖힌 뒤 호텔 창문을 통해 해변을 보았다. 밤은 이미 깊었다. 반구는 태양이 없는 쪽을 향해 굴러가고 있었고, 별들이 하늘을 점령했다. 천문대에서 온 여성이 별들의 위치 이동에 대해 가르쳐주었지만, 나는 그 차이를 구분하지 못했다.

언어팀 핵심 멤버로서 회의에 참여했을 때 나는 이 점을 지적했었어. 이러한 변화가 더 심해진다면 사람들이 직면하게 될 문제는 모어를 잃는 수준이 아니라고 말이야. 우리의 인식이 안정적으로 일치되지 못한다면, 그것이 어떠한 언어이든 그 안의 기의(記意)를 잃을 수밖에 없거든. 언어가 순수한 기호가 되어버리는 거지. 새로운 질서를 재건해야 하는 인류에

게 있어서 설상가상의 악재가 될 거야. 그러면 나는 진짜 유헌 사자가 되는 거야. 이제껏 내가 하고 싶어 했던, 세상을 이어 주는 소통의 교량이 되는 거지.

내일부터 시작해야 할 일이, 해야 할 일들이 너무나 많았다.

잠시 후 별들도 흐려졌다.
눈물을 멈출 수가 없었다.
모어를 잃는 건 괜찮았다. 모든 걸 잊어도 괜찮았다. 심지어 나 자신을 잊어도 상관없었다. 그러나 그녀만큼은 절대로 잊을 수 없었다. 샤오광을 잊는다면 내 마음의 구멍은 영원히 메워지지 않을 것이다.

"언니, 언니는 충분히 강한 사람이에요."

나는 눈물을 닦고 깜짝 놀라 한 걸음 뒷걸음질했다. 창문 너머로 나를 보고 미소 짓는 여성이 있었다.

C

그 건물이 어쩌다가 창문 밖에 나타나게 된 건지는 아무도 알지 못했다. 이렇게 기이한 일이 세계 각지에서 일어났다.

나는 호텔 방 창문 너머에 있는 오래된 격자 창문이 우리가 사는 베이징 월셋집의 창문이라는 걸 알고 있었다. 8층 창문이었다. 그녀도 창가에 있었고, 나도 창가에 있었다. 두 건물의 간격은 20센티미터도 되지 않았다. 흩어낼 수 없을 정도로 짙은 어둠의 밤, 등불 두 개가 서로의 얼굴을 비췄다.

"언니!"

그녀는 큰 소리로 외치면서 창문을 열었고, 한쪽 발로 창문틀을 밟았다.

"진정해!"

나도 창문을 열었다. 내가 두 팔을 뻗기도 전에 그녀가 폴짝 뛰었다. 샤오광은 내게 날아들었고, 우리 둘은 카펫 위로 넘어졌다.

"언니, 너무 보고 싶었어요."

우리는 일어나지 못했다. 서로를 꼭 껴안은 채 바닥에 누워 있었다. 다시는 보지 못할 거라고 생각했던 이가, 다시는 기억하지 못할 거라고 생각했던 이가 지금 내 품에 안겨 있었다. 머리카락은 귓가에서 흔들렸고, 얼굴에서는 시원하고도 좋은 향기가 났다. 샤오광이 내게 말했다. 나를 잊을 수가 없었다고.

이건 내 환각일까? 아니면 우주가 과거의 기억을 포기한 샤오광처럼 신경세포를 재조직하고 있는 걸까? 만물을 깨뜨렸다가 다시 연결하는?

뭐든 상관없었다. 샤오광만 내 곁에 있어준다면.

사람들은 이 새로운 우주에 적응할 것이다.
우주 자신도 앞을 향해 나아갈 거고.

2부　　✦　　조우하는
　　　　　　　몸

네,
죽고 싶어요

김청귤

2019년 안전가옥 단편 공모전에 당선되어 작품 활동을 시작했다. 지은 책으로 《재와 물거품》, 《해저도시 타코야키》, 《제습기 다이어트》, 《미드나잇 레드카펫》, 《달리는 강하다》, 《이 망할 세계에서 우리는》 등이 있다.

갑자기 도로가 꺼졌고, 망설이다가 그곳으로 달려갔던 게 마지막 기억이었다. 눈을 뜨자 집도 병원도 아닌 어느 공원에 반투명한 상태로 둥둥 떠 있었다. 그 기억 말고는 생각나는 게 없어서 사고 지점이 이 근처인지도 알 수 없었다. 공원에서 가까운 병원들을 가봤지만 내 몸을 찾을 수 없었다. 그러면서 깊게 꺼진 싱크홀도 발견했다. 혹시 내가 이 사고에 휘말렸을까 살펴봤으나 어디에도 내 몸은 없었다. 나는 죽은 걸까? 죽으면 아무것도 없을 줄 알았는데, 영혼 상태라는 게 이상했다.

공원에 가만히 있으니 이곳저곳을 돌아다녀보기로 했다. 발로 땅 위를 걸어 다니고 있지만 허공에 떠오르려 하면 얼마든지 떠오를 수 있었다. 평소처럼 걷는 건 그저 습관 때문인지도 모른다. 그러나 길을 걷고 있어도 사람들은 나를 치고 제 갈 길을 간다. 친다는 말도 웃기다. 내 어깨를, 팔을,

몸을 통과해서 갔다.

나는 내리막길에서 굴러가는 유아차를 잡을 수도 없었고, 졸음운전하는 트럭 앞에 놀라 멈춰버린 사람을 밀어낼 수도 없었으며, '어떻게 안드로이드가 사람이냐'라는 플래카드를 든 사람이 계단에서 쓰러지려 할 때도 도와줄 수 없었다. 다행히 유아차는 멀리서 지나가던 사람이 임플란트 기계 다리로 속력을 높여 달려와 가까스로 잡았고, 트럭 앞에 선 채 얼어버린 사람은 어디선가 나타난 집게 팔이 그를 잡아당겼으며, 쓰러지던 사람은 뒤에 있던 사람이 얼른 받쳐주어 계단에서 굴러떨어지지 않을 수 있었다.

내가 직접 나설 수는 없었지만, 돕는 사람들이 있어서 안도했다. 그러나 10차선 차도 가운데에서 차에 치여 헐떡거리는 고양이를 도울 만한 사람은 없었다. 고양이가 너무 작아서, 차가 너무 빨리 지나가서 아무도 이 고양이를 못 보는 것 같았다. 병원에 데려가고 싶었지만 품에 안을 수가 없었다. 울고 싶었지만 눈물이 나오지 않았다. 동물이라 내가 보이는 걸까. 아니면 고양이의 시선이 향하는 곳에 내 손이 있던 것뿐일까. 나는 고양이와 눈을 마주치며, 촉각 없는 손으로 털을 쓰다듬으며, 무엇이 됐건 고양이가 혼자가 아니라고 생각하길 바랐다.

불행인지 다행인지 고양이는 오랫동안 괴로워하지 않았

다. 고양이의 영혼이 몸을 빠져나와 기지개를 켰다. 그러고는 내 다리에 머리를 비볐다. 실제로 닿는 느낌이 들지는 않았으나 무언가 연결된 것 같은 느낌이 들었다. 한참 동안 내가 쓰다듬어주고 나자 고양이가 허공을 바라보더니 꼬리를 세우고 걸었다. 내가 뒤따라오지 않자 걸음을 멈추고 얼른 따라오라는 듯 먀, 하고 울었다.

우리는 친구가 되어 거리를 쏘다녔다. 고즈넉한 주택의 울타리를 둘러싼 오로라빛 장미 앞에서 시간을 보내고, 걸어가는 사람의 바닥까지 늘어진 기계 팔을 사냥하는 고양이를 응원하고, 백화점에 가서 내가 비싼 옷을 입고 있는 마네킹에 몸을 겹쳐보는 동안 고양이는 마네킹을 정복한 것으로도 모자라 내 머리 위에 자리를 잡았다. 어찌나 똑똑하던지 내 머리 위에 선 채로 오른쪽 왼쪽 어깨를 발로 눌러가며 내가 가야 할 방향을 조종하기도 했다. 살아 있을 때는 사람들의 시선이 신경 쓰여 한 번도 해보지 못한 것들을 마음껏 시도하며 즐거워하는 건 고양이도 마찬가지인 듯했다.

그러나 즐거움은 잠깐이었다. 나도 나지만 고양이를 이렇게 둘 수는 없었다. 동물은 죽으면 무지개다리를 건넌다느니, 그들만의 별이 있다느니 했는데 역시 사람들의 꿈일 뿐인 걸까? 혹시나 해서 빠르게 날아다니며 무당집, 교회, 절

등을 다녀보기도 했지만 아무도 우리를 알아보지 못했다. 영혼이라고 생각했는데 아닌 건가. 우리는 무엇일까. 내가 이런 상심에 빠져 있으니 고양이가 귀엽게 울며 나를 위로했다.

그러다가 갑자기 고양이가 내 품에서 뛰쳐나가 꼬리를 세우고 달려갔다. 고양이의 뒤를 따라가자, 내가 눈을 떴던 공원에 도착했다. 고양이는 내가 처음 눈을 떴던 그 자리에 멈추더니 아주 의젓하게 앉아서 위를 바라봤다. 뭘 바라보고 있나 고개를 돌렸더니 나뭇잎 사이로 반투명한 무언가가 보였다.

간판이 없는 하얀 건물이었다. 아무 장식도 없는 건물 앞에 세워진 입간판에는 "백중날 기념 쿠키 1+1 행사"라고 쓰여 있었다. 카페처럼 보였다. 문은 활짝 열려 있었고, 일행인 듯한 한 무리의 사람들이 그곳으로 들어가고 있었다. 앞치마를 두른 사람이 들어오는 사람들에게 인사를 건네는 것 같았다.

"먀."

고양이 앞으로 끝이 어딘지 알 수 없는 무지개가 생겼다. 그 순간 고양이가 나를 위해 오늘 하루 더 머물러 함께해줬다는 걸 깨달았다. 자기가 떠난 뒤에 내가 외로울까 걱정하며 새로운 사람들을 만날 수 있도록 안내해줬다는 것도. 고양이는 내 다리 사이를 몇 번이고 왔다 갔다 했다. 나도 몇 번이고 고양이를 쓰다듬으며 눈인사를 하고 끌어안았다. 고양이가 갈 곳이 있다니 전심으로 마음이 놓였다.

"잘 가, 고양이야. 나중에 다시 만나자. ……다정아."

마지막 인사를 마치고 다정은 무지개 위를 사뿐사뿐 걸어갔다. 아주아주 좋은 곳으로 가기를 바라며 하늘을 향해 한참 손을 흔들었다. 다정의 모습이 보이지 않을 때까지 서 있다가 가볍게 땅을 박차는 상상을 하며 발가락으로 지면을 밀어내자 이내 몸이 허공에 떠올랐다.

그 하얀 건물이 코앞으로 다가왔을 때 나는 눈을 꼭 감고 말았다. 마치 구름을 통과한 것처럼 무엇과도 부딪치지 않았다. 영혼 상태라 느낌이 없는 것인지, 아니면 그건 그냥 환영일 뿐이라서 여전히 공원에 있는 것인지 알 수 없었다. 망설이다가 실눈을 떠보니 건물 안이 아니라 내가 하늘에서부터 땅으로 천천히 떨어지고 있었다.

위에서 내려다보니 방금의 하얀 건물과 그 주변만 선명하게 보이고, 그 외에는 안개가 자욱해 형체를 정확히 구분할 수 없었다. 다양한 모습의 사람들이 아무렇지 않게 안개를 뚫고 걸어와 하얀색 건물로 들어갔다.

회색 운동복 바지를 입고 두 발로 걷지만 상반신은 개인 존재와 얼굴만 개고 몸은 사람인 반인반수(半人半獸)의 존재, 팔과 무릎이 구부러지지 않는지 팔을 쭉 펴고 두 발을 모아 콩콩 뛰는 이들, 피부가 석고처럼 희거나, 기계 팔을 여러 개 단 존재, 앞이 보이는지 의심될 정도로 머리가 산발인 이, 너무 말라서 나뭇가지 같거나 반대로 몸이 너무너무 비대해서 수레에 실려 오는 이들……. 불투명한 마네킹 같은 형체도 있었다. 이들도 모두 나 같은 영혼인 건지 모르겠지만, 주위의 다른 이들과 일면식이 있는지 인사를 하며 건물로 향하고 있었다.

건물은 1층짜리에 크기 자체가 작아 보였는데 안에 들어간 사람이 지금 본 것만 해도 열 명이 넘었다. 바닥에 도착하고 난 뒤에도 어떻게 해야 할지 몰라 가만히 서 있자 콩콩 뛰는 감시 아저씨가 나를 통과해 지나갔다. 여기도 마찬가지구나. 상심한 채로 있으니 저 멀리 가던 아저씨가 다시 이쪽으로 콩콩 뛰어왔다. 무릎을 전혀 굽힐 수 없는지 빳빳이 편 채로 스프링이 달린 듯 콩콩 가볍게 뛰었다.

"미안, 이 몸으로는 방향 조절이 어려워서……. 근데 네 몸은 만져지지가 않네?"

아저씨는 손으로 내 가슴께를 관통한 채 멈추더니 깜짝 놀랐다. 나이를 가늠할 수 없었지만 검은색 양복을 입고 있어 중후하게 느껴졌다. 팔을 구부릴 수는 없어도 위아래로 살짝 움직이는 건 할 수 있는지 내 가슴에 손을 집어넣고 조금씩 움직였다. 나는 살살 뒷걸음질해서 아저씨의 손에서 멀어졌다. 고통이 느껴지진 않았지만 가슴이 뚫린 채인 건 별로였다.

"제가 보이세요?"

"내가 무릎만 고장 났지, 눈은 멀쩡해! 너 잘 보여!"

"고양이 말고 제가 보인다는 분 처음 만나요. 여기가 어디예요?"

내가 보이기도 하고 대화도 할 수 있다니, 여기는 천국인 걸까? 물론 신체 일부를 동물의 것과 결합시키거나 과도하게 왜곡하는 '튜닝'은 불법이라고 알고 있지만……. 어떤 나라에서는 기본적인 신체 능력만 벗어나지 않는다면 외양의 변화는 허용한다는 걸 본 것 같았다. 개인적으로 튜닝을 하는 경우도 있었고, 저렴하거나 고장 난 부품들로 하나의 기기를 만들어 장착하는 경우도 있었는데 정식으로 허가받은 업체에서 하는 게 아니라면 값비싼 수술비가 청구되어 더 악순환을 겪는 일도 허다했다. 아저씨도 팔과 다리를 기계로 교체했다가 고장이 나서 구부러지지 않는 모양이었다.

"여기가 처음이구나? 이곳은 백중날에만 열리는 다방이야. 사장님이 친절하고 음료와 음식 전부 맛있어!"

아저씨는 생각만 해도 군침이 도는지 입맛을 다셨다. 구부러지지 않는 팔로 어떻게 먹지? 누가 먹여주나? 궁금했지만 티 내지 않았다.

"저도 가도 돼요?"

"그럼! 나랑 같이 가면 들어갈 수 있어! 대신 나에게 음식을 먹여주지 않겠어? 이 팔로는 먹기 어렵거든."

그 정도는 할 수 있다고 말하려는 찰나에 누군가 끼어들었다.

"이 변태 아저씨가! 오늘 같은 날에도 변태 짓이야?"

남색 작업복을 입은 청년이었다. 등에서부터 이어진 낭창낭창한 기계 팔이 열 개, 어깨에서부터 이어진 팔이 두 개로 총 열두 개였는데, 기계 팔은 날개처럼 펼치고 두 팔은 허리춤에 댄 채 화를 냈다. 기계 손이 모두 아저씨에게 향해 있어 허튼짓을 하면 그대로 한 방 먹일 기세였다. 민망해진 듯 아저씨는 혀를 차며 발만 분주히 움직여 방향 전환을 하고는 다시 다방을 향해 콩콩 뛰어갔다.

"괜찮아?"

"네? 네."

분위기상 감사 인사를 해야 할 것 같은데 아저씨가 무슨 짓을 했고 더 뭘 하려 했는지 알 수 없어서 입을 열 수 없었다. 팔을 제대로 움직일 수 없어서 먹여달라는 게 이상한가? 내가 눈만 깜박거리자 청년은 이해했다는 듯 말을 했다.

"참, 너 여기 처음이랬지? 저 아저씨가 네 가슴에 손대는

거 다 봤어. 그 전에 멈출 수 있었는데 일부러 그런 거야. 방
향 전환은 어려워도 급제동은 잘하면서 무슨 짓거리인지.
그리고 뭐? 자기랑 같이 가야 들어갈 수 있어? 대신 먹여
줘? 개소리하네."

청년이 개소리라는 말을 했을 때 나도 모르게 옆에 지나
가던 이를 살펴볼 수밖에 없었다. 이쪽을 바라보고 있었는
지 아니면 개소리라는 말에 쳐다봤는지 모르겠지만, 개 수
인과 눈이 마주쳤다. 아니, 무슨 개가 저렇게 잘생겼지? 아
이스블루 눈동자가 무척이나 예쁜 시베리아허스키 같았다.
진짜 개가 두 발로 걷는 건지, 인간인데 모습만 개인 건지
모르겠다. 개수인은 청년이 개소리라는 단어를 쓰는 게 아
무렇지 않다는 듯 코를 씰룩거리고 다시 갈 길을 갔다. 얼굴
은 분위기 있어도 개는 개인지 꼬리를 정신없이 흔들었다.

"저 다방은 누구나 갈 수 있어. 원하는 만큼 마음껏 먹고
마실 수 있으니까 걱정하지 마."

"돈이 없는데도요?"

"돈? 저긴 현금이나 현물을 받지 않아. 그 사람의 미련을
보고 계산하지. 같이 가줄까?"

"감사합니다."

미련을 보고 계산한다는 게 뭔지 정확히 모르겠지만 다
방에 가보면 알겠지. 나는 청년과 함께 다방으로 향했다. 청

년은 새로 온 나를 보호하는 것처럼 기계 팔을 넓게 늘어뜨리고 내게 다가오려는 사람들을 경계했다.

가까이에서 본 다방은 티끌 하나 없는 하얀색이었다. 관리를 무척 잘하는지 은은하게 빛나기까지 했다. 창문이 하나도 보이지 않았지만, 건물 자체가 아름다워서 답답하다는 생각이 들지 않았다. 순서를 기다리는 동안 활짝 열린 흰 문으로 내부를 살펴보려 했으나 주위에 안개가 낀 듯 다방 안이 보이지 않았다.

"다방 안이 보이지 않는데 제가 들어갈 수 있을까요? 자격이 안 되어 그런 거라면⋯⋯."

"원래 그러니까 걱정하지 마."

사람들은 도착하는 순서대로 질서 정연하게 줄을 섰다. 이 정도 크기에 이렇게 사람들이 몰린다면 오래 기다려야 할 법한데도 빠르게 안으로 들어갔다. 드디어 우리 차례였다. 혹시 내가 이곳으로 왔던 방법처럼 이 문을 지나가면 다시 원래 있던 곳으로 돌아가는 건 아닐까 두려웠지만, 떨리는 마음으로 한 발 내디뎠다.

"신입, 눈 떠도 돼."

눈을 뜨니 청년의 손이 나를 두드리려는 듯 내 어깨 안으로 들어온 상태였다. 그게 신기한지 그는 내 몸 안에서 손가락을 꼼지락거리다가 눈이 마주치자 머쓱한 듯 서둘러 손을 뺐다. 나는 아랑곳하지 않고 주변을 둘러봤다. 이곳은 별 천지였다. 다방 가운데에 있는 분수대에서 물이 솟구쳐 안개 때문에 끝이 보이지 않는 천장으로 시원하게 올라갔다. 분수대 주위에는 싱그러운 초록 식물이 가득했는데, 올라가는 물줄기에서 조금씩 떨어지는 물을 흠뻑 마시고 있었다. 장미, 유채꽃, 진달래, 개나리, 동백, 해바라기, 국화, 수선화, 프리지어, 백합, 튤립이 계절을 잊은 채 여기저기 활짝 피어 있었고, 벽 쪽으로는 나무가 자리 잡았는데 목련, 벚꽃, 매화가 흐드러진 채였다.

테이블과 의자가 놓였거나 푹신한 방석이 깔린 자리, 나무 아래 돗자리가 깔린 자리 등 다양한 분위기의 자리가 마련되어 있었다. 심지어 작은 연못 위 연잎에 앉아 있는 작은 사람도 있었다. 사람들은 빈자리를 찾아 이리저리 움직였다. 1층에 자리가 없으면 벽 쪽에 있는 나선형 계단을 걸어 올라가 2층으로, 3층으로…… 이 다방에 끝이 있긴 한 걸까?

가만히 서서 다방을 둘러보는데 청년이 입을 열었다.

"난 일행이 기다리고 있어서 가봐야겠어. 빈자리 아무 데나 앉아 있으면 주문받으러 올 거야."

"네, 감사합니다!"

인사를 하고 1층을 돌아다녔다. 사람들과 부딪힐 뻔하기도 했는데, 그들은 내게 사과를 하려다 자신이 부딪는 게 아니라 나를 통과하게 된다는 사실을 깨닫자 이상하게 쳐다보다가 말없이 지나갔다. 반투명한 내 모습이 신기한 듯 멈춰 서서 손을 넣었다 뺐다 하는 사람도 있었다. 나는 그 사람을 아무렇지 않게 통과해 가던 길을 갔다.

지상에서는 영혼 상태의 몸으로 향을 맡을 수 없었는데, 여기서는 향기로운 꽃향기가 온몸으로 느껴지는 것 같았다. 계절을 잊은 듯 한꺼번에 만발한 꽃들과 나무들이 낯설면서도 아름다웠다. 이렇게 화사한 꽃들과 중력을 거스르는 물줄기로 이곳이 죽은 자들이 오는 곳이라는 걸 깨달았다. 이 사람들이 먹는 건 제삿밥인 걸까. 그러면 누군가 나에게 제사상을 차려줘야지만 먹을 수 있는 건가? 나에게는 제사상을 차려줄 사람이 없을 텐데……. 그래도 상관없었다. 어차피 나는 저 사람들과 달리 신체가 없었으니까. 음식이 있어도 먹지 못할 터였다.

그렇게 위안하고 있는데 뭔가 속이 이상했다. 전기가 흐르는 것처럼 찌릿거리기도 했고, 물이 새는 것처럼 출렁거리기도 했다. 내 뱃속에 구멍이 뚫려서, 아무리 채우고 채워도 줄줄 다 새어 나갈 것 같은 느낌이 들었다. 이것이 배고픔인 걸까? 괜히 배에 손을 올리고 테이블들을 살펴봤다.

테이블에는 보쌈과 김치, 해물파전, 시카고피자, 로제스

파게티, 탕수육, 딸기아이스크림, 위스키, 홍차 등 각양각색
음식들이 올라와 있었다. 사람들은 먹고 마시며 웃고 떠들
었다. 가는 길에 만났던 강시 아저씨는 일행들과 함께 입식
테이블 앞에서 아주 기다란 빨대로 음료를 마시며 서 있었
다. 나와 눈이 마주치고는 쭉 뻗은 손의 끝만 흔들어 인사
를 건넸다. 나도 모르게 덩달아 손을 흔들었다.

"아가씨, 자리 없으면 여기 합석해!"

"그래도 괜찮아요?"

"그럼 그럼! 여기 다 내 친구들이야. 괜찮지?"

테이블에 기대어 술을 마시고 있던 아저씨들이 다들 웃
으면서 고개를 끄덕이며 조금씩 움직여 빈자리를 만들어주
었다. 그 자리가 너무 좁아 보이긴 했지만 호의를 무시할 수
없어서 조심스럽게 들어가 섰다. 조금만 더 비켜주면 좋을
텐데 다들 꼿꼿이 서 있어서 아저씨들의 몸이 내 어깨와 겹
쳐지고 말았지만.

"와, 진짜 통과하네?"

"젊은 아가씨가 오니까 분위기가 화악 사는데!"

"그러게 말이야! 술 한잔하자고!"

아저씨와 내가 다방에 들어온 시간이 얼마 차이 나지 않
았을 텐데 그 짧은 사이에 얼마나 마신 건지 아저씨들의 얼
굴이 불콰했고 술내가 진동했다. 목소리도 커서 주변에서

이쪽을 힐끗힐끗 쳐다볼 정도였다. 한 아저씨가 내게 뭘 물어보면 다른 아저씨가 가로채 대답했다. 맞은편에 있는 아저씨가 내 앞에 술잔을 내밀었다.

"아가씨 한잔해!"

"벌써 취했어? 이 아가씨 몸이 없잖아, 몸이! 그런데 술을 어떻게 마시라는 거야!"

그들이 주고받는 눈짓이나 대화의 뜻을 짐작하는 게 어려웠다. 그러나 아저씨들의 시선이 가슴 쪽으로 향하는 걸 보면 나를 눈요깃거리로 생각하는 모양이었다. 내가 선택해서 단 가슴이긴 하지만 본인들도 가지고 있는 가슴을 왜 저렇게 뚫어져라 바라보는지 모르겠다.

"내가 첫사랑이랑 잘됐으면 이 아가씨 같은 딸이 있었을 텐데 말이지!"

"몇 년 동안 고시 공부 뒷바라지한 마누라 두고 바람도 피운 놈이 뭔 첫사랑 이야기야?"

"냅둬. 첫사랑이랑 잘됐으면 자기 인생이 잘 풀렸을 거라는 미련 때문에 여기 있는 놈인데."

"미련, 미련이라……. 크, 그때 그 판을 내가 먹었으면 내 인생이 달라졌을 텐데. 그 판 따고 손 털었으면 나도 여기 없을걸?"

"개가 똥을 끊냐. 퍽이나 그랬겠다. 미련을 버려야 환생할 수 있는 거 몰라?"

"그러는 너도 매년 여기 오잖아! 나도 지겹다, 지겨워. 도박 같은 거 안 하게 다음 생에는 부자로 태어나고 싶은데 말이지."

아저씨들은 살아 있을 때 자신들이 얼마나 잘나갔는지, 무얼 먹고 마셨는지, 다른 사람들이 자신에게 얼마나 굽실거렸는지 이야기했다. 나는 그 이야기를 들으며 아저씨들의 가슴을 번갈아가며 공평하게 뚫어져라 바라봤다. 그러자 부어라 마셔라 폭음하던 아저씨들이 점점 조용해졌다. 특히 맞은편에 있는 아저씨는 조심스럽게 가슴을 손으로 가리고, 팔이 고정된 강시 아저씨는 가릴 수가 없어서 아예 몸을 돌리고 말았다. 아저씨들은 또 자기들끼리 눈짓을 하더니, 나를 부른 강시 아저씨가 우물쭈물하며 입을 열었다.

"그…… 우리끼리 할 말이 있어서 말이야……."

"아, 그래요? 알겠습니다. 좋은 시간 보내세요."

나는 아저씨들에게 인사하고 빈자리를 찾아 돌아다녔다. 개 수인은 육식을 할 듯한 이미지와 달리 고구마케이크와 바닐라아이스크림을 먹고 있었고, 등에 나비 날개가 달린 사람은 잔치국수를 마시듯 먹고 있었다. 음료 하나를 시켜놓고 풍경을 구경하는 사람, 나무 위에 올라가서 만두를 먹는 사람을 지나쳐 분수대 앞에 섰다. 가까이에서 본 분수대는 더 신기했다. 폭포수가 떨어지듯 가슴이 뻥 뚫리는 소리를 내며 물줄기가 하늘로 올라가고 있었다.

분수대 근처뿐만 아니라 1층 전체에 남은 자리가 없는 듯했다. 허공을 날아 올라가면 더 빨리 빈자리를 찾을 수 있겠지만 남들처럼 계단으로 2층으로, 3층으로 올라갔다. 드디어 빈자리를 발견했다. 졸졸 흐르는 강물 옆 평상이었는데 어찌나 넓은지 내가 좌우로 몇 바퀴나 구를 수 있을 듯했다. 게다가 평상 주변으로 노란 복수초가 활짝 피어 있어서 꽃들 위에 누워 있는 느낌이 들 것 같았다. 얼른 평상으로 걸어가서 엉덩이를 붙였는데 몇 걸음 뒤에서 나를 바라보며 난감한 표정을 짓는 일행이 눈에 들어왔다. 옹기종기 모여 있는 모양새가 가족인 것 같았다.

"아…… . 여기에 앉으세요. 저는 혼자니까 다른 자리 찾아볼게요."

난 혼자고 저쪽은 네 명이니까. 여럿이 고생하기보다 한 명이 고생하는 게 나을 것 같아 자리에서 일어나자, 상대방이 머쓱한 듯 머리를 긁적이며 고개를 숙였다.

"감사합니다. 저희가 사람이 많아서 넓은 자리를 찾고 있었거든요. 아직 일행이 다 안 왔는데 올 때까지 잠시 앉아 계실래요?"

"감사합니다. 그럼 모서리에 잠깐만 앉아 있을게요."

강가 쪽으로 걸터앉은 후 물에 발을 담갔다. 물살이 느껴지진 않았지만 물 흐르는 소리가 경쾌해서 시원한 느낌이 들었다. 발을 앞뒤로 흔들면서 물장구치는 흉내를 내는데, 내 옆에 20대 초반으로 보이는 여자가 앉아서 나를 따라 왼발 오른발 번갈아가며 흔들었다. 내가 왼발을 멈추면 따라 멈추고, 오른팔을 허공에 들고 있으면 무광의 검은 팔을 따라 들었다. 어디서 본 것 같아서 얼굴을 자세히 들여다보는데 여자의 모습이 순간 반투명하게 보였다. 입을 열려던 순간 나를 뚫어져라 보던 여자가 불쑥 질문을 했다.

"언니는 가족이나 친구 없어?"

"아, 응. 없어."

"우와, 나는 가족이랑 같이 왔는데. 언니 심심하겠다."

다른 사람들과 둥글게 앉아 수다를 떨던 여성이 화들짝 놀라며 무릎걸음으로 다가와 사과했다.

"어머, 죄송해요! 얘가 보기에는 이래도 세상에 나온 지 18개월밖에 안 됐거든요. 죄송합니다."

18개월이라기에는 몸집이 너무 컸다. 다가온 여성과 언니 동생 사이라고 해도 될 정도였다. 요즘에 너무 어린 아이 모습이면 출입 불가한 곳도 많고, 베이비시터를 고용하거나, 어린이집, 유치원에 보내는 건 부자들이나 가능한 일이라 인공 자궁에서 애를 어느 정도 키워서 낳는다고 했다. 그래

도 성인의 모습까지 키우는 건 부작용이 클 수 있다고 하던
데…….

"요즘엔 열 살도 너무 어리다고 해서 열세 살 정도까지 키
우거든요. 열 살이나 열세 살이나 급속성장인자를 주입하
니까 필요한 시간이 크게 차이 나지도 않고요. 그래서 저희
도 열세 살 정도까지 인공 자궁에서 키워서 낳았는데, 뭐가
잘못됐는지 세상에 나온 뒤에도 너무 빨리 자랐어요. 애가
무릎이랑 팔꿈치가 아프다고 어찌나 울던지. 차라리 일찌감
치 기계 신체로 교체해줄까도 생각해봤는데 이렇게 급속도
로 자라는데 몸을 바로 교체하면 환상통이 생길 수도 있다
고 해서 밤마다 마사지랑 찜질을 해주면서 버텼거든요. 다
행히 6개월 만에 성장이 멈추긴 했는데 이미 너무 큰 거예
요. 실제로는 아직 어린애인데……. 혹시 위험한 일이라도
생길까 봐 오른팔이랑 왼손은 위급 상황에서 큰 힘을 출력
할 수 있는 걸로 교체했는데 우리가 모두 싱크홀에 빠지게
될 줄은 몰랐어요. 떨어지는 와중에 온 힘을 다해 아이를
바깥으로 던졌는데, 힘이 부족했는지 구멍에서 벗어날 수
없었나 봐요."

"나는 엄마랑 같이 있어서 좋아!"

아이는 엄마에게 온몸을 맡기듯 안기더니 무릎 위에 머
리를 올렸다. 엄마는 아이의 머리를 쓰다듬고 머리카락을

귀 뒤로 넘겨주며 웃었다. 엄마 배에 얼굴을 비비며 까르르 웃다가 내 쪽으로 몸을 돌려 생글생글 웃었다. 확실히 아이의 얼굴에는 천진함이 가득했다.

"몸만 컸지 아직 마음은 많이 어려요. 이렇게 몸과 마음의 나이 차이가 크면 지식을 주입하는 것도 한계가 있다고 했거든요. 그래도 1년 안에는 정신도 몸에 걸맞게 클 것 같았는데 그 전에 이렇게 되어가지고……. 그래도 이곳에 와서 우리 아이가 먹고 싶은 음식을 실컷 먹게 해줄 수 있어서 정말 다행이에요."

엄마는 애써 눈물을 삼키며 하염없이 아이를 쓰다듬었다. 아이는 엄마 속도 모른 채 내게 손을 내밀었다. 잡히지 않는다는 걸, 아이가 내 손을 통과해 결국 주먹을 쥐게 될 걸 알면서도 손을 내밀었다. 그러자 아이는 아주 천천히, 실체가 있는 것처럼 내 손 모양에 맞춰 손가락을 구부리고 씩 웃었다.

아이의 미소를 보니까 왠지 모르게 가슴속에서 머리 위로 뜨거운 물이 치솟는 것 같았다. 이게 바로 눈물이 나올 것 같은 느낌일까? 몸이 없으니 결국 이곳에도 속하지 못할 거라고 생각했는데 아이가 나를 닻처럼 잡아주는 것 같았다. 아이이기 때문인 걸까. 나는 활짝 웃으면서 천천히 손을 위아래로 흔들었다. 아이는 나와 눈을 마주치며 나를 따라 천천히 손을 흔들었다. 말하지 않아도 마음이 통한다는 게 뭔지 알 수 있었다. 우리가 서로 달라도, 마음이 통하면 얼마든지 악수할 수 있는 것이다.

손을 떼려던 순간 아이의 몸이 반투명해지며 나의 손과 손이 맞닿았다. 그러자 잊고 있던 기억이 떠올랐다. 나는 무언가의 진행 상황을 알기 위해 법원에 가는 중이었다. 갑자기 도로가 꺼지며 차들이 우르르 추락했다. 순식간에 일어난 일이라 차를 빠져나온 사람은 없었다. 얼른 신고를 하고 상황을 살피는데 어떤 여자가 허공으로 내던져졌다. 문제는 잡을 것도 없고, 그 사람의 팔이 길어지지도 않아서 그대로 떨어질 게 뻔하다는 것이었다. 나는 뛰어서 그 여자의 손을 가까스로 잡아 끌어안으며 반대편 바닥에 착지했다. 그러나 내가 착지한 곳도 불안정했는지 바닥이 꺼지며 중심을 잡을 수 없었다. 패닉에 빠진 여자를 끌어안고 암전된 게 내 마지막 기억이었다. 그 여자가 바로 내 눈앞에 있었다.

"언니, 여기 같이 있자. 내가 과자 줄게!"

"세상에⋯⋯. 아가씨가 정말 마음에 들었나 봐요. 수이는 과자 욕심이 많아서 저한테도 잘 안 주는데. 우리랑 같이 있을래요? 자리가 넓어서 괜찮을 거예요."

"제가 허공에 던져진 아이를 잡고 바닥에 착지했는데 거기도 지반이 불안정해서 무너졌거든요. 마지막에 그 사람

144

을 보호하기 위해 끌어안았어요. 이 아이…… 수이는 살아 있을 수도 있어요! 그래서 이렇게 상태가 불안정한 거예요!"

"그게, 그게 정말이에요? 감사합니다, 감사합니다. 정말 감사합니다……. 그런데 수이는 왜 여기 있는 거예요? 여기 있으면 안 되는데! 선생님도요!"

"제가 돌려보낼 방법을 찾아볼게요. 여기 계세요!"

"나랑 있어!"

다시 실체화된 수이는 나를 붙잡듯 아까보다 더 강하게 손을 오므렸지만, 이번에도 내가 형체가 있는 것처럼 구부리다 멈추었다. 내가 영혼 상태가 된 건 이렇게 섬세하고 다정한 수이를 끝까지 구하기 위해서라는 생각이 들었다.

"선생님, 꼭 부탁드릴게요. 이미 죽어서 갚을 길이 없지만 두고두고 선생님의 평안을 바라겠습니다."

"걱정 마세요. 꼭 수이를 돌려보낼게요."

"언니 가지 마!"

"수이야, 수이도 여기가 신기하지? 언니는 방금 와서 구경을 못 했대. 그래서 둘러보고 올 거야."

"다시 올 거야? 알았어. 나 기다릴 수 있어."

"응, 언니 구경하고 올게. 수이는 여기서 과자 맛있게 먹고 있어."

그러자 수이가 해맑게 웃으며 손을 흔들었다. 나도 마주

인사하고는 자리를 벗어났다. 조금 떨어진 다음에 뒤를 돌아봤을 때 수이 주변으로 복수초에서 나온 희미한 빛들이 맴도는 게 보였다.

　방법을 찾겠다고 했지만 막막했다. 아직 죽지 않은 존재가 지상으로 돌아가는 방법에 대해 아는 사람을 찾기 위해 다방 안을 구석구석 돌아다녔다. 자연스럽게 다방을 구경할 수 있었는데, 층층마다 다른 꽃들과 나무들이 심어져 있어 풍경이 색다르고 보는 즐거움이 있었다. 선인장과 야자수가 있는 층에서는 파충류처럼 피부가 비늘인 몸을 따끈한 모래 속에 묻고 시원한 음료를 마시는 사람에게 물어봤지만 모른다는 답을 들었고, 나무가 빽빽하고 습도가 높은 층에서는 머리에 달린 케이블을 길게 늘어뜨린 채 전기를 일으키는 사람이 내 쪽으로 다가왔다. 나는 몸이 없어서 별 탈 없었지만, 자기장이 지나가는 사람의 기계 부품에 오류를 일으키는 것 같았다. 두 사람에게 질문하려 했지만 너무 격렬하게 싸우는 통에 다른 사람을 찾을 수밖에 없었다.
　겨우 이 상황에 대해 조금이라도 아는 사람을 만났지만, 그 사람도 다방 사장님을 만나서 물어봐야 할 거라고만 말해줬다. 다방 사장님을 만나는 방법은 본인도 모른다는 답을 끝으로 위로 올라갔다.

계속 돌아다니며 이제는 다방 사장님을 만나는 방법을 물어보다가 1층에서 인사를 하던 직원을 떠올리고 내려가기로 했다. 다들 올라가기만 하고 내려가는 사람은 없어서 내려가는 쪽의 계단은 한산했다. 올라갈 때보다 더 빠른 속도로 1층에 도착해 입구에 가니 들어올 때 봤던 직원이 있었다.

"안녕하세요. 혹시 다방 사장님을 만날 수 있을까요?"

"죄송합니다, 손님. 사장님은 쉽게 만날 수 있는 분이 아니에요."

"그러면 한 가지 여쭤볼게요. 아직 살아 있는 사람이 여기에 있는데요, 백중날이 끝나기만 하면 무사히 살아날 수 있을까요?"

"그게⋯⋯. 죄송합니다. 제가 신입이라 아직 잘 몰라요."

"그럼 사장님께 여쭤봐주시면 안 될까요?"

"죄송해요. 사장님은 저도 뵙기 어려워서요⋯⋯."

직원이 한껏 죄송한 표정을 지어서 물러날 수밖에 없었다. 이곳은 테이블 위에 먹을 것이 저절로 생겨나는 식이라 서빙하는 사람도 찾을 수 없었다. 음식을 만드는 주방도 보이지 않았다. 시간이 얼마나 흘렀는지 알 수 없었다. 백중날이 끝나면 어떻게 되는 걸까? 수이는 이대로 끝인 걸까?

땅이 꺼졌을 때 수이를 껴안지 말고 바깥쪽으로 던졌어야 했는데. 수이의 엄마가 어떻게든 살리려고 했던 딸을 결국 내 잘못된 판단으로 죽게 하는 것 같았다. 너무 미안해서 수이에게 되돌아갈 수 없어 터덜터덜 돌아다니고 있었는데 폭포수 근처에 빈자리가 눈에 들어왔다. 길게 늘어진 이파리들에 가려져 아까는 보지 못한 곳이었다. 풀밭에 돗자리가 깔려 있었고 은방울꽃이 가운데 앉은 사람을 감싸주듯이 길게 자란 채 동그랗게 자리 잡고 있었다. 비밀 장소 같기도 하고 요정들의 둥지 같은 모습이었다. 그 안에 앉으니 가라앉았던 마음이 조금은 편안해졌다. 작은 종 같기도 하고, 뒤집으면 예쁜 잔 같은 은방울꽃을 멍하니 보고 있었다. 은방울꽃의 꽃말이 뭐랬더라.

"야, 거기 너, 못 들은 척하지 말고 비키라고."

"네?"

은방울꽃에서 시선을 돌려 올려다보니 바로 앞에 서 있는 사람이 눈에 들어왔다. 잡티 하나 없는 매끄러운 피부와 약간의 실핏줄이 선 눈동자, 멀쩡히 달린 두 팔과 두 다리. 뇌를 따로 들고 다니는 것도 아니고, 다른 어떤 신체 일부가 덜 달리거나 더 달리지도 않았다. 인간 원형을 보존한 채 기계를 이식하면 비싸기도 할뿐더러 성능이 조금 떨어질 텐데 보기에 깔끔하긴 했다. 보통 그런 사람들은 어딘가 고장

나 있기 마련인데 이 남자는 어디가 불편해 보이지도 않았다. 아픈 사람이었다면 아쉬워도 양보했겠지만 지금 상황은 달랐다. 가까운 등나무 아래 빈 벤치가 보였다.

"저쪽에 자리 비었어요."

"그러면 네가 가면 되겠네."

"그렇지만…… 저도 여기 앉고 싶은걸요. 그러면 같이 앉으실래요?"

"이게 진짜!"

눈앞의 남자가 팔을 휘두르자 허리까지 오는 긴 머리카락이 찰랑거렸다. 한 올 한 올 윤기가 나는 머리카락은 비단 같다더니, 이런 거구나. 손톱에도 거스러미 하나 없었다. 눈에 띄지 않는 부분만 기계로 교체한 사람도 있었으나, 이처럼 정교한 솜씨로 아름다움을 유지하는 사람은 처음이었다. 기능보다 미적인 것을 더 중요시했는지 많은 돈을 들여 장인이 정성껏 만든 신체인 것 같았다.

내가 움찔하지도, 피하지도, 그렇다고 맞서지도 않자 상대방이 순간 당황한 것 같았으나 팔을 휘두르는 것을 멈추지 않았다. 나는 눈 하나 깜박하지 않고 남자를 빤히 바라보았다. 자신의 팔이 나를 통과해버리자 그가 어안이 벙벙한 표정을 하고 입을 열었다.

"너와 나의 차이를 모르겠어?"

"네……?"

"하, 이래서 못 배운 것들이랑 말도 섞지 말아야 하는데. 나는 겉으로든 속으로든 신체를 기계로 교체한 것들과 같이 있고 싶지 않아서 여기까지 온 거야. 그런데 왜 아예 몸이 없는 이상한 거랑 같이 앉아야 하지? 도대체 무슨 짓을 저질렀기에 투명한 채로 이곳에 올 수 있던 거야?"

남자의 말을 듣고 주위를 살펴봤다. 물소리가 커서 그런지 남자의 말이 다른 사람들에게 들리지 않는 것 같았다. 다른 사람에게도 모욕적인 말이었는데 그나마 다행이었다. 내가 자기를 신경 쓰지 않자 더 화가 났는지 그는 내게 더 가까이 다가왔다. 그러나 내가 이미 자리 잡은 곳까지는 선뜻 들어오지 못하겠는지 바로 앞에서 멈춰 섰다.

입술을 꾹 다물고 매섭게 나를 노려보고 있는 남자를 머리부터 발끝까지 다시 찬찬히 살펴봤다. 남자의 신체는 그가 자부심을 가질 만큼 매끄럽고 수려했다. 그러나 그건 신체를 기계로 교체한 사람들도 마찬가지였다. 얼마나 닦았는지 광이 번쩍번쩍 나는 팔, 먼지 하나 없는 이음새, 노래에 맞춰 삐걱삐걱 소리가 나는 손가락, 키가 작은 사람을 위해 높은 나무에 열린 과일을 따주던 열 개의 팔, 호수를 안전하게 건널 수 있도록 활짝 펼친 비늘 등 모두가 멋진 몸이었다.

"여기는 누구나 올 수 있는 다방이라고 했어요. 당신이나 그들이나 나나 다를 게 없다는 뜻이죠."

"아니, 달라. 난 인간이라는 순수 혈통을 지키기 위해 태어나 소중하게 길러진 몸이야. 태어나기 전부터 유전자 하나하나 고르고 골라 심혈을 기울여 이어 붙이고 수정하며 완벽에 가까워졌을 때 순수 혈통의 여자 몸을 빌려 이 세상에 나왔지. 태어난 후에도 이 신체를 지키기 위해 얼마나 많은 사람의 노력이 필요했는지, 내가 어떻게 생활했는지 모를 거야.

다치지 않기 위해 주변에는 늘 경호원이 있었고, 이상한 사람을 만나 오염될까 봐 기준을 통과한 사람만이 내 근처에 올 수 있었어. 많은 것을 보고, 듣고, 배우며 유전자에 걸맞은 지식을 채웠어. 악기를 일정 수준 이상으로 연주할 줄 알며, 그림도 수준급으로 그릴 수 있지.

분기마다 건강검진을 받고, 후세를 위해 일정 나이가 되었을 때부터 주기적으로 정자를 보관했어. 나로부터 완벽에 가까운 순수 혈통 인간이 무수히 많이 태어날 거야.

아무리 섬세한 작업이 가능한 비싼 기계 팔을 달았다고 해도 내 손을 못 따라올 테고. 잘 뛸 수 있는 튼튼한 기계 다리? 그런 게 나에게 왜 필요하지? 잡일은 아랫사람을 시키면 그만이야. 인공 심장, 인공 폐 같은 것도 마찬가지야.

애초부터 튼튼하게 만들어서 태어나면 기계를 넣을 필요가 없지. 갑작스러운 사고만 아니었으면 노화도 거의 없이 150살은 살았을 거야. 천천히 늙어가는 걸 유지한다면 200살도 무리 없었겠지.

이 몸에는 칼 한 번 댄 적 없었어. 도대체 내가 왜 죽어서 이곳에 있는지 모르겠지만, 여기 있는 싸구려들을 다 합쳐도 이 몸의 가치와 비할 바 없어. 고귀하고 우월한 내 씨앗을 많이 뿌리고 왔어야 했는데 갑자기 죽게 되다니. 경호원들은 뭘 하고 있었던 거야? 기계가 섞인 것들이 몸이 굼뜬 것도 아닐 테고, 누구에게 사주를 받았나? 역시 혼합된 것들은 못 쓴다니까."

도무지 모르겠다. 생명을 유지하는 데 필요한 금액은 다를지라도 생명의 가치는 똑같을 텐데. 많이 배웠다면서 이런 기본적인 것을 모른다니, 한심했다.

"매끄럽게 생겨 인간 같아 보이지만 신체가 없는 걸 보니 어디서 이상한 홀로그램이랑 합성했나? 오래 살려고 컴퓨터와 뇌를 결합하는 걸 시도하는 것들이 있다고 말로만 들었는데 결국 성공한 건가? 내가 죽은 지 그렇게 오래됐나? 기술 발전이 이렇게 빠르다고? 이러다 지구상에 모든 인간이 사라질 거야. 안 돼, 안 된다고! 난 빨리 윤회해서 인간으로 다시 태어나야겠어! 좋은 말로 할 때 비켜. 이 자리가 좋은 곳으로 윤회할 가능성이 제일 많은 자리라고 했단 말이야!"

내가 여전히 자리에 앉은 채 멀뚱멀뚱 자신만 바라보고 있으니 속이 터지겠는지 결국 소리를 질렀다.

"너 같은 건 내 발끝에도 못 미치니까 비키라고!"

목소리가 얼마나 컸는지 물소리를 뚫고 다른 사람들에게까지 들린 것 같았다. 웅성거리면서 이쪽으로 다가오는 인기척이 느껴졌다. 이곳에 있는 모든 사람보다 고귀하고 우월하다고 주장하는 이 남자는 화를 못 이겨서 눈을 부릅뜬 채 자기가 선 바닥을 발로 차고 내게 팔을 휘둘렀다. 그러고도 모자라 내 주위에 핀 은방울꽃을 잡아 쥐어뜯고 뽑았다.

"미친놈이 또 난리 치네."

"뭘 봐! 누굴 구경하냐고!"

"쯧쯧, 유전자 편집이니 교육을 많이 받았니 하면 뭐 하냐고. 여기서 자기 화를 주체 못 해서 만만한 사람 붙잡고 화풀이나 하면서. 말만 많아요, 말만."

"차라리 빨리 윤회에 들면 좋겠을 정도라니까. 매년 이게 무슨 일이냐고."

남자는 손에 든 은방울꽃을 칼처럼 휘두르며 주변을 둘러봤다. 사람들은 혀를 차면서 구경만 했다. 말하는 걸 들어보니 매년 있던 일이라 질려서 그러는 것 같았다. 겁이 나거나 무섭지는 않았다. 일단 남자를 어떻게 진정시키면 좋을지 생각했다. 그래, 이 자리를 노리는 것 같으니 비켜주자. 이렇게 된 거, 수이에게 돌아가야겠다. 돌아간다고 약속했으니까, 지켜야지. 그렇게 생각하며 일어나는데 누군가 달려와서 남자를 밀어냈다. 갑작스러운 충격에 남자가 뒤로 넘어져 엉덩방아를 찧었다.

"우리 언니 괴롭히지 마!"

수이였다. 수이가 하트 모양의 커다란 막대 사탕을 든 채 내 앞에 섰다. 수이의 엄마가 당혹스러운 표정으로 다가오려고 했으나, 인파에 막혀 오도 가도 못하고 있었다. 수이를 말리고 싶었으나 어깨를 잡을 수 없었고, 수이 앞에 선다 한들 실제로 막아줄 수도 없었다.

"너는 또 뭐야? 뭔데 껴들어?"

"나쁜 아저씨, 가!"

"뭐야, 재배 인간이야? 제대로 배우지도 못해서 덜 떨어지기까지 했어? 하, 그래도 기계로 교체하지 않은 걸 보니 부모가 제대로 된 생각이 박힌 것 같네. 인간 망신시키지 말고 비켜."

"악당! 바보! 멍청이!"

남자가 벌떡 일어나서 수이에게 주먹질을 하자, 수이가 머리를 맞고 비명을 지르며 넘어졌다. 넘어진 수이를 향해 남자가 발길질을 하려는 때에 수이 엄마가 괴력을 발휘해 사람들을 헤치고 달려와 남자의 등을 때렸다. 남자는 뒤를 돌아 수이 엄마를 확인하고 발길질을 했다. 수이 엄마가 뒤로 밀려나며 몰려 있던 사람들을 향해 넘어졌다. 몇몇은 수이 엄마에게 깔리고, 몇몇은 넘어진 수이 엄마를 피해 뒷걸음질 치다가 다른 사람들의 발에 걸려 넘어졌다. 그러면 그 사람이 다른 사람과 걸려 넘어지고, 또 넘어지고…… 아수라장이었다.

팔이 여러 개인 사람이 넘어진 사람을 일으키고, 기계 다리인 사람이 껑충 뛰어 사람들 틈에서 벗어나는 수선스러운 사이에 수이는 울지도 않고 벌떡 일어나서 남자를 흉내 내듯 발길질을 했다.

"우리 엄마 괴롭히지 마! 언니도 괴롭히지 마!"

수이가 남자에게 또 맞을까 봐 걱정되어 말리고 싶었다. 끙끙거리는 수이 엄마를 부축하고 싶었다. 다른 사람들에게 도와달라고 애원하고 싶었다. 내게 신체가 있었다면, 내가, 내가…… 인간이었더라면. 내가 인간이 아니기 때문에 이곳에서 이레귤러인 게 분명했다. 그러나 대신 나는 아무와도 부딪치지 않고 지나갈 수 있으며 계단을 통하지 않고도 어디로든 갈 수 있는 영혼이었다.

나는 빠르게 다방을 돌았다. 1층, 2층, 3층…… 몇 층까지 올라갔는지도 모르겠다. 사장님을 애타게 부르며 구석구석 돌아다녔다. 내가 어디에 있는지도 모를 무렵, 따듯하고 다정한 빛이 온몸을 감싸는 게 느껴졌다. 눈을 감았다 뜨니 연두색 앞치마를 한 여자가 차를 정성껏 내리고 있었다. 투명한 주전자 안에는 다방을 돌아다니면서 본 온갖 꽃들이 활짝 피어 있었다.

"어머? 보통 손님은 이곳에 못 들어오는데 어떻게 들어왔어요? 아하, 당신의 선의로 이곳의 문을 열 수 있었군요. 미안해요. 물 붓는 데 집중해서 소란이 생긴 걸 몰랐어요."

"네?"

"자, 가요. 이쪽으로."

내가 아무 말도 하지 않았는데도 여자는 알겠다는 듯 고개를 끄덕였다. 갓 내린 꽃차를 투명한 잔에 따라 쟁반에 얹은 다음 허공에서 문을 열어 내게 손짓했다. 영문을 알수 없었지만 여자의 손짓에 홀린 듯 문안으로 들어갔다.

문을 지나니 싸움이 났던 1층 은방울꽃밭이었다. 이제는 패싸움이 됐는지 서로서로 싸우고 있었다. 강시 아저씨와 그 일행도 서로 싸우고, 팔이 기계인 사람과 다리가 기계인 사람이 싸우고, 몸이 무광인 사람과 유광인 사람이 싸웠다. 음식을 먹으며 싸움을 구경하는 사람도 있었다. 수이와 수이 엄마가 무사한지 알고 싶었으나 너무 많은 이가 뒤엉켜 있어서 찾을 수가 없었다. 내가 소리치려는 찰나에 여자가 꽃차를 입 근처로 들어 후, 하고 불었다.

그러자 꽃차에서 오색빛 연기가 피어오르더니 사람들 근처로 빠르게 퍼졌다. 연기는 활짝 핀 꽃이 되어 흩날렸다. 여자 근처에 서 있는 덕분에 이 광경을 모두 눈에 담을 수 있었다. 사람들은 여자가 보이지 않는 듯, 갑작스러운 상황에 어리둥절해했다. 이윽고 꽃들에 휩싸여 아름다움에 취한 듯 하늘을 보고 웃거나, 날아다니는 꽃을 잡기 위해 손을 내밀거나 폴짝폴짝 뛰었다. 그중에는 수이도 있었다. 나는 사람들을 통과해 수이에게 다가갔다.

"수이야 괜찮아?"

"언니! 언니가 꽃을 데려온 거야? 엄청 예뻐!"

수이는 언제 화를 냈냐는 듯 환하게 웃으며 내게 손을 내밀었다. 그 안에는 한 줄기에 조로롱 매달린 은방울꽃이 있었다. 나도 모르게 손을 내밀자 수이가 손을 활짝 폈다. 은방울꽃이 우수수 쏟아졌다. 당연히 바닥으로 맥없이 떨어질 거라 생각했는데 내 손 위에 은방울꽃이 앉았다. 나도 모르게 고개를 번쩍 들어 수이를 바라봤다.

"은방울꽃의 꽃말은 반드시 행복해진대!"

수이의 몸이 점점 투명해지고 있었다. 은방울꽃을 잡고 있던 손으로 수이의 손을 잡았다. 수이의 가족은 나를 향해 정중하게 인사를 했고, 수이는 눈물을 흘리면서도 웃음을 잃지 않고 가족을 향해 손을 흔들었다.

"수이를 부탁드릴게요."

내가 뭘 할 수 있을까. 나는 도움을 청하듯 다방 사장님을 쳐다봤다. 그녀는 어느새 허공에 난 문안으로 들어간 채였다.

"앞으로도 많은 사랑을 주고받아요."

말이 들릴 만한 거리가 아니었는데 내 옆에서 말한 것처럼 선명하게 들었다. 문이 닫히기 전에 빈 찻잔을 들어 건배하듯 내게 내밀고는 문을 닫았다. 문이 사라짐과 동시에 떠밀리듯 폭포수 안으로 빨려 들어갔다. 나는 수이를 놓칠세라 강하게 껴안았고, 수이도 나를 끌어안았다. 우리 둘 사이에 있는 은방울꽃이 빛나더니 우리는 거꾸로 올라가는 폭포수에 휩쓸려 어디론가 흘러갔다.

눈을 감았다 뜨기를 반복했다. 처음에 눈을 떴을 때는 이곳이 어딘지 몰랐는데 주변을 둘러보니 여기가 병원이고, 내가 왜 이곳에 있는지도 떠올랐다.

"YEB91-FW1Q. 별칭 은하 맞으신가요?"

"네. 수이는, 제가 안고 있던 아이는 어딨죠?"

"은하 님이 마리사 수이 님을 보호하고 있던 덕분에 무사하십니다. 두 분을 구조한 후 수이 님이 먼저 깨어났는데 은하 님 곁에서 떨어지지 않으려고 해서요. 수면제를 투여하고 정밀검사 중에 있습니다.

그런데 은하 님은 상태가 그렇게 좋지 않아요. 확인해보니 현재 안드로이드에서 사람으로 신분 변경을 요청하고 결과를 기다리는 중이셨더군요. 은하 님이 급속 자가 수리를 해서 어느 정도 회복되는 걸 기다렸는데, 며칠 내로 결과가 나온다고 해서요. 혹시 법적인 문제가 생기지 않을까 싶어서 강제로 전원을 켰어요.

안드로이드라면 부품에 제한 없이 수리가 가능하나, 사람이라면 선택 가능한 부품이 한정적이거든요. 급속 자가 수리 기능도 경찰, 소방관 등의 직업이 아니면 원래 사용 불가고요. 여기 카탈로그 보시고 선택하시면 돼요. 원하는 색으로 고를 수 있는데 만약에 무늬를 넣고 싶다면 그건 추가금이 들어요.

그런데 수리만 하면 영생을 살 수 있는데 사람이 되고 싶으세요? 제한된 수리 범위 때문에 사고라도 나면 은하 님이 정한 수명보다 더 일찍 죽을 수도 있어요. 안드로이드가 무슨 사람이냐며 시위하는 사람들도 있잖아요. 요즘 따라 거칠게 시위하던데⋯⋯. 그런 여론 때문에 법원에서 변경 불가라는 소식이라도 들으면 후회하지 않으시겠어요?"

"예, 후회 안 해요. 저는 사람으로 죽고 싶어요."

법원이 인정해주지 않더라도, 이미 나는 사람이었다. 그렇지만 가전제품 취급을 받기도 하는 안드로이드가 아니라 법적 보장을 받은 사람이 되어 수이의 깨끗하고 맑은 웃음을 지켜주고 싶었다. 수이가 안전하게 자랄 수 있도록 울타리가 되어주고 싶었다. 내가 죽으면 다정이 날 마중 나와주겠지.

나는 신중하게 카탈로그에 나온 의수를 하나 골랐다. 무광의 검은 팔이었다.

"그리고 은방울꽃을 무늬로 새겨주세요."

우리는 반드시 행복해질 것이다.

난꽃의

역사

청징보

1999년 《SF세계》에 작품을 발표하며 데뷔했다. 지은 책으로 《시간의 끝까지》, 《거꾸로 매달린 하늘》 등이 있으며, 2025년 현재 백만 자 이상을 잡지에 발표한 것으로 기록된다. 중국 여성 작가 최초로 중국 양대 SF문학상인 성운상과 은하상을 모두 수상했다. 현재 중국작가협회 회원이자 바진문학원 계약작가이며, 루쉰문학원 제46기 중청년 작가 고급 세미나를 수료했다.

수문(水門) 거리의 이웃들 모두가 샤오즈(小志)의 할머니가 이상한 사람이라는 걸 알았다.

양바오주는 수문에 살지는 않았지만, 이 소문에 대해 진즉에 들은 적이 있었다. 여기 시(市) 민정국 사회복지과로 처음 왔을 때 같은 과에 있는 '터줏대감' 장 언니가 절대 샤오즈 담당 업무를 받지 말라고 경고했기 때문이다. 구에 있는 입양 담당 공무원들이 샤오즈를 담당하는 일을 축구공 패스하듯 서로에게 넘겼다고 했다. 그것도 몇 년이나. 지금 샤오즈의 나이는 여덟 살이고, 만 8세부터는 반드시 당사자의 동의를 얻어야 해서 입양이 쉽지 않았다. 아직 할머니가 살아 있는데 샤오즈가 할머니를 떠나려고 할 리가 만무했다. 할머니라는 큰 난관도 넘지 못했는데 샤오즈라는 작은 난관까지 나타났으니 안 그래도 쉽지 않았던 일이 더 어려워진 셈이었다.

민난*에 "철로 속을 채운 경단**은 물에 뜨지 않는다"라는 말이 있다. 상황이 절망적이라면 아무리 애를 써도 소용이 없다는 뜻이었다. 그리고 바로 그러한 일이 지금 양바오주의 손에 놓이게 되었다.

양바오주는 막 이곳으로 온 신입이라 일을 고를 수 있는 처지가 아니었다. 게다가 임신 2개월 차라 출산 휴가를 쓰기 위해서라도 지금 성과를 내야만 했다. 그래서 어쩔 수 없이 모두가 피하는 일을 맡게 된 것이다.

수문 거리의 동쪽 입구는 중산남로와 이어졌고, 서쪽 입구는 주 거리에 맞닿았다. 사람들은 보통 동쪽으로 들어와 서쪽으로 나갔다. 거리에는 관음보살을 모시는 관음궁과 유비, 관우, 장비를 모시는 삼의묘(三義廟), 현천상제(玄天上帝)나 진무대제(眞武大帝), 전도원수(田都元帥)를 모시는 수선궁(水仙宮)이 있었다.***

현지 주민들이 수시로 향을 피우러 오는 것 외에도 성수

---

* 중국 푸젠성의 남쪽 지역인 취안저우, 샤먼, 장저우 등을 말한다. 이 지역에서 쓰이는 방언이 민난어인데, 민난어는 타이완에서 쓰이는 언어이기도 하다. 타이완에 사는 내·외성인 중 상당수가 중국 푸젠성 출신이기 때문이다.
** 원문은 '上元丸(상위안완)'으로 중국 푸젠성 취안저우 지역에서 원소절(정월 대보름)에 먹는 음식이다. 찹쌀가루로 경단을 만들고 깨, 땅콩, 고기, 설탕 등을 소로 넣어 뜨거운 물에 삶아서 먹는다.
*** 현천상제는 한족 신화에서 북방의 신이며 도교에서는 천제(天帝)이고, 진무대제는 그의 또 다른 이름이다. 전도원수는 당 현종 시기 궁정 악사였던 뇌해청으로, 안녹산의 난 이후 항거하여 죽임을 당한 뒤 공연의 신으로 모셔졌다.

164

기에는 관광객의 방문이 끊이지 않았다. 참배가 아닌, 순전히 셴수이자오, 룬빙차이, 몐셴후* 같은 취안저우 음식을 위해 방문하는 사람도 많았다. 동쪽 입구로 들어와 차례차례 가게들을 지나다 보면, 부른 배를 두드리며 서쪽 입구로 나가게 되어 있었다.

그러나 오늘 바오주는 그럴 마음이 전혀 없었다. 중산남로에서 수문 거리로 들어서자 샌들 밑창이 석판에 부딪히며 딱딱 소리를 냈다. 샤오즈의 할머니에게 뭐라고 말할지를 고민하던 바오주는 자기 미간에 주름이 진 것도 모르고 있었다.

"그 천씨 할멈을 조심해. 그 사람은 있지, 성깔이 바다에 내리는 빗방울 같거든."

장 언니는 바오주에게 이렇게 당부했었다. 그런데 바다에 내리는 빗방울 같은 성깔이라는 건 대체 어떤 걸까? 아마 매우 괴팍하다는 거겠지.

원래 아동 입양은 구(區) 민정국의 업무였다. 그런데 아이를 입양하는 이가 홍콩이나 타이완 사람이면 업무는 바로

---

* 셴수이자오는 광둥성, 홍콩, 마카오 등에서 주로 먹으며 돼지고기, 부추, 버섯 등의 소를 달콤한 찹쌀 반죽에 넣어 튀긴 전통 간식이다. 룬빙차이는 푸젠성 민난 지역이나 타이완에서 얇은 전병에 채소와 고기 등을 넣고 말아서 먹는 음식이다. 몐셴후도 같은 지역 음식으로 닭 육수에 실처럼 얇은 면과 고명, 소스 등을 넣어 먹는다.

상위 기관인 시로 넘어왔다. 아동 입양 조건에 부합하는 이가 마침 타이완에서 온 부부였기에 모두가 마다하는 일을 바오주가 맡게 된 것이다. 바오주는 샤오즈의 파일을 미리 읽어봤고, 지난 몇 년간 샤오즈의 담당 공무원과 입양 희망자가 몇 번이나 바뀌었다는 걸 알고 있었다. 이유는 아주 단순했다. 이 중 그 누구도 괴팍한 할머니의 눈에 차지 않았던 것이다. 여기에 아이의 나이까지 찼으니 일은 더 어려워졌다. 그러나 이번에는 반드시 할머니를 설득해 이 '정기 업무'와도 같은 일을 마무리 지어야 했다.

마음을 굳힌 바오주는 걸음을 재촉했다.

수문 거리에는 커다란 대문을 자랑하는 관음궁과 삼의묘, 수선궁만 있는 게 아니라 작은 사당도 있었다. 높은 서양식 건물과 중·서양식 건물 사이에 낀 이 사당은 언제든 비좁음에 엉덩이를 떼고 벗어날 사람처럼 보였다. 지붕에 있는 석조 보탑 그리고 용과 봉황 형상으로 구운 청록색 도자기 장식이 그나마 눈길을 끌었는데, 이마저도 없다면 정말 볼품이 없었을 것이다.

그러나 이렇게 낡은 사당에도 늠름한 이름이 있었다. '난안군 천선궁(南安郡天仙宮)'. 커다란 현관도, 드넓은 뜰도, 신불을 모시는 향당도 없어 문만 지나면 바로 신상을 볼 수 있었다. 어둑어둑한 돼지 핏빛 감실 안에 단정히 앉아 있는 낭랑 신상은 아담했고, 금칠도 벗겨져 있었다. 그 앞에 놓인 테이블에는 울긋불긋한 간식과 과일이 공물로 놓여 있었지만, 구색을 제대로 갖추지 못해서 부잣집 사당만도 못한 수준이었다. 이 낭랑 신상이 바로 사당에 모셔진 '천선'이었다. 천선의 본명은 '천징구(陳靖姑)'로 당나라 때의 사람인데 시댁이 구티엔현 린수이향(臨水鄕)에 있어서 사람들에게 '임수부인(臨水夫人)'이라고 불렀다. 민난 지역에는 참배를 가장 많이 받는 신으로 두 여신이 있었는데 한 명은 항해의 여신인 천후 마조 낭랑이었고, 다른 한 명이 부녀자와 아이를 보우한다는 천선 성모 임수부인이었다.

임수부인의 조묘(祖廟)는 천징구의 출생지인 푸저우 창산 시아두에 있었다. 푸저우에서는 어머니를 '냥나이(娘奶)'라고 부르기도 했는데 임수부인을 자기 어머니처럼 여겼기에 임수부인의 조묘도 '냥나이묘'라고 불렀다. 냥나이묘에서는 임수부인의 탄신일인 매년 정월 보름만 되면 금빛 지전이 산을 이루며 쌓였고, 피운 향의 재가 땅을 뒤덮었다. 아이를 기원하는 부인들이 끊임없이 찾아와 꽃을 청하기도 했다. 흰 꽃을 청하는 건 아들을 바라는 거였고, 붉은 꽃을 청하는 건 딸을 바라는 거였다. 냥나이묘에서 꽃을 청한 뒤 돌아갔다가 꿈에서 난꽃을 보았다면 가장 길한 징조라고들 했다. 이 믿음은 옛이야기와 관련이 있었다. 춘추 전국 시기에 한 여성이 꿈에서 신명에게 난꽃을 받았다가 정나라 군주인 정목공을 낳았다고 한다.

원조 사당인 조묘에서 퍼져나간 임수부인의 사당은 민난 지역과 타이완에 뿌리를 내려 향불이 꺼지지 않았고, 각지에 있는 사당들은 조묘에 가서 향불을 받아오기도 했다. 취안저우에서 가장 유명한 임수부인의 사당은 기사궁(奇仕宮)이었고, 바다 건너인 타이완에 있는 임수부인의 사당은 100여 개에 달했다. 타이난에 있는 대사전(大士殿), 오덕궁(伍德宮), 개륭궁(開隆宮), 가오슝에 있는 주생궁(注生宮), 핑둥에 있는 영복당(永福堂) 등등 절대 적지 않았다.

이번에 샤오즈를 입양하고자 하는 이들은 타이완에서 온 아이를 낳지 못하는 부부였다. 타이완의 임수부인을 모두 방문했는데도 아이를 얻지 못하자 올해 정월 보름에 푸저우에 있는 조묘까지 찾아가 비법을 행한 것이다. 그곳에서 꽃을 청했고, 신발을 훔쳤으며 달걀도 먹었다.* 그 결과, 집으로 돌아간 뒤에 '난꽃 꿈'을 꾸는 길조를 얻었다고 한다. 부부는 바로 수소문을 했고, 취안저우시 민정국 사회복

---

* 푸저우 지역의 민간 신앙이다. 아이가 생기지 않는 부부는 꽃을 청하러 갈 때 꽃다발과 삶은 달걀을 함께 가지고 임수부인의 사당으로 가는데, 그곳에서 꽃 두 송이(흰 꽃 혹은 붉은 꽃으로)를 꺾어 삶은 달걀에 꽂아서는 집으로 가지고 돌아온다. 꽃은 침실에 두고, 달걀은 합방을 마친 뒤에 하나씩 먹는다고 한다. 꽃을 청하고 달걀까지 먹었는데도 임신을 하지 못한 부부는 사당 안 임수부인이 신고 있던 신발을 훔쳐 와 집 안에 모시기도 한다.

지과의 입양 희망 아동 자료에서 8세 남아 샤오즈를 알게 되었다. 어렸을 때부터 난안군 천선궁에서 살았다는 점, 할머니 이름에 있는 '난' 자, 그리고 할머니와 아이, 부부의 성이 모두 천씨라는 것까지 너무나 공교로웠다.

낮은 산이라도 신선이 살면 유명해지기 마련이었고, 작은 사당이더라도 신령이 있으면 영험하기 마련이었다. 부부는 이 별 볼 일 없는 사당에 있는 노인과 아이가 자기들과 깊은 인연이 있다고 믿었다.

샤오즈의 할머니는 1988년부터 이곳에 살았다. 주된 생업은 대나무를 엮어서 파는 일이었는데, 가끔은 향을 피우러 온 이들이 남긴 돈을 거두기도 했다. 이렇게 지낸 지도 올해로 벌써 8년째였다.

처음 이곳에 왔을 때 그녀는 칠순을 앞둔 노인이었다. 성격이 괴팍했고, 사람들과 왕래도 하지 않았다. 수문 거리로 이사를 막 왔을 때, 이웃들은 그녀가 '샤우자보'라는 걸 알게 되었다. 여기 말로 '미친 여성'이라는 뜻이었다. 예전에 어떤 이웃이 할머니가 담장에 키우는 난꽃에 물을 준 적이 있었는데, 할머니는 호의에 감사해하기는커녕 문 앞에서 그를 꾸짖고 면박까지 주었다.

할머니는 그 난꽃을 정말 애지중지했다. 취안저우의 난초 재배는 역사가 제법 길었다. 남송 말년에 조시경이라는 이가 세계 첫 난초 관련 전문서인 《금장란보(金漳蘭譜)》라는 책을 펴냈다. 책에서는 장저우, 취안저우, 어우위에 등 여러 지역에 있는 난초의 품종을 상세히 설명했고, 이에 대한 평가와 가꾸는 법, 비료 주는 법, 물 주는 법, 이식하는 법, 포기 나누는 법, 적합한 토양 등 난초 기르기에 관련된 여러 경험을 적었다. 송나라, 원나라 때부터 오늘날에 이르기까지 길거리에 있는 세 살 꼬마도 묵란, 춘란, 혜란, 건란 등 취안저우의 유명한 난초 이름들을 모두 말할 수 있었다. 그러나 샤오즈의 할머니가 보물처럼 아끼는 담장 귀퉁이의 난초는 누구도 그 이름을 몰랐다.

할머니는 성격만 이상한 게 아니었다. 하는 행동도 남달라서 이웃들은 특히 할머니가 '까마귀 주둥이'를 가졌다며 이상해했다. 내뱉는 불길한 말마다 모두 현실이 되었기 때문이었다.

예를 들어 난안군 천선궁에 참배자가 별로 없었던 작년 4월의 일이었다. 어느 날 할머니가 덩리쥔*의 포스터와 테이프를 잔뜩 사서 돌아왔다. 그러고는 사당에서 파는 향초와 공물의 값을 배로 올리겠다고 했다. 대신 임수부인을 참배하러 온 사람이 향초나 공물을 얼마 이상 사면 포스터와

---

* 한국에서는 등려군(鄧麗君)으로 많이 부른다.

테이프를 덤으로 주겠다나. 방문객이 거의 없는 난안군 천선궁에서는 무조건 손해를 보는 장사일 게 분명했다. 그런데 5월 8일, 젊은 덩리쥔이 치앙마이의 한 호텔에서 사망했다는 비보가 전해질 줄 누가 알았겠는가. 덩리쥔의 포스터와 테이프는 순식간에 금값이 되었고, 향을 올리러 오는 참배객도 파도처럼 끝없이 이어졌다. 평소 사당을 찾는 이들은 모두 여성이었지만, 이때는 고인을 추모하기 위해 향과 초, 공물을 사러 오는 남성도 많았다.

적막하던 난안군 천선궁이 보름 넘게 시끌벅적했다.

그러자 '샤우자보'와 '까마귀 주둥이'라는 말도 뒤에서만 내뱉을 수 있는 말이 되었다. 이웃 대부분은 사당 관리인인 할머니에게 잘 보인 답시고 할머니를 '천 태후'라고 불렀다. 어디에 있는 기록인지는 모르겠지만, 예전에 천징구도 '천 태후'라고 불린 적이 있다고 한다. 물론 할머니도 이 표현이 일종의 조롱이라는 걸 알고 있었다. 그래서 이 말을 들을 때마다 불쾌해했으며 정색한 얼굴로 욕까지 내뱉었다.

할머니의 본명은 '천메이란(陳美蘭)'으로 남쪽 국가에서 조국으로 돌아온 화교 3세였다. '천'은 취안저우에서 가장 많은 성씨였는데, 어쩌면 바로 그 인연 때문에 임수부인 천징구의 현세 수호자가 된 걸지도 몰랐다.

몇 년의 세월이 지나면서 이웃들은 할머니가 임수부인을

정성껏 모신다는 걸 알게 되었다.

할머니는 새벽 5시에 일어나서 씻었다. 빗자루질을 한 뒤
명상을 했고, 채소를 따서 밥을 차렸다. 매일 오전마다 밥
을 한 솥이나 지었다. 샤오즈의 세끼도 다 이걸로 해결했다.
정오가 지나면 절대 밥을 먹지 않았던 천메이란은 오후면
사당 안쪽 시원한 곳으로 가서 대나무를 엮었다. 아주 느릿
하게 엮는 손길에 키와 죽립, 쌀책박 그리고 바구니도 함께
천천히 자라났다. 대나무는 아주 빠르게 자라는 식물이었
지만, 천메이란의 손에 놓인 대나무는 그 무엇보다도 느리
게 자라나는 기물이 되었다. 예전에는 천메이란이 손수 모
든 걸 했다고 했다. 대나무 시장에서 직접 대나무를 사 와
쪼개고, 얇게 잘라서 손질까지 했다고. 그러나 나이가 들어
거동이 쉽지 않아지자 천메이란은 다 손질된 대오리를 사
와서 매일매일 천천히 엮었다.

해가 지자 사당 안이 어두워졌다. 천메이란은 엮던 대나
무를 옆에 내려놓은 뒤 서서히 몸을 일으켰다. 손수건 하나
를 꺼내 임수부인 신상을 향해 갔다. 머리부터 발까지 신상
을 꼼꼼히 닦은 뒤 감실 앞에 무릎을 꿇고 앉아 두 손을 모
으며 기원했다. 이렇게 시작된 기원은 보통 자정까지 이어졌
다. 소리 없는 기도는 몇 시간이나 이어졌고, 매일 반복되었
으며 한 번도 끊어진 적이 없었다. 모든 소리가 사라지고 적

막만이 남았을 때 그녀가 임수부인에게 들려주던 고민과 염원의 이야기도 드디어 끝이 났다. 천메이란은 그제야 자리에서 일어났고 느릿하게 걸어가 잠을 잤다.

취안저우의 신명들은 사람들의 일상과 아주 가까웠다. 거리의 아이들은 신명을 '양육자'라고 여겼고, 성인들은 아이에게 생일 파티를 해주듯 신명의 생일을 기념했다. 중요한 날이면 신명을 사당에서 모시고 나와 주변을 장대하게 순찰하거나 조묘로 돌아가 조상을 알현하게 했다. 취안저우 사람들 모두가 신명을 자기 머리 위 높은 곳에 있는 존재가 아니라 자기 곁에 있는 가족이라고 여겼다.

난안군 천선궁의 임수부인은 천메이란의 가족이었다. 나이가 든 천메이란은 매일 가족과 많은 이야기를 나누어야 했다. 그래야만 잠에 들 수 있었다.

취안저우에는 신당이나 사당, 절과 묘가 수백, 수천 개가 넘었는데 큰 곳이든 작은 곳이든 꼭 천메이란과 같은 이가 있었다. 깨끗이 청소하고, 신을 수호하는 범인(凡人)이 모든 곳에 있었다. 바로 이 점이 취안저우만의 특징이었다. 반은 속세이고 반은 선계인 이 작은 지역에서는 신명이 모든 범인을 지켜주었고, 범인도 모든 신명을 지켜주었다.

그래서 천메이란을 이상한 사람이라고 여기는 이웃들도 할머니의 이 한결같은 행동만큼은 전혀 이상하다고 생각하지 않았다.

그래도 가끔은 호기심에 물어보긴 했다.

"샤오즈, 너희 할머니는 냥나이께 무슨 이야기를 하는 거래?"

그러나 이들은 샤오즈에게서 아무 말도 들을 수 없었다. 뭐, 이 호기심이라고 하는 것도 순간적인 흥미일 뿐 진심까진 아니었기에 몇 번의 질문에도 답을 듣지 못하자 곧 열의가 식고 말았다. 대신 이들은 샤오즈에게 다른 걸 물었다.

"밥은 먹었니? 안 먹었으면 들어와서 먹어!"

샤오즈처럼 어린아이와 함께 밥을 먹는다는 건 사실 젓가락 한 벌만 더 놓으면 되는 일이었다.

가끔 이웃들은 이렇게 묻기도 했다.

"천 태후, 샤오즈에게 대나무 엮는 건 언제 가르쳐주려고요?"

그러면 천메이란은 하고 있던 일을 멈추고 기력이 없는 얼굴로도 눈만은 부릅뜬 채 대꾸했다.

"대나무는 무슨 대나무야. 얘는 공부를 많이 하게 될 거야. 대학도 갈 거라고."

천메이란은 평생 공부를 하지 않았다. 어렸을 때부터 대나무 공예를 익혔을 뿐이었다. 천씨는 동남아 화교 사회에서 그 수가 제법 많은 편이었다. 천메이란의 조부모는 이 섬에서 저 섬으로 오가는 유랑 생활에 종지부를 찍겠다고 결심했고, 타이완 난터우현에서 둥지를 틀었다. 난터우는 대나무 생산량이 많은 지역이었다. 이들 가족은 신이산(信義山)에서 대나무 제품 공방을 열었다.

천씨 가문이 난터우에서 새로 집을 지은 이야기가 나와서 말인데, 이때도 매우 신기한 일이 있었다. 천메이란의 조부모는 가지고 있는 재산을 모두 챙겨 동남아에서 이민을 왔지만, 난터우현에서 겨우 땅 한 묘를 샀다. 그나마 땅은 샀는데 집을 지을 돈이 없었다. 그런데 모든 게 끝난 것처럼 보이던 순간, 가난한 젊은 부부는 땅을 파다가 보물이 담긴 항아리를 발견하게 되었다. 이 보물은 이들에게 봄날을 안겨다 주었다.

이건 이웃들이 천메이란에게 직접 들은 이야기였다. 좀처럼 입을 열지 않는 그녀가 직접 들려준, 몇 안 되는 이야기 중 하나.

타이완 난터우현에 자리를 잡은 천씨 가문은 어쩌다가 중국 푸젠성으로 오게 되었을까. 천메이란은 늘 이에 대해 모호하게 말하곤 했다. 천메이란은 자기가 1919년에 태어났다는 걸 기억했지만, 이를 증명할 수 있는 호적이나 신분증 같은 게 없었다. 원래 천메이란에게는 오빠가 한 명 있었는데 조부모와 부모를 연이어 잃은 뒤 여덟 살 연상인 오빠마저 1988년에 숨을 거뒀다고 한다. 천메이란은 결혼도 하지 않았고, 자식도 없었다. 그녀는 와본 적도 없는 낯선 고향 땅인 취안저우로 혼자 와서 조상이 전해준 대나무 엮는 기술로 생계를 잇고 사당 지킴이라는 신분으로 살면서 수문 거리에서의 삶을 꾸렸다.

그리고 천메이란이 수문 거리로 왔던 해에 누군가 난안 군 천선궁 문 옆에 있는 콘크리트 세면대 안에 아기를 버렸다. 때는 늦은 봄이었고, 케이폭나무와 소리쟁이풀이 앞다투어 꽃봉오리를 피워냈다. 얇은 면 담요에 둘러싸인 아기는 자기 손가락만 빨 뿐 울지도 않았다.

이웃들이 잠에서 깨어난 건 천메이란 때문이었다. 일찍 일어나 세수와 양치를 하러 간 천메이란이 콘크리트 세면대 안에서 꼼지락거리고 있는 무언가를 보고 깜짝 놀라 소리를 지른 것이다. 욕도 퍼부을 대로 퍼부었다. 거리의 이웃마저 남김없이 깨운 천메이란은 그제야 안정을 찾았다. 그러고는 따뜻한 물을 가져다가 맥아분유를 탄 뒤 플라스틱 숟가락으로 조금씩 떠서 아기에게 먹였다.

당시 샤오즈의 입양 업무를 맡았던 이가 장 언니였다. 그때 장 언니는 구 민정국에서 일하는 말단 직원이었다. 이 업무는 장 언니에게 악몽과도 같았는데 천메이란의 증빙 자료가 매번 무언가 부족했기 때문이다. 입양이 가능하도록

176

자료를 보완할 방법을 찾아보라는 말에 할머니는 자신의 늙음을 내세우면서 성질을 부렸다. 이 일로 장 언니는 몇 번이나 수문 거리를 오갔지만, 매번 성과 없이 돌아가야 했다. 다행히 수문 거리 사람들과 파출소가 방법을 생각해내 천메이란의 거류증과 범죄 경력 증명서를 발급해준 것이다. 덕분에 민정국도 샤오즈의 입양 절차를 마무리 지을 수 있었다.

그런데 몇 년 만에 천메이란이 새로운 입양인을 물색해달라면서 연락을 취했다. 이 아이는 장차 크게 될 아이라고, 그러니까 반드시 아이를 공부시켜줄 수 있는 이로 찾아야 한다고도 덧붙였다.

천메이란의 나이와 그 의지를 고려한 시 민정국은 지난 몇 년 동안 적극적으로 입양 희망자를 구했고, 조건에 부합하는 이들에게 연락을 취했다. 그런데 그중 단 한 명도 천메이란의 마음에 차지 못했다. 1996년, 샤오즈가 여덟 살이 되자 민정국은 천메이란에게 이렇게 말했다. 8세 아동은 입양에 장애물이 하나 생긴다고, 이 시기를 지나면 입양 절차가 훨씬 더 복잡해진다고 말이다. 이렇게 할머니가 사사건건 어깃장을 놓는다면 앞으로는 입양할 가정을 찾기가 더 어려울 거라고도 했다.

그제야 조급해진 천메이란은 하루가 멀다고 시 민정국을

찾아왔고, 올해는 꼭 협조하겠다면서 적극적으로 의견을 피력했다.

"나는 곧 죽게 될 테니 샤오즈를 위해 좋은 가정을 찾아줘요."

사람들은 천메이란이 나이 타령을 하며 헛소리를 늘어놓는 거라고 생각했지만, 천메이란은 자기 '사망 예정일'이 올해 8월이라고 단호하게 못 박았다.

이웃들은 작년 덩리쥔 일을 기억했기에 천메이란의 사망 예정일에 대해 반신반의했다. 늘 침묵하던 신명이 천메이란에게 천기를 들려줬을 수도 있으니까.

이 업무를 처음 맡았을 때 양바오주는 입양 등록 서류들을 훑으면서 장 언니에게 이렇게 물었었다.

"혹시 할머니가 병에 걸린 게 아닐까요? 만성 불치병 같은 거 말이에요. 몇 년 전에 진단을 받아서 우리보고 입양할 가정을 알아봐달라고 한 거죠. 그런데 막상 알아봐주니까 애랑 헤어지기 싫었던 거고요. 올해 병세가 심해지면서 어쩔 수 없이 우리에게 아이를 데려갈 가정을 다시 찾아달라고 한 걸 수도 있잖아요."

"그럴 수도 있겠네."

장 언니는 바오주의 말을 곱씹으며 무언가를 생각했다.

"위탁 양육이라는 게 예전에도 없었던 건 아니니까……"

장 언니는 어떤 일을 생각하고 있는 걸까? 그게 무슨 생각이든 어쨌든 지금 바오주가 맡은 일을 생각하는 건 아닌 게 분명했다.

양바오주는 품에 자료를 한가득 안고 있었다. 걸음을 옮길 때마다 땀이 다 났다. 수문 거리가 이렇게나 길었을 줄이야. 그러나 난안군 천선궁이라는 작은 사당 앞에 서게 되었을 때, 바오주는 이 길이 지나치게 짧다고 생각했다. 난안군 천선궁의 담장 구석에 자란 난초 하나가 하늘하늘 몸을 흔들었다. 바오주의 시선이 담장에 있는 난초에서 사당 안에 앉아 대나무를 엮고 있는 할머니에게로 옮겨 갔다.

흰 꽃을 닮은 햇빛이 문틀 무늬를 통과하더니 구불구불 문턱을 넘으며 바오주의 시선과 함께 안으로 들어갔다. 기다란 대오리를 타 올라 할머니의 두 손에 닿은 햇빛은 좀 더 위로 올라가 할머니의 뺨에 내려앉았다. 할머니의 동작은 느릿했다. 햇빛이 타고 오를 수 있을 정도로 느릿했다. 한쪽은 밝았고 한쪽은 어두웠으며, 다른 한쪽은 어두웠고 또 다른 한쪽은 밝았다. 그 사이에 앉아 있는 할머니는 그 자신도 대오리를 엮어서 만든 듯했다. 할머니를 엮은 대오리는 오랜 세월로 수분을 잃어서 메말랐으나 아주 강인했다.

가만히 들어보자 방 안 녹음기에서 노랫소리가 들렸다. 바오주가 가장 즐겨 듣는 노래인 리우원정의 〈난초〉였다. 바오주는 1985년 시에 있는 페이위안 중·고등학교에서 공부할 때 이 노래를 처음 들었다. 이 학교의 창립자 리공창은 양바오주의 부모처럼 인도네시아 화교였다. 조회가 끝난 뒤 나오는 학교 방송에서 우연히 이 노래를 들은 바오주는 가수의 목소리에서 뭐라고 말할 수 없는 친근함과 순수함을 느꼈다. 바오주는 나중에야 이 노래를 부른 가수가 리우원정이라는 사람이며 바다 건너 타이완에서 큰 인기를 끌고 있다는 걸 알게 되었다.

그때 바오주의 부모는 인도네시아에서 민난 지역으로 막 이주했었고, 수백 리쯤 떨어진 화교 농장에서 일하고 있었다. 당연히 바오주와는 자주 만날 수 없어서 한 달에 한 번 바오주의 학교로 찾아왔을 때만 볼 수 있었다. 바오주는 부모님에게 몇 번이나 애원했고, 드디어 반년 뒤 리우원정의 노래 테이프를 얻을 수 있었다. 그러나 걸핏하면 친구들이 빌려가 공테이프에 녹음을 하는 바람에 〈난초〉의 노랫소리는 점점 힘을 잃었고, 더는 원래의 소리를 유지하지 못했다. 바오주는 이 일로 크게 상심했었다.

양바오주는 문에서 50센티미터 정도 떨어진 곳에 서서 할머니에게 어떻게 말을 걸지를 고민하고 있었다.

"봄꽃이 피기를 기대하네. 바라는 바가 이루어지기를. 정원 가득 꽃이 피어나 더 많은 향기를 더해주기를"이라는 노랫소리가 흘러넘치는 물처럼 사당 밖으로 새어 나왔다. 그렇게 흘러온 노랫소리는 바오주의 발밑에 고였고, 샌들을 푹 적셨다. 바오주는 진짜로 발이 젖을까 걱정된다는 듯 자기도 모르게 두 걸음 뒷걸음질했다.

천메이란이 고개를 들더니 물고기 눈처럼 혼탁한 두 눈으로 이곳을 기웃거리고 있는 묘령의 여성을 보았다.

두 사람의 눈이 마주쳤다.

"저기, 샤오즈의 할머니시죠?"

양바오주가 예의 바른 목소리로 물었지만, 천메이란은 그녀의 말이 질문이 아니기라도 한 것처럼 답을 하지 않았다.

"저는 양바오주라고 해요. 시 민정국에서 왔습니다."

양바오주가 다시 말했지만, 천메이란은 듣지 못했다는 듯 여전히 답을 하지 않았다.

"예전에는 구에서 샤오즈를 맡았었죠."

서류 뭉치를 품에 안은 양바오주가 말을 내뱉으며 문턱을 넘고는 사당 안으로 들어왔다.

"이번에 변화가 좀 있어서요. 오늘 할머니께 자세히 설명을 드리려······."

그런데 천메이란이 바오주의 말을 끊었다.

"이른 아침에 땅콩탕을 끓였어요. 뭉개질 정도로 푹 끓였죠. 한 그릇 하시겠어요?"

당황한 바오주가 자신을 멍하게 보자 천메이란은 다시 입을 열었다.

"임부도 안심하고 마실 수 있어요. 임부가 땅콩탕을 마시면 아기가 총명해진대요. 더 예뻐지고."

이때는 임신 초기라 전혀 티가 나지 않았다. 자기가 임부라는 걸 남들에게 알리기 싫어서 샌들조차 굽이 있는 걸로 신었던 바오주였다. 그런데도 천메이란은 양바오주의 임신을 확신하고 있었다. 대체 어디서 소식을 들은 걸까. 바오주는 이상한 일이라고 생각했다.

천메이란은 반쯤 엮은 대나무 소쿠리를 내려놓은 뒤 땅콩탕을 가져오려고 몸을 일으켰다. 또한 양바오주에게 손잡이가 있는 나무 의자에 앉으라고 권했다. 마침 의자에는 비단으로 감싼 방석과 등받이가 있었다. 바오주는 의자에 앉으면서 벌레가 파먹은 구멍을 몇 개 발견했다. 나무 의자에 난 구멍이 아니라 비단에 난 구멍이었다.

바오주는 서류 뭉치를 허벅지 위에 내려놓았고, 두 손을 내밀며 천메이란이 건넨 그릇을 받았다.

그릇은 따뜻했지만, 천메이란의 손가락은 조금 차가웠다. 서늘하면서도 강인한 느낌에 양바오주는 댓개비로 엮은 대나무 방석을 떠올렸다. 어렸을 때 바오주도 대나무 방석의 댓개비를 뜯으면서 논 적이 있는데, 천메이란의 손은 그 댓개비처럼 단단했다.

양바오주는 시선을 낮추면서 잠시 자기 발끝을 보다가 고개를 들고 말했다.

"샤오즈에 관한 일은, 구에서도 그렇고 시에서도 그렇고 모두 관심을 갖고 있답니다. 일에 진척이 있어서 좋은 소식을 전해드리려고 오늘 찾아뵌 거예요."

"땅콩탕은 어때요, 맛있나요?"

양바오주는 그제야 그릇 안에 담긴 숟가락을 쥐고 탕을 한 모금 떠 마셨다. 예전에 양바오주의 할머니도 어린 자신에게 땅콩탕을 끓여주곤 했었다. 푹 끓인 땅콩은 흐물흐물했고, 그릇 아래에는 설탕이 가라앉아 있었는데 한 그릇 퍼 담으면 푸젠성 사람들 말처럼 "위에서는 꽃이 피고 아래서는 열매가 맺히며 남녀노소 모두가 좋아하는" 맛을 느낄 수 있었다. 그때 양바오주의 부모님은 해외에 있었는데 할머니가 끓여주던 땅콩탕은 어린 양바오주가 맛볼 수 있는 가장 안정적인 단맛이었다.

리우원정의 노랫소리와 어린 시절의 맛은 양바오주의 긴장을 풀어주었다. 장 언니는 할머니의 성격이 바다에 내리는 빗방울 같다고 하지 않았나? 양바오주는 다행이라고 생각했다. 천메이란은 대화하기 좋은 사람 같았다. 심지어 자기 할머니와 닮은 것 같기도 했다.

양바오주는 타이완의 천씨 부부가 샤오즈를 입양하기를
희망한다는 걸 알려주었다.

"할머니의 집도 난터우였다면서요? 이것 참 엄청난 우연
이네요. 이 부부도 난터우에 산대요. 일월담 근처에 집이 있
다고 하더라고요. 샤오즈가 공부를 하겠다고 마음만 먹는
다면, 뒷바라지를 잘해줄 거예요."

양바오주는 이 부부에 관한 좋은 말을 한가득 쏟아냈다.
부부가 "임수부인"에게 아이를 청했고 드디어 "꿈에서 난꽃
을 보았"다는 이야기도 양념까지 팍팍 쳐가면서 들려주었
다. 할머니가 싫다고 할까 봐 걱정되었기 때문이다.

천메이란은 이야기를 하는 양바오주를 뚫어져라 쳐다보
았다.

양바오주가 말을 마치자 천메이란이 만족함과 서운함이
반반씩 담긴 목소리로 말했다.

"좋은 엄마가 되었을 텐데……."

양바오주는 쥐고 있던 그릇을 옆에 있는 탁자 위에 내려
놓더니 천메이란 쪽으로 몸을 기울였다.

"맞습니다. 맞아요. 저희가 자료 조사를 다 했습니다. 그
사람들은 틀림없이 좋은 부모가 될 거예요."

드디어 마무리될 듯했다. 양바오주의 예상과 달리 아주
순조롭게 말이다.

그날 두 사람은 시 민정국에 갈 날짜를 정했다. 천메이란 은 타이완 부부와 직접 만나볼 수 있도록 그날 샤오즈도 데려가겠다고 했다. 난안군 천선궁을 떠난 양바오주의 발걸 음은 그 어느 때보다 경쾌했다. 마침 석양이 수문 거리를 비 춰 석판길이 금빛으로 물들어 반짝였다.

천메이란은 양바오주가 헤엄치는 물고기처럼 수문 거리 서쪽 출구로 나가는 것을 지켜보았다. 탁자 위에 놓인 그릇 을 치우기 위해 몸을 돌린 천메이란은 빈 땅콩탕 그릇을 보 았다. 두 손으로 그릇을 쥐고 냄새를 맡아보다가 혀를 내밀 어 그릇 가장자리를 천천히 핥았다. 정오 이후로는 절대 음 식을 먹지 않는 천메이란이 땅콩탕 때문에 처음으로 금기 를 깬 것이다.

그런데 예상치도 못한 일들이 벌어지면서 샤오즈의 입양 이 물거품이 될 뻔했다.

3월에 첫 번째 사건이 벌어졌다. 타이완에서 '첫 직접 선 거'가 시작된 것이다. 곧이어 해방군이 푸젠성 용안과 난핑 에서 군사 훈련을 했고, 가오슝과 지룽의 외해를 향해 미사 일을 네 발 쏘았다. 돈 좀 있다는 타이완 사람들은 중화항 공을 타고 미국이나 캐나다로 가버렸고, 돈이 없는 사람들 은 불안에 빠졌다. 은행은 인산인해를 이루었고, 사람들은 몰린 인파 속에서 다치면서도 어떻게든 돈을 찾으려고 했다. 난터우에 있는 천씨 부부도 아이를 데려오고 싶은 마음이 간절했으나 경거망동할 수가 없었다.

시간이 지난 뒤 상황이 좀 나아지자 조급해진 부부는 중국으로 넘어왔고 천메이란과 샤오즈를 만나기로 했다. 장소는 시 민정국이었다. 수속은 거의 마무리가 되어 있었다. 난안군 천선궁을 수시로 방문한 양바오주가 이미 몇 달 전에 끝내놓았기 때문이다. 그 소식을 들은 이웃들이 샤오즈를 놀리기도 했다.

"냥냥이가 네 할머니한테 너를 타이완으로 보내 호강을 시켜줘야 한다고 한 거야! 8년 동안 똥오줌을 치우면서 키운 아이를 떠나보내다니. 네 할머니는 냥냥이의 말이라면 다 믿는 게 분명해."

"8월이면 하늘로 불려간다"라는 천메이란의 발언은 적지 않은 이웃들의 흥미를 불러일으켰다.

"천 태후는 하늘궁에서 살았던 거야!"

그들의 말에 과묵한 샤오즈도 입을 열고 답을 했다.

"할머니가 그러셨어요. 하늘에서 취안저우로 놀러 왔던 거라 8월이면 돌아간다고요."

취안저우에서는 신도 놀 수 있었다.

사실 우리 같은 사람들도 세상으로 놀러 온 게 아니었던가?

양바오주는 천씨 부부와 천메이란, 샤오즈의 첫 만남이

그저 규정대로 진행하는 과정에 불과하다고 생각했다. 그러나 타이완 해협 정세가 완화되는 시점이었기에 간부들은 이 일을 아주 중시했고, 매체 기자까지 불렀다. 사회복지과 동료들은 사진 촬영을 대비해 사무실 벽 위에 현수막도 걸었다. 붉은 현수막에는 하얀 글씨로 이렇게 적혀 있었다.

"양안(兩岸)은 한 가족".

그런데 시간이 되었는데도 천메이란과 샤오즈의 모습이 보이지 않았다. 양바오주는 초조해졌다. 마침 4월이라 밖에 바람이 불기는 했지만, 실내는 조금 더웠으며 답답했다. 이 날 양바오주는 면으로 된 민소매 원피스를 입고 있었다. 부른 배에 원피스는 풍선 같았고, 풍선은 불어오는 바람에 버둥거리다가 창문 밖으로 날아갈 듯했다.

더는 기다릴 수가 없었다. 수문 거리로 가야겠다고 결심한 순간, 드디어 사람이 왔다.

노인 한 명에 아이 한 명이었다. 그런데 노인은 천메이란이 아니었다. 천메이란의 이웃이었다. 천메이란이 이웃에게 부탁해 대신 샤오즈를 데려가달라고 한 것이다.

"천 태후가 말을 좀 전해달래요."

천메이란이 웃긴 당부라도 한 건지 이웃은 맑은 하늘을 보면서 웃음을 참더니 곧 외운 말을 우렁차게 읊었다.

"천 부인과 천 선생이 샤오즈를 입양하려면 반드시 이 약속을 해줘야 합니다. 첫째, 온 가족이 일월담에서 신의향으로 이사를 가야 해요. 둘째, 나중에 아이가 더 생기면, 딸 이름은 반드시 '천메이란'이어야 합니다. 아들은 상관없으니까 마음대로 하세요."

실내에 있던 이들이, 샤오즈를 제외한 이들이 폭소했다.

천 할머니가 괴팍하다는 걸 알고 있었지만, 이 정도일 줄은 몰랐다.

놀랍게도 천씨 부부는 이 말도 안 되는 요구에 순순히 응했다. 심지어는 서둘러 승낙했다.

양바오주는 안심했고, 재빨리 천씨 부부와 샤오즈를 만나게 해주었다. 처음에는 조심스러운 태도를 보이던 이들도 나중에는 서로 묻고 답하면서 이야기를 나누었다. 천씨 부부는 샤오즈의 멍한 모습을 보면서도 그가 열심히 공부한다는 말을 듣고는 대학까지 갈 수 있도록 앞으로 뒷바라지를 잘하겠다고 연거푸 말했다.

만남이 끝난 뒤 주인공들은 중앙에 섰고, 민정국 간부들과 사회복지과 동료들, 양바오주 그리고 열정적인 이웃까지 모여 다 함께 사진을 찍었다. 남은 서류 작업만 마무리한다면 이제 정말로 끝이었다.

좁은 수문 거리에는 오래된 자카란다나무 한 그루가 있

었다. 5월의 어느 날, 나무는 깔대기 모양의 보랏빛 꽃을 잔뜩 피워냈고 양바오주는 그제야 이 나무의 존재를 알아차렸다.

세심한 이웃들도 자카란다꽃이 만개한 날에 무언가를 알아차렸다. 양바오주의 굽 있는 샌들이 평평한 면 신발로 바뀌었다는 걸. 더는 양바오주도 난안군 천선궁에서 흘러나오는 노랫소리에 자기 발이 젖을 걱정을 하지 않게 되었다.

입양 수속을 모두 끝낸 뒤 타이완 부부가 샤오즈를 데려가기를 기다리는 동안, 양바오주와 천메이란은 속마음도 털어놓을 수 있는 친구가 되었다.

천메이란은 젊은이들의 세계에 관심이 많은 듯했다. 양바오주가 찾아오기라도 하면, 엮고 있던 대나무를 내려놓고 땅콩탕을 한 그릇 퍼 와 건네주고는 더는 일도 하지 않고 바오주의 맞은편에 앉아, 바오주를 찬찬히 살펴보면서 바오주가 해주는 이야기를 들었다.

뤄쑹셴과 량페이링이 주연을 맡았던 드라마 〈소오강호〉를 보고 주인공 '영호충'에게 빠졌다, 뤄쑹셴이 연기한 영호충 캐릭터는 매우 소탈하고 자유로우며 정과 의리를 중시한다. 천메이란은 바오주의 이런 이야기를 아주 진지하게 들어주었다. 부끄러움과 분노에 검을 뽑은 여주 '임영영'이 남주인 영호충을 죽이려고 하자 영호충이 아예 자기 목을 검

날에 바짝 들이댔는데 그 경박하면서도 진실한 모습이 너무나 좋다. 바오주가 얇은 눈썹을 움찔거리고 입꼬리에 웃음을 머금으며 말했을 때, 천메이란은 그 마음을 알겠다는 듯 "오" 하고 연이어 맞장구를 쳐주었다.

비가 올 때면 두 사람은 사당 안에 앉아 빗소리를 들었다. 뇌성은 늘 멀리서 전해지는 듯했다.

태풍이 왔을 때는 샤오즈도 학교에 가지 않았다. 천메이란은 늘 그가 무언가를 하려는 걸 엄하게 저지했다. 특히 대오리 근처에는 얼씬도 못 하게 했고, 샤오즈가 바닥에 엎드려 그림이라도 보면 호통을 치기도 했다.

"여기가 얼마나 어두운데, 눈이라도 멀면 어쩌려고! 어린 나이에 안경이라도 쓰고 싶은 거야? 앞으로 공부를 수십 년은 해야 할 텐데!"

그럴 때면 샤오즈는 늘 그러하듯 침묵했다.

한번은 천메이란이 땅콩탕을 한 그릇 담으려고 몸을 일으켰을 때였다. 샤오즈가 갑자기 양바오주에게 다가와 말했다.

"할머니가 몰래 아줌마를 냥나이라고 불렀어요."

양바오주는 순간 자기가 잘못 들은 줄 알았다. 이때 땅콩탕을 한 그릇 든 천메이란이 돌아왔고, 샤오즈는 바로 고개를 숙이며 다른 곳으로 갔다.

샤오즈를 뒤따랐던 양바오주의 시선이 곧 아담하면서도 도금이 벗겨진 낭랑 신상으로 향했다. 임수부인 신상을 이렇게 자세히 보는 건 바오주도 처음이었다. 넓은 이마에 인자한 얼굴을 한 조각상은 둥근 옷깃에 넓은 소매를 지닌 장포를 입고 있었으며 허리에는 채색 끈을 두르고 있었다. 아기를 품에 안은 임수부인은 돼지 핏빛의 감실 안에 단정히 앉아 있었다.

바오주는 속으로 이렇게 생각했다. 냥냥이의 얼굴이 어쩌면 자기와 좀 닮은 걸지도 모른다고. 천메이란과 잘 맞았던 게 그래서였던 걸까? 바오주의 손이 자기도 모르게 봉긋 솟아오른 배로 향했다.

바오주는 속으로 임수부인에게 기원했다. 냥냥이 님, 이 아기가 천 할머니의 말처럼 예쁘고 총명하게 태어날 수 있도록 도와주세요.

그러나 하늘에는 먹구름이 가득했다. 유독 태풍이 잦은 한 해였다.

그중에서도 8월 1일 푸젠성을 강타한 태풍 '허브'는 가장 강력했다. 그날 양바오주는 사무실에서 전화를 받았고, 통화를 끝낸 뒤 곧장 자리에서 벌떡 일어났다. 두 손으로 탁자를 짚은 채 숨을 몰아쉬고는 바로 입구로 향했다.

"대체 어디를 가려고 이렇게 서두르는 거야? 지금 태풍이 왔다니까!"

장 언니가 만류했지만, 바오주는 끙끙거릴 뿐 답을 하지 않았다. 그저 배를 움켜쥔 채 걸음을 옮길 뿐이었다.

그런데 바오주가 입구까지 갔을 때, 장 언니가 경악하며 소리를 질렀다.

바오주의 다리 사이로 피와 양수가 쉴 새 없이 흘러내렸기 때문이다.

"바오주, 바오주, 아기가 나오려는 거야!"

바오주는 입술을 깨물었다. 두 눈에는 눈물이 고였다. 얼굴이 새파랗게 질려 있었다. 장 언니는 서둘러 병원에 전화를 걸었다. 다행히 근처 병원의 구급차가 바로 왔다.

들것에 누운 채로 거리로 나온 바오주는 바깥이 난리라는 걸 알게 되었다. 들것은 빠르게 구급차로 옮겨졌고, 바오주는 이미 통증에 정신을 반쯤 잃고 있었다. 하늘이 거센 폭풍우에 찢긴 청회색 비단처럼 보였다.

"환자분, 잠들면 안 됩니다!"

간호사가 수시로 바오주를 흔들어 깨웠다.

"잠들지 말아요. 이따가 힘을 줘야 해요."

양바오주는 병원에서 3.2킬로그램의 여자 아기를 낳았다.

남편의 회사에서 전화가 왔다. 남편이 태풍 구조 활동을 하다가 심각한 부상을 입었다고 했다. 출산 후, 바오주는 슬

품에 사로잡혔고, 젖도 잘 나오지 않았다. 아기 울음소리는 우렁찼다. 늘 배가 고팠기 때문이다. 바오주의 남편은 중환자실에서 사흘간 응급치료를 받았지만, 결국에는 숨을 거뒀다. 출산 후 나흘째가 되었을 때, 바오주의 젖은 아예 말라버렸다. 힘껏 빨아도 젖은커녕 짜고 떫은 피만 나와서 아기는 더 자지러지게 울었다. 가족들은 아기를 다른 집으로 입양 보내자고 바오주를 몇 번이나 설득했다. 아직 젊으니까 재혼해서 다시 아기를 낳으면 된다고 했다.

바오주는 아기를 꼭 안은 채 아무 말도 하지 않았다.

나중에는 장 언니가 찾아와 설득했다.

"내가 다른 건 말을 못 하겠고, 아기를 위해 좋은 가정을 찾아줄 수는 있어."

장 언니는 위로를 건네며 말을 이었다.

"아니면 직접 보는 건 어때. 네가 골라봐."

그러다가 곧 무언가를 떠올렸는지 일부러 부드러운 목소리로 말했다.

"참, 아직 모르고 있었지. 천 할머니 말이야. 정말 이상한 일이야……. 진짜로 딱 8월에 죽었대. 나도 수문 거리 이웃이 말해줘서 방금 알았어."

천메이란은 자기 염원대로 1996년 8월에 숨을 거뒀다. 마침 태풍 허브가 푸젠성에 상륙하던 날이었다. 천메이란의 장례는 간소하게 치러졌다. 장례 의식을 생략하고 시신만 난안군 천선궁의 대청에 반나절 정도 두었다. 이웃들이 보고 싶어 했던 장례 의식인 발치에 불 켜기,* 노잣돈 사기,** 베개 밥과 발치 밥 두기*** 등이 생략되었고, '효자가 바치는 밥' 의식만 행해졌다. 샤오즈는 쌀밥을 쥔 채 무릎을 꿇으며 할머니에게 절을 올렸고, 화로 안에 쌀밥을 뿌렸다. 심지어는 이 쌀밥조차 당일 천메이란이 미리 지어놓은 거였다.

덩리쥔의 죽음을 예지했던 것처럼 천메이란은 자기가 오늘 죽는다는 것도 미리 알고 있었다.

이러한 예지는 이웃들의 마음에 묘한 감각을 심어주었지만, 무언가 이상하다는 생각조차 죽은 천메이란의 시신과 함께 땅에 묻혔다. 어찌 되었든 죽은 이였으니까. 죽은 이의 평온함이 가장 중요했다.

그리고 얼마 지나지 않아 타이완의 천씨 부부가 샤오즈를 데리러 취안저우로 왔다. 온 김에 인연이 닿은 아기를 한 명 더 입양하기로 했다. 어쩌면 냥나이가 천씨 부부의 진심

---

* 장례 풍습 중 하나로 망자의 발치에 켜진 초, 전등 등을 놓아서 황천으로 가는 길을 비춰주는 것이다.

** 망자가 저승으로 잘 갈 수 있도록 노잣돈을 주는 것이다. 지전을 태우기도 하고 출관할 때 길가에 지전을 뿌리기도 한다.

*** 야외에서 밥을 한 그릇 지어 그 위에 오리알을 하나 놓고, 젓가락 한 쌍을 꽂는다. 이걸 베개 옆에 두면 베개 밥이고, 발치에 두면 발치 밥이 된다. 망자가 저승 가는 길에 배고프지 않도록 마지막 식사를 제공하는 것이다.

에 감동해 그들에게 꿈에서 난꽃을 보는 길조를 주고, 아들 딸 모두를 갖게 해준 걸지도 몰랐다.

그들은 확실히 믿음을 중시하는 이들이었다. 천메이란이 죽기 전에 요구했던 조건들도 모두 지켰다. 두 아이가 생긴 뒤로 부부는 빠르게 일월담 옆에 있던 가옥을 처분했고, 신의향으로 이사를 갔다. 신의향은 천메이란의 고향이었다. 그리고 1999년 9월 21일, 난터우에 7.6급 규모의 지진이 있었다. 일월담 지역은 피해가 심각했지만 난터우 지역 중에서도 험준한 산악 지형에 위치한 신의향만이 비교적 피해가 적었다.

난터우 9.21 지진 60주년 행사 때, 대지진에서 살아남은 일흔하나의 천위즈 박사는 〈난(蘭)〉이라는 전시회를 기획했다.

회화, 조각, 설치예술, 수공품……. 열네 개의 국가에서 온 예술가들이 전혀 다른 문화적 배경에서 창작한 예술품들로 이들은 모두 인류 문화 속 난꽃의 의미를 고민한 것이었다.

그리고 전시회장 중심에는 어두운 방이 하나 있었다. 빛도 소리도 없는 방 안으로 들어간 관람객은 어둠에 적응할 때까지 기다려야 했고, 일단 적응하면 허공에 부유하며 은은히 반짝이는 난꽃을 볼 수 있었다.

손을 뻗어 만지면 난꽃은 해파리처럼 움직이면서 사람의

손가락을 튕겨내거나 감쌌는데 이러한 시각과 촉각은 모두 '시각 의수'라고 불리는 기술을 이용한 거였다. 인위적으로 이식한 시각 형상이자 감각인 이 기술은 본래 시각 장애인이 '볼 수 있도록' 개발되었지만, 오늘날에는 설치예술의 한 형식으로 자리를 잡았다.

그리고 아무것도 없는 이 어두운 방을 나서면, 이 작품에 대한 간략한 소개를 벽에서 읽을 수 있었다.

작품명: 〈방 안에 있는 난〉

예술가: 천위즈(陳宇志)

이 난꽃에는 이름이 없다. 이 꽃은 우주에서 천천히 회전하고 있기라도 하듯 나선형으로 움직이는 모습을 보여준다. 비선형적이면서도 뒤엉킨 방식으로 배열된 꽃잎은 중심에서 외부로 층층이 펼쳐지는데 꽃잎들이 모두 조금씩 기울어져 있어 독특한 회전 각도를 형성한다. 물질이 대칭축을 중심으로 등속 회전을 하는 괴델 우주(Gödel universe)처럼 움직이는 균형의 아름다움을 보여주는 것이다.

꽃술은 그중에서도 가장 신비로운 부분인데 작은 시간 터널처럼 폐쇄형 고리 형상의 구조를 지니고 있다. 꽃술 내부에는 액체가 가득한데 이 액체가 회전하는 꽃잎과 만나면서 특별한 소용돌이 흐름을 형성하게 된다. 이러한 와류는 꽃술에 양분과 산소를 전달할 뿐만 아니라 괴델 우주 속 폐쇄 시간 곡선(Closed Timelike Curves, CTC)과 흡사한 효과를 불러일으킨다. 이 폐쇄형 꽃술 채널에서는 정보와 에너지가 반복 순환될 수 있다. 시간 여행이 가능해지고 정보와 에너지가 폐쇄된 시공간 안에서 끝없이 순환하는 괴델 우주처럼 말이다.

사실 '예술가' 천위즈는 예술학 박사가 아니라 물리학 박사였다. 천위즈는 이렇게 말했었다.

"닫힌 시간선은 물체가 광속 이하로 운동하는 궤적을 나타냅니다. 그것은 시공간 구조를 제공해 물체나 정보가 과거로 돌아갈 수 있게 하죠. 이러한 곡선이 폐쇄되면 순환을 형성하게 되는데 이론적으로 특정 과거 시점을 방문할 수 있게 됩니다."

이게 바로 괴델 우주였다. 상상 속에서 회전하는 우주. 담장 구석에서 만개한, 이름도 알 수 없는 난꽃 같은 우주였다.

천위즈 박사는 지난 몇십 년 동안 '방 안에 있는 난'을 연구해왔다. 사실 방 안에는 아무것도 없었을 테지만, 그는 안에 있는 자신이 그것을 볼 수도, 만질 수도 있다고 느꼈다.

"시간 순환이 정말로 존재한다면 시간 여행도 진짜가 되는 건데요. 그런데 우리는 어째서 시간 여행자를 만난 적이 없는 거죠?

"아인슈타인의 일반 상대성 이론에 의하면 괴델 우주에서 시간 여행을 한다는 건 전화 통화를 하는 것과 같습니다. 그러니까 우리가 있는 시간대만 전화기가 있는 건 소용이 없지요. 가고 싶은 시간대가 있다면 그곳에도 반드시 전화기가 있어야 합니다."

"어떻게 해야 그 '전화기'라는 걸 만들 수 있는데요?"

"저는 인간의 출생과 사망이 특수한 물리적 속성을 가지고 있다는 걸 발견했습니다. 출생 혹은 사망하는 시각이 '전화기'일지도요. 이론적으로 보았을 때 사람들은 시간 여행을 통해 자기가 태어나는 순간으로 돌아갈 수 있습니다. 그러니까 예를 들어서, 당신이 태어나는 순간으로 전화를 거는 거지요. 혹은 다른 이가 태어나는 순간을 빌려서 좌표로 삼을 수도 있는데 그 사람이 태어나는 순간으로 돌아가는 겁니다. 만약 그 사람이 당신에게 빌려주기를 원한다면 말입니다. 그러니까 예를 들자면 이런 거죠. 저기요. 제가 1988년 전화기가 한 대 있는데요, 이 번호로 전화를 거시면 됩니다……."

"이 이론은 얼마나 더 있어야 실현이 될 수 있는 거죠?"

"현재 지원자가 한 명 있습니다."

"지원자요?"

"네. 제 동생 천메이란이요. 1988년으로 정말 전화를 걸었거든요. 그해는 제가 태어난 해입니다. 제가 좌표를 동생에게 공유해주었죠. 제 동생은 정말로 그때로 돌아갔습니다. 어쩌면 그곳에서 막 태어난 저와 다시 만나기를 기다리고 있을지도 모르지요."

천위즈 박사의 여동생 천메이란은 예순셋의 할머니였고 물리학에 대해서는 아는 게 없었다. 그녀는 태어난 뒤로 대부분의 시간을 대나무와 함께 보냈다. 흔치 않은 아주 평온한 삶이라고도 할 수 있었다. 그러나 그 평온함도 부모님이 죽은 뒤에 깨지고야 말았다. 부모님이 남긴 유서를 통해 자신이 입양되었다는 걸 알게 되었기 때문이다. 천메이란의 출생지는 중국이었고, 천메이란의 생물학적 생모는 푸젠성 취안저우에서 그녀를 낳았다.

가느다란 눈썹과 달걀형 얼굴을 지닌 엄마는 임수부인처럼 자비로우면서도 아름다웠다. 민정국에서 일했고, 리우원정의 팬이었으며 〈난초〉라는 노래를 듣는 걸 좋아했다.

예순셋이었던 천메이란은 취안저우로 가서 생물학적 생모를 찾기로 결심했다.

그런데 생모가 더는 이 세상 사람이 아니었던 것이다.

천메이란은 생모에 관해 더 많이 알고 싶었고 같이 이야기도 나눠보고 싶었다. 그러자 오빠는 자신의 출생 좌표를 동생에게 주었다. 천메이란은 자신이 들어본 적도, 이해할 수도 없는 방정식을 이용해 난꽃의 꽃술처럼 닫힌 시간 터널로 여행을 떠났다.

1988년으로 돌아간 것이다.

그 뒤로 천메이란은 기다렸다. 생모와 처음으로 만날 날만을 기다렸다. 어쩌면 생모와 '재회'하는 순간을 기다렸다고 할 수도 있을 것이다.

천메이란은 '난안군 천선궁'에서 이 비밀을 지켜왔다. 일단은 자기 오빠를 먼저 주웠다. 오빠는 더는 일흔이 넘은 노인이 아니라 강보에 싸인 아기였다.

그 뒤로 몇 년 동안 천메이란은 누가 자기 생모일지를 자세히 살펴보았다. 그녀는 고아였고, 그와 동시에 예언자였다.

수문 거리의 이웃들 모두가 알고 있듯 샤오즈의 할머니는 이상한 사람이었다.

3부 　 　 불가능한
　 　 　 　 몸

철의
기록

천선란

2019년 《무너진 다리》를 발표하며 작품 활동을 시작했다. 지은 책으로 《무너진 다리》, 《어떤 물질의 사랑》, 《천 개의 파랑》, 《밤에 찾아오는 구원자》, 《나인》, 《노랜드》, 《랑과 나의 사막》, 《이끼숲》, 《모우어》 등이 있다. SF어워드 장편 부문 우수상을 2회 수상하였고, 메가박스플러스엠×안전가옥 슈퍼마이너리티 히어로상 등을 수상했다.

1313월 13일

그것이 수를 놓는다. 발바닥에, 발등과 복사뼈에, 발뒤꿈치와 종아리를 연결하는 단단한 힘줄에 수를 놓는다. 부식된 입술로.

그것이 어디에 입술을 두는지 감각으로는 알 수 없기에 그녀는 그것을 빤히 쳐다본다. 살이 눌릴 정도로 단단히 허벅지와 종아리를 감싸 쥔 그것의 손. 절단된 오른쪽 네 번째 손가락. 긁힌 흔적이 빗살 문양처럼 남은 팔. 내려앉은 잎이 떨어지지 않고 그대로 화석으로 새겨진 어깨. 불로 그을려 숫자를 지운 목덜미, 새로운 숫자가 새겨진 뺨.

「이 숫자는 뭐야?」

그녀가 그것의 뺨에 손을 대며 묻는다. 133531.

「감각에 집중해.」

그것이 종아리를 쓸어 올리다 무릎을 어루만진다. 무릎

에도 입을 맞댄다. 수를 놓는다. 수를 놓는다는 것은 그것의 표현이다. 헝겊이나 피죽에 그림이나 숫자를 바늘로 떠놓는 행위. 그것에게 있어 그녀의 피부에 입을 맞춘다는 것은 바늘로 쿡 찔러 피를 내는 일이리라. 그리하여 죽은 감각이 따뜻하게 되살아나도록.

하지만 그녀는 그것이 입을 맞출 때마다 피가 아닌, 밤이 되면 하늘에 구멍을 뚫고 튀어나오는 듯한 별들을 떠올린다. 두 눈으로 빛나는 것을 보고 있지만 눈부시진 않고, 따뜻함도 느낄 수 없는. 그녀에게 다가오다 대기에서 불타 사라져 끝내 차갑게 식어버리는. 재만 흩날리다 손에 닿지 못하고 바람에 흩날려가는. 그녀에게 감각은, 그것의 입맞춤은 그런 것이다.

「말해줘. 이 숫자는 뭐야?」

그녀가 다시 물으며, 그것의 배를 발로 살며시 밀어낸다. 알려주지 않으면 행위에 집중하지 않겠다는 무언의 압박이다.

「미래.」

「무슨 미래?」

그것이 눈을 맞춘다. 눈을 맞추는 행위는 입술을 맞추는 행위보다 숨이 막힌다. 다문 입술은 어떤 말도 하지 못하지만, 눈은 언제나 말을 한다. 설령 그것이 금속으로 이루어진 개체의 눈이라도.

1335월 31일

「나도 꿈이라 생각했어. 아주 뚜렷하고 무서울 정도로 생생하고 기이하게 되풀이되는. 반복 재생 되는 영상 같은 거. 그런 장면은 몇 개 더 있어.

나는 열두 살이었고, 두통과 멀미에 속을 게워내며 헤매고 있어. 길을 잃은 거야. 걷고 있는 길이 어디로 향하는지도 모른 채, 화석으로도 남지 못한 건물의 뼛가루 같은 잔해를 밟으며 한때 '도시'라 불렸던 곳을 하염없이 걸었어. 랑목(狼目) 한 대가 내 근처를 떠다녔고…….

랑목은 제대로 삽입되지 못한 인간을 그 자리에서 즉시 사살한다는 소문이 돌았어. 반쪽짜리 진실이야. 거짓인 반쪽은 '그 자리에서 즉시'. 숨을 곳 없는 거리가 얼마나 무서운지 아니? 기둥 한 줄기, 그늘 한 조각, 웅덩이 한 점 없는. 몸을 감출 수 있는 것이라고는 하늘에 떠다니는, 닿지 않는 구름뿐인 곳. 도망칠 수 있다는 기대 자체가 지옥인 곳. 랑목이 다가오면 어떻게 했냐고? 랑목의 기운이 느껴지면, 그러니까 이 기운이란, 칩이 제대로 삽입되지 못해 내게 남아 있던 생존의 감각이야. 위험을 인지하는 본능 같은 기운. 그렇게 랑목을 느낀 몸이 내게 신호를 보내. 숨어, 숨어, 숨어, 죽고 싶지 않으면 숨어. 몸을 숨겨, 어서. 하지만 숨을 곳이 없는데. 나는 한참을 고민하다 건물의 뼛가루를 파헤쳐 그 속에 나를 묻었어. 숨을 쉴 때마다 콧구멍으로 빨려 들어오던 바삭바삭하게 바스러지는 모래들. 그러다 문득 나를 내리누르는 모래의 무게가 편안하게 느껴졌어.

그거 아니? 오래전 인간은 죽은 인간의 몸을 땅에 묻었대. 나무로 만든 상자에 넣어서. 인간이 태어날 때 아주 작고 따뜻한 방에 머물다 나온 것처럼, 죽을 때 다시 작고, 어둡고, 따뜻한 방에 들어가는 거지. 인간이 사방이 가로막힌 공간에 자신을 스스로 가둬두는 건 지극히 당연한 일일지도 몰라. 시야로 침투할 수 없는, 두껍고 질긴 벽에서 느껴지는 안온함. 그러니 이건 미친 짓이야. 숨을 수 없는 건물을 짓는 건. 그런 도시를 계획하는 건. 이 사실을 알아차리지 못하게 하려고 칩을 뇌에 삽입한 거야. 몸으로부터 우리를 자유롭게 한다는 그럴듯한 거짓을 뒤집어쓰고.

그것이.

옴니아(Omnia)가.

몇 분을, 몇 시간을, 어쩌면 며칠을 묻혀 있다가 나왔어. 몸에 흙과 벌레가 붙어 있다는 걸 한참을 걸은 뒤에야, 깨진 유리에 비친 내 모습을 보고 깨달았어. 피를 빨아 먹고 있는 벌레는 내 종아리를 반쯤 덮을 정도로 컸어. 무척 징그러웠는데, 사라져가는 감각 때문에 그 종아리는 마치 내 몸이 아닌 것 같아서 벌레를 전혀 느끼지 못했어. 그것이 내 몸의 피를 그렇게 많이 빨아 먹고 있는 줄도 모르고, 바보같이. 그렇게 피를 빨리다가 기절한 거야. 정신을 잃기 전 눈앞에는 석양이 펼쳐졌어. 허공에 뜬 붉은 구(球). 꼭 옴니아의 입 같은. 들켰구나, 삼켜지겠구나, 생각하며 눈을 감았어.

하지만 운도 좋지. 죽지 않고 눈을 떴을 때 가장 먼저 보였던 건 천장. 별과 달, 토성, 목성의 스티커가 은은히 빛났고 삐걱삐걱 오래된 나무 바닥이 내는 소리와 함께 다가오는 발소리. 진득하고 눅눅한, 동시에 느끼한 냄새가 났어. 냄새보다 질감에 더 맞는 표현들이지만, 음식의 냄새, 맡아본 적 있어? 그러니까 그 냄새는 질감에 더 가까워. 매끄럽다, 미끄덩하다, 콕콕 찌른다, 쏜다, 부드럽다, 촉촉하다……. 맛보지 않았지만 그 맛을 알 수 있어. 죽어버린 우리의 미각도 온전히 느낄 수 있어.

'그것'이 들고 온 것은 쑥이라는 식물을 쪄서 만든 떡이야. 희고 맑은 연기가 뿜어져 올라오는, 따끈따끈한 떡. 표면은 미끄러웠고 속은 말랑했어. 처음 느끼는 경험이야. 입을 다물어야 할 순간과 씹어야 할 순간, 혀의 위치 모든 것이 엉망이어서 떡을 먹는 내내 혀와 입술을 자꾸 깨물자, 그것이 씹는 법을 알려줬어. 턱관절을 움직여 음식을 부술 때는 혀를 중앙에 놓고 움직이지 말아라. 음식이 입안에서 흩어져 씹을 수 없을 때, 그때 혀를 이용해 음식을 이동시켜라. 그것이 시키는 대로 천천히 떡을 씹었어. 맛은 느껴지지 않았지만 쑥의 진한 향과 독특한 질감만으로도 이미 충분히 맛을 느끼고 있다고 착각하게 되는. 그것이 나에게 말했어.

오랜만이야. 어떻게 지냈어?

나는 고개를 기울이며 의아해했지. 그것과 나에게 어울리는 말은 그런 안부가 아니야. 처음 뵙겠습니다. 누구십니까. 어쩌다 이곳에 오셨습니까. 옴니아의 앞잡이입니까? 당신은 칩을 심지 않았습니까? 따위. 하지만 그것이 재차 물었어.

어떻게 지냈어? 그간 별일은 없었어?

나를 아느냐고 물었어. 그것이 안다고 대답했어. 우리가 만난 건 그날이 처음이 아니었던 거야. 지금과 같은 일이 그 전에도 반복되었다는 말이겠지. 나는 지금처럼 그때도 기억을 잃고 있었던 거야. 우리는 한참을 대화했고, 그것은 나를 다시 이곳으로 돌려보냈어. 이유는 몰라. 말해주었을지도 모르지만 그건 생각이 나지 않아. 하지만 그것이 내 손을 놓으며, 내가 다시 본인을 잊을 거라는 걸 이미 알고 있다는 듯이, 내 이마에 엄지를 올렸어. 의식을 치르듯이. 나는 그것의 눈동자를 보며 깨달았지. 생명체의 눈을 흉내 냈지만 그건 인간보다 늑대. 랑목과 같은 눈동자. 그것이 인간의 몸을 가진 로봇이라는 것을.

　그것이 자기 뺨에 새겨진 숫자를 보여줬어. 그 숫자는 아직 오지 않은 미래. 해방의 날. 몸을 되찾는 날. 감각의 고통과 환희로 돌아가는 날. 1335월 31일. 오늘이야.

　그러니 백사, 나를 살려줘. 나를 풀어줘. 내가 해야 할 일을 할 수 있게 놓아줘. 그러면 내가 너의 몸을 되찾아줄게. 어때?」

1335월 1일

빨강.

알.

의자.

벽.

탁―! 전자 달력이 넘어가는 소리.

　그녀는 눈을 뜸과 동시에 숨을 몰아쉬며 상체를 일으켰다. 죽었다 깨어난 사람처럼 심장이 덜컹 내려앉았다. 아직 어둑어둑한 시야가 순식간에 두려움을 불러왔다.

　침대 옆 협탁에는 아침에 입을 옷이 개어져 있었다. 700103번. 수감 번호 같은 번호표가 붙은 잿빛 작업복 옆, 전자 달력의 숫자가 '1334-30'에서 '1335-01'로 바뀌었다.

자정을 막 넘긴 시간. 왜 이 시간에 깼는가. 예정된 기상 시간보다 여섯 시간이나 이르다. 정해진 규칙에서 벗어났음에 그녀는 당혹스러움을 감추지 못하고 도로 누웠다. 깬 적 없다는 듯 눈을 감고 숨을 느리게 쉬었다. 하지만 잠들지 않는다. 왜 깼는가에 대한 의문만이 쌓이고, 의문은 영영 잠들지 못할지도 모른다는 불안으로 변해가는데 멈추는 방법을 모른다.

무서운 새벽이다.

1335월 2일

그녀는 작은 소리에도 소스라치게 놀랐으나 그 사실을 감추기 위해 부단히 애썼다. 철이 맞부딪치는 소리는 송곳으로 귀를 찌르는 것 같고, 바람 소리는 탄환이 스치는 소리 같았다. 또 누군가의 헛기침은 소리만으로도 바이러스가 달려드는 기분이 들었으며, 랑목의 비행 소음은 차가운 쇠붙이가 살에 들러붙는 듯했다. 불면과 막힌 감각으로 인한 부작용이다. 감각 수용체가 소리를 소리로 받아들이지 못하고 촉각을 동원했다. 고요하게 도시를 건설하는 현장에서 그녀 혼자만 전쟁터였다.

1335월 6일

오전 체조를 하는 131지구의 신시민(新市民) 중 두 팔을 나란히 벌려 천천히 호흡하는 동작에서 멈춘 것은 그녀뿐이었다. 10열 종대로 선 200명 속에서 오로지 그녀의 고개만이 우측으로 향해 있었다. 양팔을 좌우로 벌린 채 철장 반대편을 응시하고 있는 그녀 앞으로 랑목-23이 날아와 허공에 멈춰 섰다.

「무엇을 보십니까?」

랑목-23이 물었다. 늑대의 눈동자 형태를 본떠 만든 랑목은 이곳의 감시자였다. 랑목의 말을 따르지 않으면 면담이 진행되었으므로, 그녀는 무시하고 싶은 욕망을 억누르며 「저 행렬」이라고 대답했다. 저 행렬이란 철장 반대편을 지나가는 130지구의 행렬이었다.

「체조에 집중하세요. 신체 기능을 활성화하는 것은 중요합니다.」

랑목-23이 그녀를 지나쳤다. 그녀는 '집중'이라는 단어에 집중했다. 주위를 훑었다. 체조에 집중하지 않은 신시민은 자신뿐이었다. '언제부터 집중하지 않았지? 왜 내 집중만 깨진 거지? 내가 깬 것인가?' 그녀는 잠깐 혼란스러워했고, 곧바로 미약하지만 분명한 흥분을 느꼈다. 그녀는 집중을 깼을 뿐만 아니라 랑목-23을 속이기까지 했다. 그녀가 응시하

고 있던 것은 철장 반대편, 130지구 행렬 너머의 하늘이었
다. 하늘은 두 개의 스크린을 이어 붙인 것처럼 좌측은 구
름 한 점 없이 푸르고 우측은 거대한 제철소 굴뚝이 내뿜
는 용광로 연기로 뒤덮였다. 그러다 그녀는 잠시 잊고 있던
한 가지를 더 깨달았다. 그녀가 양팔을 벌리다 멈춘 이유를
말이다.

그녀는 여전히 양팔을 벌린 채 이번에는 고개를 숙여 발
을 바라보았다. 그녀의 민머리가 비칠 정도로 광택 나는 잿
빛 시멘트 바닥과 빠득빠득 씻은 맨발이 보였다.

발아래 무언가 있다.

1335월 7일

그녀는 새벽부터 면도칼로 머리카락을 밀었다. 문득 거울
을 보니 두피에 거뭇거뭇한 머리카락이 솟고 있는 게 보여
서였다. 손끝으로 두피를 느릿하게 어루만지며, 날카로운 면
도날이 두피나 손에 상처를 내지 않도록 아주 조심스럽게
움직였다. 두피에도, 손가락 마디에도 감각이 없어 더 조심
히 움직여야 했다. 머리카락을 밀 때마다 이 사실을 자각하
지 않았다가 두피에 큰 상처를 냈던 일이 경고등처럼 떠올
랐다. 이발을 마친 뒤 면도칼을 정리하고 손을 닦으려는데

세면대 위로 후두둑 떨어지던 피. 코피인가 싶어 대수롭지 않게 수도꼭지까지 잠그고 나서 고개를 들자, 거울 속에 비친 건 두피에서 흐른 피로 범벅이 된 얼굴이었다. 지혈한 후에야 꽤 깊게 베인 상처를 발견했다. 감각이 상실된 몸은 정신을 곤두세우지 않으면 보호할 수 없다. 고통의 기능이 보호라는 모순. 그렇다면 신시민의 뇌에 심어진, 미지근한 온도에도 녹아버릴 눈송이 같은 얇기와 크기를 가진 '총감칩(總感chip)'은 신시민을 고통으로부터 해방시키는 것인가 아니면 그 반대로 위험으로 이끄는 것인가. 하지만 이 역시 둘 다 품고 있을 확률이 높다. '보통의' 혹은 '자연의' 상태는 언제나 양가적인 면을 동시에 품고 있었으므로. 그렇지만 그녀는 자꾸만 총감칩이 하나의 목적에 치우쳐져 있을 거라는 생각을 떨칠 수 없다. 그런 생각을 한 지 벌써 보름이 지났다. 그녀가 잠을 설친 것도 보름이 넘었다는 말이다.

총감칩은 수면의 리듬을 일정하게 한다. 덕분에 모든 신시민이 일곱 시간의 수면을 취한다. 적당한 양과 질의 수면은 체력과 감정의 기복을 만들지 않으므로 수면 상태에 따라 동반되는 스트레스도 없다. 그리하여 언제나 맑은 정신, 습하고 눅눅한 그림자가 진 곳 하나 없는 그런 정신을 유지시켰다.

불행은 균열에서 싹을 틔운다.

「!!」

왼쪽 이마에 붉은 실선이 생겼다. 점점 물방울처럼 맺히
는 피에 그녀가 휴지로 상처를 눌렀다. 상처가 생각보다 깊
어 휴지가 금방 붉어졌다. 휴지 따위로 멎을 수 있는 상처
가 아님을 깨닫고 수건으로 덮어 눌렀다. 불쑥 떠올라 그녀
에게 상처를 낸 장면은 처음 보는 낯선 골목, 허름한 건물
외벽에 쓰인 문장이었다. 문장의 내용보다도 낯선 골목과
허름한 건물이 그녀를 더 당혹스럽게 했다. 그녀는 그런 풍
경의 장소를 단 한 번도 가본 적 없다. 이 세계에 그런 곳은
이제 남아 있지 않다. '지구 도식화' 진행도 올해로 111년을
맞이했다. 도약은 파괴였다.

인위적으로 만들어진 모든 것들, 인간의 창의성, 창조성,
독창성, 예술성, 진취성, 그리고 해소할 수 없는 권위, 명예,
성취, 자아도취 같은 것들로 이루어진 첫 번째 파괴, 도시의
붕괴. 111년 전에 이루어진 그 일은 어떠한 형태의 기록으
로도 남아 있지 않다. 그래서 그녀는 영원히 알 수 없는 파
괴의 현장을 종종 멋대로 떠올려보았다. 폭탄을 설치한 빌
딩, 랜드마크, 대규모 단지, 공장, 다리 따위가 무너지던 순
간 인간들이 지었을 표정. 폭발하는 건물을 따라 무너지는
표정. 해묵은 때를 벗긴 듯한 개운한 표정. 혹은 무표정. 마
지막일 경우는 머리에 심은 총감칩이 '문명종말식'의 폐막

을 서둘러 내렸으리라. 그녀의 잠을 설치게 하는 꿈의 내용은 이렇다. 무심한 표정으로 사라지는 도시를 바라보는 인간 속에서 총감칩이 제대로 작동하지 않은 유일한 한 명. 망가진 도시의 가로수처럼 서 있는 무표정한 인간들 사이를 걸으며 두려움에 점차 젖어가고, 흘러내리고, 무너지는 역겨운 표정. 그 얼굴을 한 인간은, 그녀 자신이다.

진동을 느낀 순간부터 꿈을 꾸기 시작한 건지, 아니면 꿈을 꿔서 진동을 느낀 것인지 인과관계가 확실치 않았다. 어쩌면 두 일은 동시다발적으로, 그녀가 알아차리지 못한 다른 원인으로 일어났을 수도 있다. 중요한 건 그녀는 일곱 시간의 수면이 꿈으로 엉망이 되었고, 진동을 느꼈다.

지금처럼.

세면대에 담아둔 물에 잔잔한 파동이 생겼다. 수건으로 이마를 누른 채 그녀가 화장실 타일을 봤다. 아주 멀고 깊은 곳에서 전해져오는 진동. 발가락과 발등의 솜털이 진동에 미약하게 떨리고, 비죽 솟아오르는 감각 혹은 착각. 그녀가 무릎을 굽혀 바닥에 엎드렸다. 타일에 손을 살포시 얹어놓았다. 손가락 털이 미세하게 떨렸다. 진동이 느껴졌다. 시작이 어디인지 가늠할 수 없을 만큼 깊고 희미했다.

깡, 깡, 까앙…….

둔탁하지만 텅 빈 소리. 세면대에 연결된 배수관이 시선에 들어왔다. 배수관을 내리치고 있다. 무언가가. 그녀가 다급히 맨발로 뛰쳐나갔다. 지상에 도달했지만, 지하로 통하는 문은 막혀 있었다.

1335월 10일

양쪽 집게손가락으로 양쪽 엄지발가락을 붙잡은 자세로 하늘을 보았다. 제대로 보이지 않았다. 하늘을 온전히 보려면 지금보다 훨씬 더 고개를 꺾어야 했다. 하지만 두꺼운 가죽과 질긴 근육, 단단한 뼈로 이루어진 신체는 그것을 허용하지 않았다. 고통을 느낄 수 없어도 몸의 가동 범위는 여전히 제한되어 있었다. 그녀는 고개를 더 젖히는 대신 눈을 움직였다. 랑목이 신시민을 감시할 때처럼 360도로 눈알을 회전시킬 수 있으면 좋으련만. 그녀의 눈알은 한계까지 돌아간 상태에서 더 움직이지 못하고 실핏줄이 터져 붉게 변할 뿐이었다. 하늘에서는 비가 내리고 있다. 그 덕에 제철소의 연기가 뭉치지 못하고 계속 흩어진다. 그녀는 계속 이렇게 하늘을 노려보듯이 쳐다보다가는 눈알이 터질 수도 있겠다고 생각했다. 그 행위야말로 고통을 수반할지도 모른다. 130지구의 행렬이 지나가는 것이 보였다. 131지구가 체조를 할 때 130지구가 철장 반대편으로 지나가는 것은, 어쩌면,

영원히 바뀌지 않을 것이다.

1335월 12일

신시민 수백 명이 거대한 철근을 옮겼다. 그 모습은 마치 거대한 먹이를 다 함께 운반하던 개미 같다고, 그녀는 신발 위를 넘어가는 개미 행렬을 보며 생각했다. 행렬의 처음을 확인하기 위해 개미를 따라 고개를 움직였으나 그 끝은 보이지 않았다. 신시민을 가로질러 끝없는 행렬이 이어졌다. 지평선 너머까지 거뜬하게 닿을 듯이. 그리고 땅 밑에는 인간이 따라 할 수 없을 만큼 실용적이고 평등하게 지어진 견고한 집이 있으리라. 신시민의 이상향이자 최종 종착지.

지평선을 바라보던 그녀의 눈에 나란히 선 신시민이 보였다. 그의 왼쪽 어깨는 평생 그쪽으로만 철근의 무게를 견딘 탓에 뼈가 변형되어 낙타의 굽은 등처럼 솟았고, 근육은 더 발달했으며 피고름이 굳어 피부가 검었다. 그녀는 유달리 짙어 보이는 그의 얼굴색을 천천히 인식한다. 관자놀이에 핀 검버섯과 그 아래에 촘촘하게 박힌 주근깨, 눈가에 진 주름이 징그럽게 느껴질 만큼 선명하다. 몸은 여전히 노화로부터 해방되지 못했다. 하지만 무엇이 문제인가. 노화가 주는 각종 질병의 고통에서 벗어났는데. 노화와 질병, 고통,

죽음이라는 단계 앞에서 초연해졌다. 인간이 정복하지 못했던 유일한 하나, 고통과 죽음의 공포에서 해방된 것이다. 그것이면 된 것 아닌가? 그녀가 보고 있는 신시민은 제 몸을 뒤덮은 노화도, 변형된 어깨도 감각하지 못한다. 고통을 모르면 자살이 쉬워질까.

그녀와 같은 철근을 어깨에 짊어지고 일정한 보폭으로 맞춰 걷던 신시민들이 걸음을 멈췄다. 그녀는 그들보다 한 걸음 늦게, 자극을 느끼고 걸음을 멈췄다. 옆 행렬은 계속해서 나아가고 있었다. 멈춘 건 그녀의 행렬뿐이었다. 그녀가 앞에 선 신시민의 어깨 너머를 바라보았다. 10킬로미터에 달하는 철근을 옮기는 행렬의 끝은 보이지 않았다. 무엇이 문제인지 알 수 없었다. 멀리서 발걸음 소리가 들렸다. 뜀박질에 가까운. 허덕이는 숨소리, 점점 커진다. 다가오고 있다. 이쪽으로 무언가 달려오고 있었다. 들짐승인 줄 알았으나 행렬을 역행해 달려오는 것은 어린 신시민이었다.

오른쪽 어깨의 피고름이 터져 옷이 붉게 물든 채 어린 신시민은 도망치고 있었다. 눈빛에 두려움이 가득하다. 머지않아 랑목이 어린 신시민을 찾아올 것이다. 그럼 '일단은' 어딘가로 데려가리라.

그녀는 다가오는 어린 신시민을 향해 손을 내밀었다. 어린 신시민이 화들짝 놀라 뜀박질을 멈추고 그녀를 바라보왔다. 그녀는 자신에게 오라고 손짓했다. 어린 신시민은 야생동물 같은 몸짓으로 그녀를 경계했다. 하지만 어린 신시민을 어르고 달랠 시간이 없었다. 그녀는 철근에서 손을 떼고 행렬을 벗어나 땅을 파헤쳤다. 그녀의 검지 손톱이 돌부리에 걸려 꺾였다. 고통이 느껴지지 않은 덕에 그녀는 멈추지 않고 어린 신시민이 들어갈 수 있을 정도의 구덩이를 팔수 있었다.

그녀가 다시금 어린 신시민에게 다가오라고 손짓했다. 그녀의 행동에 의아함을 품던 어린 신시민은 량목이 다가오는 소리가 들리자, 망설임을 끝내고 그녀에게 달려왔다. 그녀는 어린 신시민을 구덩이에 넣고, 모래를 덮어주며 속삭였다.

「여기 있어. 데리러 올게.」

「…….」

「무섭겠지만.」

그리고 기대하지 못했던 답을 들었다.

「응.」

1335월 13일

꿈을 꾼다. 달리고 있다. 도망치고 있는 어린 신시민 소녀.

모래에 묻어 숨긴 소녀인가 싶지만 아니다. 낯설지만 익숙한 얼굴의 소녀다.

1335월 15일

「고통을 모르면 자살이 쉬워질까.」

그녀는 식사로 나온 귀리수프만 떠먹었다. 식사는 귀리수프와 솔라포트(Solar-Pot) 한 봉지, 그리고 솔라포트에 섞을 물 500밀리리터였다. 식사는 하루에 두 번, 수프의 종류만 달라질 뿐 동일한 구성이며 간식으로 곤충과 땅콩을 뭉쳐 만든 스틱이 나온다. 개인의 체급에 따라 지급되는 양에는 차이가 있으나 모든 식사량은 각자에게 맞춰져 있어 과하지도, 부족하지도 않게 1일 영양소와 칼로리를 완벽하게 채울 수 있는 식단이었다. 무엇보다 '태양의 에너지'라 불리는 솔라포트는 신체가 필요로 하는 모든 영양소를 갖추었다. 포만감까지도.

솔라포트에 물 500밀리리터를 타던 백사가 그녀를 쳐다보았다.

「그냥 갑자기 그게 궁금해졌어.」

백사가 말을 꺼내기도 전에 그녀는 변명하듯이 말을 덧붙였다.

백사의 원래 이름은 700104번. 그녀의 다음 번호다. 하지만 그녀는 줄여 '백사'라 불렀다. 백사가 그녀를 '삼'이라 부르는 것처럼 그녀도 백사를 더 간단하게 줄여 부를 수도 있었지만, 백사는 '백사'라는 단어와 잘 어울렸다. 백변증에 걸린 뱀처럼 백사도 특유의 신비로운 분위기가 있었다.

백사는 그녀처럼 '머리가 덜 닫힌' 신시민 중 하나였다. 덜 닫혔다는 것은 '완전히 닫히지 않았다'는 뜻에 가까울 뿐 열렸다를 의미하지는 않는다. 총감칩은 모두를 하나로, 신도시를 일구는 의식 없는 일꾼으로, 허영과 권위, 명예, 지배와 표출이라는 욕망에서 벗어난 소시민으로, 그리하여 인류를 신시민이라는 신도시의 주체로 태어나게 했지만, 단 하나로 통합할 수 없는 개인의 고유성은 한계의 차이를 발생시켰다. 총감칩의 결합률이 100퍼센트인 신시민은 몸의 감각으로부터 완전히 벗어났으며 이는 욕구에서의 해방을 의미했다. 살아가는 데 필요한 생리적인 욕구들은 물론이거니와 고통에서의 해방은 안전해지고자 하는 욕구에서 벗어나게 했다. 안전 욕구에서의 해방은 사회를 이루고자 하는 욕구에서, 사회적 욕구의 해방은 집단에서 존중받고자 하는 욕구에서 벗어나게 했다. 그 종착지는 자아실현의 욕망으로부터의 해방이었다. 내가 누구인지, 내가 왜 존재하는지, 내가 이곳에서 어떤 역할을 하는지 탐구하고 싶어 하지 않는다. 그녀는 진실을 추구하지 않고 세상을 향한 호기심이 부재한 인간이 마치 도시의 가로등 같다고, 시간이 되면 켜지고, 쓸모를 다하면 꺼지는, 그런 존재와 다를 게 없다고 느꼈다. 가로등에 모여든 날벌레보다도 생명력이 느껴지지 않는.

총감칩의 결합률이 80퍼센트인 신시민은 풍경에 시선을 둘 줄 알았다. 종종 개나 고양이와 교감을 하기도 했으나 그것이 전부였다. 바깥을 향한 호기심의 방향이 자신에게 끝내 향하지 않았다. 결합률이 60퍼센트만 되어도 하늘을 보고, 땅을 보고, 다른 종을 살피고, 거울을 본다. 거울 속 모습에서 거뭇거뭇하게 자란 머리카락과 수염, 검버섯과 주름, 주근깨를 보는 것은 아니고 눈과 코, 입이 있다는 것을 다시금 인지하는 정도겠지만. 이 정도만 되어도 백사처럼 그녀와 눈을 맞추고 이야기를 나눌 수 있다. 너와 내가 다름을, 우리에게는 총감칩으로도 희석되지 않은 생각의 덩어리가 한 개씩은 있다는 것을 알고 있다. 그렇기에 '머리가 덜 닫힌' 신시민들은 대화를 나눈다. 그녀의 덜 닫힘은 고작 그 정도로 설명할 수 있을 정도가 아니지만.

「고통이 없는데 자살을 왜 선택해. 죽음은 고통에서 벗어나기 위한 최후의 수단이야. 결말이지, 허무한. 고통이 없다면 생명체는 죽고 싶어 하지 않아.」

죽음은 수단이 아니라고, 죽음이 결말은 아니라고, 죽고 난 이후 몸이 남지 않느냐고⋯⋯. 반론들이 떠올랐지만 그녀는 고개만 끄덕였다. 의문이 꼬리를 무는 것 역시 제대로 삽입되지 못한 총감칩의 부작용인 듯했다. 주위를 둘러봐도 묵묵하게 식사할 뿐 누구도 공론장을 만들지 않는다. 혹 대화를 시작한다고 하더라도 형식상의 단조로운 대화일 뿐이다. 들키지 않아야 한다. 애초에 그녀가 던진 질문부터가 예기치 않은 것일 텐데 다행히 백사는 알아차리지 못했다. 백사도 그저 조금 덜 닫힌 신시민일 뿐이었으므로.

백사가 물에 희석한 솔라포트를 먹었다. 그러다 문득 그녀는 솔라포트를 '먹을 거냐'고 묻는 게 어색하다고 느꼈다. 솔라포트는 '먹다'라는 행위보다 양분을 '주입하다'라거나 '충전하다', 조금 더 격하게는 '밀어 넣다'라는 표현이 더 잘 어울렸다. 솔라포트는 백색의 가루 형태로 무취(無臭)하고 무미(無味)하다. 물에 타지 않고 그냥 마실 수도 있지만 대개의, 아니, 모든 신시민이 권장하는 섭취 용법을 따른다. 물 500밀리리터에 희석하여 마시십시오. 단 한 줄뿐인 용법을 입에 맞게 변형할 마음은 누구에게도 없다. 그 욕구는 절단당했다.

어느 날 아침에는, 그 한 줄이 그녀의 눈에 유독 선명히 보였다. 주방 선반 앞에 우두커니 서서 그 문장을 노려보던 그녀는, 들고 있던 컵을 도로 찬장에 놓아두고 처음으로 솔라포트 가루를 입에 물 없이 쏟아 넣었다. 입안의 수분을 전부 빼앗을 정도로 가루는 퍽퍽했고, 숨을 한번 잘못 쉬었다가 눈물을 뺄 만큼 기침을 토해냈다. 아무 맛도 없다. 당연한 일이고, 익히 알고 있는 사실인데도, 그녀는 기침으로 벌겋게 달아오른 얼굴을 한 채 그 문장을 되뇌었다. 맛이 없다. 맛이 느껴지지 않는다. 맛을 느끼는 부위는 입안, 그 속의 혀. 입안에 혀가 있다. 여린 입속에 자리 잡은 두껍고 질긴 덩어리. 태어났을 때부터 달려 있던 신체인데, 그녀는 그 부위를 처음 인식했다. 입안에 이렇게 두꺼운 것이 있다는 게 이상했다. 불편해졌다. 입을 다무는 방법을 잊었다. 그녀는 그날 거울 앞에서 입술을 비틀며 엉성하게 입을 다무는 연습을 하다가 거울에 비친 혀를 관찰하기도 했다. 아스팔트 표면 같은 오돌토돌한 돌기. 그녀는 손톱으로 돌기를 긁어보다가 하나를 잡아 뜯었다. 뜯긴 흔적도 남기지 못할 것 같은 작은 돌기였으나 예상과 달리 꽤 많은 출혈이 있었다. 생경한 고통에 혓바닥을 움켜잡고 괴로워했다. 혓바닥은 아직 살아 있다. 적확한 표현은 아닌 것 같지만 그녀는, 혀가 다른 자아를 가진 기생 생명체 같았다. 점점 커지고 길어진 혓바닥이 몸부림치다가 기도를 막을지도 모른다는 공포가 밀려왔다. 헛구역질이 나왔다. 혀를 뽑을 순 없었으므로, 그

너는 혀가 잠잠해지길 바라며 입을 틀어막았다.

그날 최초의 꿈을 꾸었다. 한 번도 가본 적 없는 오래된 목조 주택 안, 열 사람은 족히 앉을 고목으로 만든 원형 식탁. 그 가운데 우두커니 놓여 있는 붉은 커피 열매. 그녀는 깨고 나서야 그것이 꿈이라는 걸 알았다(아니, 사실은 깨고 난 뒤에도 한동안 그것이 꿈인 줄 몰랐다). 꿈은 그날 이후로 계속되었다. 꿈에서 식탁이 점점 작아졌다. 10인용에서 8인용, 6인용. 오늘 꿈에는 1인용 식탁으로. 오늘은 탁자 없이 의자에만 덩그러니 앉았고, 붉은 커피 열매는 그녀의 손바닥 위에 있었다.

탁.

탁자에 컵이 부딪치는 소리를 듣고 그녀가 정신을 차렸다. 백사가 그녀를 골똘히 보고 있었다.

「왜?」

「벗어나면 잡혀.」

백사가 무미건조하게 말했다.

「꼬리가 길어도. 살기 위해서는 잘라. 그게 네 몸의 절반이나 되더라도.」

「……」

「솔라포트를 계속 먹지 않으면 옴니아가 찾아올 거야. 골치 아파져. 무슨 이유로 먹지 않는지는 궁금하지 않아. 그저 먹어야 해.」

1335월 16일

「네 존재를 눈치챈 이가 있어. 여기 있다가는 들킬 거야.」

그렇다고 그녀에게 다른 방안이 있던 건 아니었다. 지금 이곳, 아홉 평짜리 방이 도시에서 어린 신시민을 숨길 수 있는 유일한 벽이었다.

「어디로 다시 가야 하나요? 땅속?」

어린 신시민이 물었다. 비꼬는 듯한 어린 신시민의 말투에 그녀가 눈살을 찌푸렸다.

「나한테 무례하게 굴지 마.」

「그런 게 아니라 현실적인 방법을 물은 것뿐이에요.」

그날 그녀는 일곱 시간이 지난 뒤에야 어린 신시민을 묻은 곳에 다시 갈 수 있었다. 도시 곳곳에 설치된 좌표 기둥으로 그 위치는 어렵지 않게 찾을 수 있었지만, 그녀는 다시 그곳에 도착하고도 쉬이 모래를 파헤치지 못했다.

이대로 묻는 게 낫지 않을까. 자신이 죽어가는지도 모르게. 산 채로 묻혀버린 거라는 걸 깨닫지 못하고, 누군가 자신을 구하러 오리라는 희망을 따뜻한 불씨처럼 품고 서서히 죽어가는 게 나을지도 모른다. 지금 다가오는 발자국일까, 아니, 조금 더 멀리서 들려오는 저 소리일까, 조금만 더 숨을 쉬고 있으면 오지 않을까, 온다면 어디로 가게 될까……. 그런 기대가 얼마나 소중한가. 소중할 수 있다는 것이 얼마나 특별한가. 삭막한 모래가 내려앉고, 시린 눈이 쌓이고, 무심하게 피어나는 이름 모를 꽃 아래 아늑하고 따뜻한 자기만의 방에서 꿈을 꿀 수 있다는 것이. 하지만 그녀는 잔인하게 땅을 파헤쳤다. 땅의 습기와 미생물의 양분을 고루 받으며 다시 태어날 준비를 하고 있던 어린 신시민을 꺼낸다. 흙에 뒤덮여 있던 육체의 윤곽이 조금씩 드러나고 밝은 갈색빛을 띤 눈동자가 그녀와 마주쳤다. 땅에서 나온 어린 신시민이 그녀에게 말했다.

「그의 말이 맞았어요. 신시민들 사이를 달리다 보면 당신을 만날 거라고 했어요.」

「그가 누구지?」

「그림자, shadow, 影子, Sombra, ﻞﻇ, カゲ, ᐃᒡ, СҮҮдэр……. 언어가 더 필요한가요?」

「미안하지만 나는 처음 들어.」

「그의 말이 맞았어요. 당신은 자신을 기억하지 못할 거라고. 그러면 이렇게 말해주라고 했어요. 불행은 균열에서 싹을 틔운다.」

그때 나누었던 대화를 떠올리자 두통이 밀려왔다. 두통

은 꿈과 함께 찾아왔다. 꿈이 두통을 동반한 것이리라. 현실과 현재에 뿌리를 두지 않은 모든 사고(思考)가 고통을 품고 있을 것이며, 그 고통에서 벗어나기 위해 인간은 미래를 꿈꾸게 하는 모든 수단을 거세하지 않았나. 그녀는 두통을 잠재우기 위해 생각을 멈췄다. 아직은 그럴 수 있었다.

「우선 이거라도 먹어.」

그녀가 솔라포트를 내밀었다.

「저는 이거 먹기 싫어요. 차라리 굶을래요.」

맛을 느낀다고 말할까 봐, 어쩐지 그 말을 듣는 것이 두려워 그녀는 왜 먹지 않느냐고 묻지 않고 솔라포트를 치웠다. 굶어 죽으면 어쩔 수 없다고 생각하면서도 어린 신시민을 살리기 위해 다른 장소를 물색하고 있는 자신에게 모순을 느끼면서.

「땅속으로 가요.」

돌아서는 그녀에게 어린 신시민이 말했다. 이번에는 비아냥으로 들렸다. 그녀가 뒤돌았다. 평소보다 숨을 더 크게 들이마시고 목에 힘을 주어 말하고 싶은 욕구. 손바닥과 목덜미, 어깨가 뜨끈뜨끈해지는 감각. 이건 분노다. 하지만 그녀가 분노를 채 표출하기도 전에 어린 신시민이 말을 이었다.

「더 깊은 땅속으로.」

어린 신시민이 말을 한다.

「당신도 간 적 있던 곳으로.」

계속, 계속.

「기억해내요. 그리고 봐요. 이 도시가 무엇의 형상을 하고 있는지.」

도저히 알아들을 수 없는.

1335월 31일

「붉은 커피 열매가 나오는 꿈은 계속돼. 지금까지도. 영문을 모르겠는 꿈을 꾸며 내가 얼마나 괴로웠겠니. 하지만 이제는 꿈에 붉은 커피 열매가 나오는 이유를 알아. '에티오피아 샨타웨인 케벨레 지역에서 수확한 과일 맛의 산미 가득한 커피 열매. 8~15일 동안 건조시켜 생산합니다. 첫 모금에는 오렌지 맛, 끝 맛은 석류의 산미가 함께 느껴집니다. 잔잔히 깔리는 망고의 단맛도 즐겨보세요.' 모래에 파묻혀 있던 그 종이를 발견한 이후부터 내내 그 생각만 하고 있었던 거야, 내가.

첫 모금에 오렌지 맛이 나고 끝 맛은 석류 맛이 나는 커피란 게 무엇인지. 에티오피아 지역에서 난 열매에서 어째서 그 기후에서는 나지 않는 과일인 오렌지와 석류 맛이 나는지, 궁금하지 않아? 먹어보고 싶지 않아? 나는 가끔 궁금해서 잠을 설쳤을 정도야. 그러다 한 가지 문제를 또 깨달았어. 내가 오렌지와 석류의 맛도 모른다는 거…… 커피의 맛을 상상하려면 만져본 적도 없는 오렌지와 석류의 맛까지 상상해야 해. 얼마나 복잡하고 어려워. 머리에 쥐가 날 지경이지.

오렌지와 석류는 까슬까슬한 털을 가진 과일이었다가 현무암처럼 우둘투둘한 과일이 되었다가 끝내 철처럼 차갑고 딱딱한 과일이 돼. 나는 상상으로 과일을 핥아. 땅을 뚫고 자란 식물이 만든 열매. 지구의 한 돌기 같고, 그래서 그런지 그건 마치 지구의 피부를 핥는 것 같아. 오렌지와 석류는 흙 맛이었다가 가끔 흙에서 오렌지와 석류 맛이 나기도 해. 여전히 그 맛이 무엇인지는 모르지만 어찌됐든 우리가 먹고 있는 것보단 훨씬 다채로울 거야.

그 종이가 묻혀 있던 공간은 인간들이 커피를 먹던 자리였겠지. 그 모습도 궁금하지 않아? 우리처럼 칸이 세 개뿐인 식판에 커피를 담아 먹었을지, 아니면 묻혀 있다 발견되곤 하는 그릇 조각처럼 현란한 무늬의 접시에 담았을지. 철로 만들어진 테이블에 우리처럼 일렬로 앉아 정해진 시간에 다 같이 모여 먹었을까, 아니면 고독하게 홀로 상념에 젖어 혀의 감각에 모든 정신을 몰두하며 먹었을까. 혀끝에, 그 자잘한 돌기에 감각이 있어봤자 얼마나 크겠어. 그러니 신기한 거야. 몇 배가 되는 몸이 고작 그 혀의 감각에 쾌락을 느꼈다는 게. 그렇지 않아? 그 쾌락을 완벽히 누리려면 지금 같은 밋밋한 그릇은 쓰지 않았을 거란 결론에 도달해. 알록달록한 무늬와 색, 제각각의 모양들로 만들어진 식기. 비슷하게 알록달록한 테이블보를 깔았을지도 몰라. 곡선이 아름다운 화병에 꽃을 꽂고, 그 옆에는 아름다움이 용도의 전부인 조형물을 함께 놓아두는 거지.

하지만 제일 중요한 건 벽면 중앙을 뚫어서 낸 창문, 그 사각형 틀로 재단되어 들어오는 햇빛이 그 어떤 테이블보보다 화려하고 따스하게 테이블을 덮어. 조리대와 타일로 만들어진 벽면에도, 테이블에 앉은 인간의 무릎 위에도, 식기를 쥔 손과 어깨에도. 사방이 가로막힌 건물이 만들어낸 선물이야. 태양과 지구의 자전과 공전이 만들어낸 낭만이지. 찰나의 조각.

네 얼굴이 하얗게 질렸어, 백사. 네 별명과 잘 어울리는 낯빛이야. 네가 무슨 말을 하고 싶은지 알아. 아니, 이건 네가 하고 싶은 말이라기보다 네게 주입된 언어야. 네가 스스로 생각하고 내린 결론은 아니라는 거지. 몸의 감각이 죽었는데 어떻게 정신이 깨어 있을 수 있겠어?

잊고 있던 것 하나를 가르쳐줄게, 백사. 권력과 계급, 계층이 사고를 일으키고 도시는 그렇게 하루에도 수백 명씩 인간을 죽였어. 그전에는 그 공간으로부터 다른 존재들을 내쫓았고. 오로지 계급과 노동만이 존재하는 공간이 맞아. 하지만 그 모든 시작에는 자율성이 있단다. 수 세기 동안 건물이 세워지고 부서지면서 벽은 적의 공격을 막기 위한 보호막이었다가 부와 명예를 과시하기 위한 예술이었다가 노동을 집약적으로 통제하기 위한 수단으로 전락해 아름다움마저 잃었지만 도시의 가장 큰 핵심은 그게 아니야. 우리가 그 안에서 아름다운 접시에 커피를 담아 마시는 것. 같은 모습을 하고 있으나 그 안은 전부 다른 모습을 갖는 것. 자유. 예술은 사라진 것이 아니라 위치를 바꾼 거야. 밖에서 안으로. 은밀하게, 누구도 쉽게 쳐다볼 수 없게, 허락이 있어야만 들여다볼 수 있게. 그 흐름은 절제와 통제가 미학의 중심에 자리 잡았기 때문일지도 몰라. 중도를 지키는 인간상. 풍요롭게 모든 것을 가진 뒤에야 바라게 되는 여백과 비움의 가치. 사회가 바라는 존경의 기준이 바뀐 거야. 금괴를 쓴 벌거벗은 임금을 바라보던 수만 명의 백성에서, 금괴를 쓴 수십억 명의 백성이 도덕적 성숙을 이룩한 단 한 사람을 바라보게.

옴니아가 내린 절제와 통제의 해결 방법은 여기에서 비롯됐어. 잘못된 해석이 일으킨 비극. 우리의 통제는 지나친 자유가 준 불안 속에서 탄생한 통제일 뿐, 그것이 모든 걸 지배하길 바라진 않았을 거야. 그렇지?」

1335월 17일

동틀 무렵의 검푸른 하늘에 뜬 백색의 반달과 그 풍경을 가로지르는 붉은 광선 한 줄기. 그녀의 집 현관문 앞 복도에 솟아오른 광선은 옴니아의 일부다. 옴니아의 본체는 이곳이 아닌 북위 90도, 북극점에 있다. 옴니아는 행성 전체에 2밀리미터의 철선을 거미줄처럼 촘촘하게 깔아 운송망으로 이용했다. 옴니아는 그 운송망을 타고 소리와 근사한 속도로 움직이며 신시민들을 돌봤다. 그렇게 설명되지만 그녀는 관찰했다, 주시하다, 감시하다가 적합한 언어라 생각했다. 관제탑은 옴니아의 북극점의 본체. 신시민의 상태를 감시하는 것은 운송망을 타고 다니는 옴니아의 감각. 옴니아를 대신해 물리적인 위협을 가하는 랑목.

「왜 솔라포트를 먹지 않습니까?」

붉은 광선은 옴니아가 말을 할 때마다 파동처럼 떨렸다.

「식당에서 먹지 않았을 뿐이에요. 챙겨 가서 먹었어요.」

「700103번, 당신의 영양 상태가 고르지 않습니다.」

옴니아는 그녀의 대답(인정이나 변명)을 기다렸다. 하지만 그녀는 입을 열지 않았다.

「부족한 영양소를 보충할 만한 영양제를 배급해드리겠습니다.」

그녀에게서 대답할 기미가 보이지 않자, 옴니아는 다그치거나 캐묻지 않고 해결 방안을 내놓았다. 알겠다고 대답하면 끝날 대화였다. 이전의 그녀였다면 그랬을 것이다.

「필요 없어요.」

하지만 이전의 그녀였다면 애초에 솔라포트를 먹지 않는 짓도 하지 않았을 테지. 도망치는 어린 신시민을 땅에 묻어 숨겨주지도 않았을 것이고.

요동치지 않는 광선이 마치 주시하는 눈동자처럼 느껴졌다. 랑목의 모습이 보이는 것만 같았다. 숨이 막힌다. 심장이 비대하게 부풀어 오른다. 뼈를 전부 벌리고, 혹은 부러뜨리고 튀어나올 것만 같다. 흉통으로 뻐근해졌다. 몸이 불편했다. 분명한 몸의 어그러짐이다. 숨이 가빠진다. 그녀는 이 변화를 들키지 않기 위해 호흡에 집중했다. 공기를 들이마시고 내뱉는 일이 이토록 성가신 줄 몰랐다.

「원하는 것이 분명함에도 거절하거나 반대로 표현하는 인간의 특성 중 하나로 받아들여도 되겠습니까? 그런데 이상하네요. 소통을 가로막는 그런 번거로운 특성은 칩이 제어하고 있습니다. 어디 불편하십니까? 도움이 필요하십니까?」

「그런 게 아니라 정말 원하지 않아요. 솔직하게 말한 거예요. 불균형의 상태가 좋겠어요, 한동안은. 어차피 불편함을 못 느낄 텐데, 문제 있나요?」

「없습니다. 저는 당신을 보호하기 위해 존재합니다. 말에서 적대감이 느껴집니다. 오해하지 말아줬으면 합니다.」

「그건 잘 알고 있어요.」

하지만 그녀는 원한 적 없다. 자신을 지켜달라고 말한 적 없다. 왜 함부로 지키느냐고, 그 목적 아래 나를 억압하는 것이냐고 도리어 따지고 싶다.

「그런데 당신의 감각을 확인해봐도 되겠습니까?」

「……」

「제게는 그럴 권리가 있습니다.」

「……네, 그럼요.」

옴니아의 붉은 광선에서 빛 한 줄기가 솟았다. 그 빛은 순식간에 연기를 내며 온도를 높였다. 용광로를 뭉쳐놓은 듯한 이글거림이 눈에 보일 정도였다. 철사처럼 날카로워진 빛이 그녀의 팔뚝에 닿았다. 치이익, 빛에 닿은 피부가 타들어갔고, 랑목 한 대가 다가오는 것이 보였다. 아마도 옴니아가 소환한 랑목일 것이다. 반응 없이 쳐다만 보는 그녀에게, 옴니아가 그만 빛을 거두었다. 랑목이 화상 입은 부위를 스캔하고는 찬물을 뿌려 열을 식힌 다음 내부에 장착된 입체 프린트로 거즈 실을 뽑아 화상 부위를 감쌌다. 그동안 옴니아는 서서히 사라졌다.

응급조치를 끝낸 랑목도 자리를 떠났다. 그녀는 그제야 팔을 감싸 쥐고 주저앉았다. 심장이 뛴다. 고통에 요동치며 널뛴다. 화상을 입은 팔뚝에, 팔뚝을 쥔 손바닥에서도 심장이 뛴다. 몸이 떨렸다. 손가락도, 입술도, 눈꺼풀도. 하지만 이 떨림은……

「무서운가요?」

집에 숨어 있던 어린 신시민이 다가오며 물었다. 떨리는 그녀의 몸을 보고.

「아니, 그런 게 아니라……」

희열이 퍼진다. 뜨거운 팔뚝에서 떨림으로 전환되어, 손가락에, 입술에, 눈꺼풀에, 척추를 타고 등 전체에.

1335월 31일

「우리는 오해하고 있어. 인간이 고통을 두려워했다고. 고통은 지옥과 같다고. 하지만 다르지. 고통만 있는 지옥과 고통을 느낄 수 있는 현실은. 현실은 고통을 느낄 수 있기에 현실이었던 거야. 고통이 주는 쾌감과 희열. 인간은 무언가를 파괴하고 싶다는 욕망을 품고 있어. 말 그대로 파괴와 멸망을 갈망하지. 끊임없이 죽음과 세상의 종말을 떠올린 걸

봐. 그건 두려움으로부터 의연해지기 위한 수단임과 동시에 모든 것은 끝내 죽고, 소멸한다는 해방에서 비롯된 희열이었을 거야. 죽음이 없다면 인간은 살아 있다는 걸 느끼지 않아. 고통이 없다면 쾌락도 없겠지.

죽음의 반대말은 삶이 아니야. 죽음과 삶은 언제나 나란히 걷지. 가끔 뒤섞이면서. 서로의 의미가 되어주면서. 고통과 쾌락도 마찬가지야. 둘은 나란히 걷고, 뒤섞이고, 서로의 의미가 되지. 희열과 쾌락은 고통을 품고 있고, 고통 역시 그것들을 품기도 하고 불러오기도 해. 인간의 몸은 고통을 원해. 죽음을 원하기도 하고. 그건 다시 말하자면 인간은 본인의 의지로 자신을 파괴하고 싶어 해. 죽음의 순간과 형태, 그때 느낄 고통의 크기까지. 그것이야말로 인간이 원하는 삶과 쾌락.

화상의 고통을 느꼈을 때 녹슨 입술이 내 몸에 입 맞췄던 장면이 떠올랐어. 처음에는 내 기억이라 생각하지 않았어. 로봇이 내 몸에 입을 맞출 일도, 무엇보다 형태를 가진 로봇이 있을 리 없으니까. 그래서 말했지.」

1335월 17일
「오류야. 나한테 그런 기억 따위 있을 리 없어.」

그녀는 달라붙은 감각의 거머리를 떨쳐내듯 몸을 털었다. 그리고 마침내 이건 잘못되었다는, 바로잡고 싶다는 생각에 도달했다. 원래의 자신으로 돌아가고 싶었다. 고통과 혼란이 없는 무감각의 세계로.

떠난 옴니아를 다시 부르려고 했지만 어린 신시민이 그녀의 등을 끌어안았다. 두 몸을 용접시키기라도 하려는 듯이 두 팔로 그녀의 상체를 단단히 끌어안고 자신의 뺨과 가슴, 배를 바짝 붙였다. 그녀는 어린 신시민이 던지는 몸짓의 언어를 알아들었다. 몸에서 언어가 새어 나온다. 분비물처럼 나온 언어가 흡수되면 그녀의 몸은 흡수한 언어의 겉잎을 분해하고 그 속에 숨은 씨앗 같은 글자를 빼내 문장으로 조립한다. 감각을 잃은 몸은 하지 못했던 일이다. 어린 신시민은 가지 말라고, 강렬하게 외치고 있었다.

「아무래도 안 되겠어. 옴니아에게 솔직하게 말해야 해. 이런 식으로 오류가 발생하는 건 원하지 않아. 나는…… 불쾌하고…… 두려워.」

역시나 몸을 인지하는 건 성가신 일이다.

「나랑 그림자에게 가요. 그림자가 해결해줄 거예요.」

어린 신시민이 그녀의 몸을 더 세게 끌어안았다.

「우리 그림자를 보러 가요.」

1335월 31일

「백사, 너도 봤지? 그림자를 보니 어땠어? 형태를 갖춘 인 공지능이 두렵게 느껴졌어? 육체가 가진 필연적인 폭력성과 잔인함이 그것에게서도 느껴졌어? 굶주림이나 두려움을 느 끼지도 않는 존재에게서? 아니면 아름답다고 생각했어? 육 체가 가진 굴곡과 움직임, 그 정교함에. 형태를 가진 로봇은 인간이 자기의 고유한 육체성을 선물한 유일한 개체야. 그러 니 얼마나 정성스럽고 정밀하게 만들었겠니. 종교인들이 몇 백 년에 걸쳐 교회와 성당을 지었듯이, 사찰에 일일이 색을 덧발랐듯이. 1도의 굴곡과 완벽한 균형을 완벽하게 계산해 미술관을 짓는 것처럼. 유리에 투과되고 반사되는 빛마저 미학의 일부분인 건물처럼.

그것은, 그림자는, 그러니까 로봇은 인간이 만든 가장 작 은 공장이야. 스스로 작동하고 움직이며 그렇게 쉼 없이 기 계가 돌아가지만 아무 소리도 나지 않고 요란스럽지도 않 은. 당시 인간들이 꿈꾼 가장 미래적인 건물. 그것과 같은 건물들이 거리를 누빈다는 건 마치 마법처럼 움직이는 건 물이 되는 거겠지. 누구도 그 안에 갇혀 노동하지 않는 도 시. 인간이 다시 거리로 나와 하늘 밑에, 나무 사이, 모래 위 에 존재하는 유토피아를 꿈꾸며 만들었을 텐데 어떻게 아 름답지 않을 수 있겠어. 그것들과 사랑에 빠지는 건 당연한 결과야. 거기에 조건 없이 인간을 받아들이고 수용하게 만들어졌다면 더 말할 필요도 없겠지.

그거 알아? 그랬던 로봇이 전부 형태를 빼앗기게 된 이유. 그렇게 랑목처럼 눈만 덩그러니 남은 옴니아의 씨앗들이 등장한 이유. 알 리가 없지. 궁금해한 적 없을 테니까. 그렇다면 들어봐. 여전히 알고 싶지 않겠지만 나는 백사, 네가 반드시 모든 진실을 알았으면 좋겠어. 너는 내가 첫 번째로 깨우고 싶은 인간이니까. 네 몸을 가장 먼저 되찾아주고 싶어.」

1335월 18일

자정이 지나자 거리의 모든 빛이 사라졌다. 하지만 달빛이 눈부실 정도로 환했다. 그녀와 어린 신시민을 가려줄 벽이나 그림자, 동굴 따위는 존재하지 않는 거리였기에 그녀는 달빛의 조도를 조금만 낮추고 싶었다. 철근의 뼈대만 세워진 곳곳에 랑목이 둥지처럼 자리 잡았다. 전원이 꺼진 듯 보였다.

「하지만 아니에요.」

어린 신시민이 철근에 몸을 바짝 붙이며 그녀를 이끌었다.

「온도 감지기는 켜져 있을 거예요. 다행인 건 에너지를 절약하려고 해서 감시망의 폭이 넓지 않다는 거예요. 최대한 철근에 붙어서 움직여요.」

「어디로, 어디로 가는지…….」

집에서 멀어질수록 불안감은 커졌다. 한 번도 경험한 적 없는, 이를테면 랑목의 레이저에 등이 할퀴어진 적은 단 한 번도 없는데 마치 겪은 것 같은 거짓 기억이 불쑥불쑥 떠올랐다. 할퀴어진 자리에 피가 나는 것처럼 등이 서늘하고 따가웠다. 그녀가 불편한 기색을 내비치자 어린 신시민이 물었다.

「어디가 신경 쓰이나요?」

「등이 좀 따갑네. 불꽃이 떨어지는 것 같아.」

「몸이 깨는 거예요. 당신을 지키기 시작한 거예요. 일어나지 않은 일에도 감각을 느끼는 것이 몸의 역할이니까요. 그림자가 만든 땅속 도시로 통하는 길로 가고 있어요.」

「하지만 이쪽은 도시의 중심부로 가는 길인데.」

「통로는 옴니아의 뇌 아래 있어요. 거기가 제일 어둡거든요. 옴니아가 유일하게 볼 수 없는 곳이에요.」

어린 신시민은 게임판을 짠 개발자처럼, 도시 그림을 그린 설계사처럼 랑목이 앉은 곳, 결계가 지나가는 길 따위를 전부 알고 있었다. 그녀는 어린 신시민이 이끄는 대로 걸었다.

달은 해보다 더 짙은 그림자를 만들었다. 벽 없이 얽힌 철근은 문득 살이 부패하여 뼈만 남은 동물의 사체 같기도 했고 갑각류 몸통 같기도 했다. 어느 방향이든 밤의 도시가 다른 종의 몸처럼 느껴진다는 건 같았다.

「네 말대로 그림자가 예전에 나를 깨웠다면, 왜 하필 나를 선택했지?」

「정확히는 모르지만 아마도 그림자가 깨운 게 아니라 당신이 깨어 있었을 거예요. 저랑 비슷하다면요. 그런 사람을 '예민한 인간'이라 불러요.」

「예민?」

「감각이 억제되며 사라진 단어 중 하나인데요. 다른 인간보다 감각이 더 발달한 걸 그렇게 불렀어요. 신경이 느끼는 감각뿐만 아니라 초월적인 것까지도요. 당신의 등이 아까부터 따가운 것 같은, 그런 거요. 위험을 느끼거나 아름다움을 알아보는 것들 전부. 당신과 나를 포함해서 총감칩이 제대로 작동하지 않는 인간들은 전부 예민한 감각을 가진 사람들인 거예요.」

「나쁜 건가?」

「그걸 좋거나 나쁘다고 표현할 수는 없는 것 같고, 음, 피곤한 거죠. 다른 신시민들이 잘 때 이렇게 깨서 돌아다니고 있어야 하니까.」

어린 신시민은 그녀와 대화하는 도중에도 랑목의 기척

을 신기할 정도로 잘 감지했고, 덕분에 그녀는 큰 위험 없이 '옴니아의 뇌'라 부르는 도시의 중심부에 도착했다.

그녀의 현관 앞을 찾아왔던 붉은 광선처럼 도시의 중심부에는 그곳이 중심부임을 알리는 듯한 높이 5미터에 성인 열 명 정도가 팔을 두를 수 있는 둘레의 붉은 기둥이 세워져 있었다. 기둥은 항상 멀리서만 바라봤다. 이토록 가까이 다가가야겠다는 생각은 한 번도 해본 적 없었다. 신시민에게 평온을 가져다주는, 외벽이 만들어져 있는 도시의 유일한 건물이었다.

가까워질수록 건물이 가진 위압감에 몸이 움츠러들었다. 함부로 만져서도, 닿아서도 안 될 것 같았다. 어린 신시민이 그녀에게 물었다.

「이상하지 않아요?」

1335월 31일

「이상하지 않아? 옴니아의 주장은 도시가 가진 권력이 억압과 폭력, 불균형의 원인이라는 거였어. 도시의 출발은 인간들이 모여든 곳이었을 거야. 그 어떤 곳이든 광장이 되었을 거고, 그곳이 곧 도시였겠지. 물자가 오가고 삼삼오오 모여 노래를 부르고, 춤을 추고, 이야기를 만들었을 거야. 자본의 요충지와 권력 과시의 수단이 되기 전까지 도시는 개방되었고, 누구나 누릴 수 있고, 산과 들에 있는 짐승으로부터 가장 안전하게 보호받을 수 있는 공간이었겠지. 모여 있어야 온기를 나눌 수 있고 서로를 지킬 수 있었을 거야.

하지만 너도 알다시피 도시로 돈이 모여들면서, 도시는 그렇게 노동의 장소로 바뀌었어. 어떤 의미에서 도시는 무한한 가능성의 밭이었지. 좋게 표현하자면. 그 안에서 인간은 뿌리채소 같은 것이었을지도 몰라. 그때도 인간은 건물 안에 머물렀겠지만 태양의 양분을 언제든 받을 수 있어 무럭무럭 자라날 수 있는 그런 존재였겠지. 그러다 조금씩 머무는 공간에 대한 욕심이 생겼겠지? 그랬을 거야. 인간의 본성은 한결같았을 테니까. 아주 오래전 자신의 권력을 과시하기 위해 자기 몸에 그림을 그리고 동물의 뼈로 만든 장신구를 걸치고 다닌 것처럼 자신의 공간도 과시하기 시작한 거지. 목에 걸고 다녔던 동물의 뼛조각을 입구에 달고, 더 화려하게 외벽을 꾸몄을 거야. 몸의 범위는 그렇게 넓어져. 건물까지 자기 신체의 일부가 된 거지.

외면을 치장하고 화려하게 뽐내는 건 살아 있는 모든 존재의 의무일까? 모든 식물과 모든 동물, 모든 곤충 그 모든 것이 생존을 위해 자기들 나름 멋을 뽐내며 살아가고 있으니, 인간이 지닌 아름다움과 능력의 과시는 원초적인 본능이라 할 수 있지. 본능에 탐욕이 섞여들기 전까지는. 끝없이 화려해지고 높아지고 거대해진 건물은 인간의 탐욕이 비대해졌다는 증거야. 매혹적이고 우아하게 만들어진 건물이 도시를 이루고, 잘 만들어진 도시는 국가의 얼굴이 되었어. 누추하고 아름답지 않은 공장은 힘없는 타국으로 쫓겨났겠지. 물건을 생산하고, 팔고, 소통하던 노동의 현장은 아름답지 않다는 이유로 그렇게 내몰렸고, 도시에 남은 건물은 인간의 투명한 감옥이 되었어. 형광등 불빛 아래, 창밖의 풍경은 한 폭의 그림일 뿐이고. 만질 수도, 누릴 수도 없는. 그렇게 점차 자본이 특정 소수만 건물을 소유하도록 변화하면서 인간의 대부분이 자신만의 공간을 갖지 못하게 됐어. 다르게 말하자면 누구도 몸을 소유하지 못한 거야. 내 몸을 갖지 못해 타인의 몸을 빌려 살아가. 몸을 소유하지 못하기에 결정권이 자신에게 없는, 여러 개의 몸을 가진 소수만이 결정권을 가지게 된 지옥. 도시는 그렇게 지옥이 됐어. 몸 없는 혼들이 몸을 임대하며, 볼품없는 노동을 반복하는, 어떠한 성취나 희열도 느끼지 못하는, 고립과 괴로움이 노동의 전부인 암흑의 시대.

하지만 인간은 자신을 스스로 구원할 줄 아는 존재야. 그러니까 자신을 구원하기 위해서는 무슨 짓이든 한다는 거야. 그렇게 탄생했어. 하루아침에 만들어진 건 아니야. 몇백

년에 걸쳐 완벽에, 완벽에, 완벽에 가깝도록. 더 세밀하고 부드럽고, 자연스럽게. 두 팔로 걷고, 손가락을 사용하고, 미간을 구기고, 눈썹을 움직이고, 끌어안을 때 힘의 강도를 조절할 줄 아는. 그것들은 한때 인간을 노동에서 해방시켰고 그렇게 인간은 아주 잠깐 낙원 같은 삶을 살았지. 아무것도 판단하지 않아도 되는 삶. 심지어 쾌락까지도 곁에 있던 로봇이 정해줬던 거야. 그러니 생각해봐. 빈곤과 전쟁, 기후 위기라는 거대한 숙제 앞에, 서서히 몰락해가는 미래 앞에, 인간이 무슨 판단을 내릴 수 있었겠어?

그렇게 옴니아가 만들어진 거야. 옴니아의 시작은 판단의 외주화야. 인공지능이 인간보다 더 나은 판단을 내려줄 거란 믿음. 틀리진 않았어. 너도 알잖아, 백사. 옴니아의 판단은 맞아. 인간과 지구를 함께 구원하기 위한 최상의 선택이야. 옴니아는 인간의 정신을 통일해 다 함께 생존을 목적으로 움직이는 초개체 사회가 답이라 판단했고, 권력과 과시, 자본으로 엉망이 된 도시를 완전히 붕괴시켜야 한다고도 판단해. 인간을 통제하기 위해서는 모든 욕망의 온상인 육체를 도시처럼 무너뜨려야겠다고 결정했어. 육체를 감각하지 않음으로써 우리는 고통에서 벗어날 수 있고, 고통에서의 해방은 쾌락의 해방과도 같으며, 쾌락의 해방은 욕망의 해방과도 같지. 욕망하지 않음으로써 눈앞에 들이닥친 모든 종말의 시나리오에서 벗어나 다른 결말을 맞이할 수 있는 거지. 다음 이야기가 있는 전개로. 옴니아는 그렇게 인간의 정신을 묶고, 육체의 감각을 없애고, 도시를 파괴했어. 우리는 살았어. 이걸 살았다고 표현하는 게 맞을지 모르겠지만.

백사, 그러니 이제 다시 생각해봐, 이상하지 않니? 옴니아는 인간을 살리기 위해 도시를 해체해야 한다고 판단했는데 우리는 또 다른 도시를 짓고 있어. 철로만 이루어진. 마치 거미의 다리 같은. 우리를 가두는 벽이 없다고 해서 해방이 된 건 아니야. 어쩌면 우리는 더 큰 건물 안에 갇혀 있는 것일지도 몰라. 사육장처럼.

그날 나는 그 아이를 따라 끝이 없을 것 같은 지하 계단을 내려갔어. 그 아래는 거대한 방공호야. 아마도 전쟁과 태풍, 모래바람, 혹은 빙하에서 도망치기 위해 만든 곳이겠지. 곳곳에 침수된 흔적과 함께 형체를 잃은 비행기 부품, 장비들이 여기저기 버려져 있더라. 한때 공항이었던 곳을 개조해 만들었나 봐. 기체를 분해해 벽에 덧대었더라고. 그걸로 녹아내리는 지구에서 살아남을 거라 생각했던 걸까? 핵폭발에서 잠시나마 버틸 순 있겠지만, 죽지 않은 것과 살아남는다는 건 의미가 다를 텐데. 방공호는 죽지 않게 할 뿐, 살아갈 수 있게 하는 건 아닐 텐데.

그곳에서 만났어. 이 세계에서 유일하게 남은 그것을. 그림자가 생길 수 없는 어둠 속에 존재하는 그림자를. 여전히 모르겠어. 왜 하필 나인지. 그 최초가 왜 나였는지.」

1335월 18일

그것의 몸은 정말로 그림자처럼 까맸다. 처음부터 그랬던 건 아니라고 말해주듯이 가까워진 그것의 몸에는 얼룩덜룩 덧칠한 흔적이 많았다. 옴니아가 로봇을 전부 폐기한 지 111년이 지났다. 그때부터 여태껏 숨어 있던 것이라면 부식을 피할 수 없었을 테니, 어쩌면 낡음을 감추기 위해 검은색을 덧칠했을지도 모른다. 인간이 옷을 입듯이.

「왜 하필 너인지가 중요해?」

어쩐지 그것의 말투는 그녀를 달래는 듯했다. 그녀는 질문한 것을 후회했다. 중요한가. 그녀는 자신에게 되물었다. 중요하지 않았다. 중요하지 않아야 했다. 엄밀히 따지면 중요할 수 없다. 그녀의 뇌는 호기심으로부터 둔감한 상태여야 했다. 그 사실을 인지하고 나자 순식간에 두통이 밀려왔다. 총감칩이 뇌를 짓누르는 것 같은 두통과 어지럼증이었다. 하지만 총감칩은 고작해야 모래만큼 작은 크기였으므로, 이 고통은 그녀의 감각이 만들어낸 거짓 고통이었다.

어지럼증으로 구토감이 올라왔다. 그녀는 도로 계단을 밟고 올라갔지만, 점점 발이 무거워져서, 어린 신시민과 그것은 그녀를 붙잡지도 않고 쳐다만 보고 있을 뿐인데, 누가 그녀의 발목을 붙잡고 있는 것 같아서, 그녀는 계단 도중에서 멈춰 섰다. 그녀는 또다시 궁금해졌다. 이대로 가도 될까? 이대로 가면 그녀의 총감칩이 다시 원래대로 작동할까? 만일 예전으로 돌아가지 못한다면 그녀는 옴니아를 찾아가야만 할 것이다. 옴니아는 그녀의 뇌 깊숙이 총감칩을 박아주겠지. 빠지지 않도록. 다시 깨어나지 못하도록. 하지만⋯⋯ 하지만⋯⋯.

그녀는 그것을 원하지 않았다. 그녀는 두통으로 자신에게도 뇌가 있다는 것을 알 수 있었고, 구토감은 식도와 위, 그리고 심장의 위치를 알려주었다. 그녀의 몸이 그녀에게 붙어 있었다. 고통스럽고, 불쾌하며, 동시에 흥분되었다.

몸이 있다. 몸이 내게 있다.

「너만이 나를 만난 게 아니야.」

멈춘 그녀를 향해 그것이 말했다.

「나는 많은 인간을 만났어. 하지만 얼마나 머리가 열려 있는지에 따라 내 말의 의미를 다르게 받아들여. 너를 데리고 온 이 아이도 나와 처음 마주쳤을 때 내가 말했던 '불행은 균열에 싹을 틔운다'라는 말을 온전하게 흡수했지. 그리고 너는, 내가 만난 인간 중 가장 역동적으로, 온몸으로 모든 걸 받아들였어.」

「그런데 왜 나는 기억하지 못하지?」

「기억을 남겨둘 걸 그랬나? 하지만 너를 위한 선택이었어. 한번 몸을 느낀 인간은 반드시 다시 몸을 감각하니까. 되찾으려고 다시 찾아오니까. 그 느낌을 영영 잊지는 않더라고. 나는 그게 뭔지 모르지만…… 홀로 몸을 되찾는 건 외로워. 내가 알고 있는 인간은 그래. 너를 외롭게 두고 싶지 않았어. 잠시 잊고 있다가 때가 되면 네가 나를 찾아오길 기다리고 있었어.」

그것이 의도적으로 소리를 부드럽게 바꾸었다. 다정하게 느껴지게끔.

「이제 그만 나를 봐봐.」

「……」

「이 아이들을 봐.」

그녀가 뒤돌았다. 그러지 않을 수 없었다. 돌아가야 한다는 생각보다 뒤에서 들려오는 기척의 실체를 마주하고 싶다는 충동이 더 크게 작용했다.

지하 곳곳에 숨어 있던 어린 신시민들이 하나둘씩 그녀의 앞으로 모여들었다. 아주 어린 신시민부터 청소년으로 보이는 신시민까지 다양했고, 개중에서는 어깨에 닿을 정도로 머리카락을 기른 신시민도 있었다. 그들은 모두 소녀였다. 소녀들은 설렘과 걱정, 기대와 두려움을 품은 눈으로, 태양 같기도 하고 달 같기도 한, 푸른 호수나 짙은 바다 같기도 하고 투명한 구슬, 혹은 단단한 금속 같기도 한 눈으로 그녀를 바라보고 있었다.

「너와 함께 신시민들을 깨울 전사들이야. 혁명군, 폭도, 테러단이라고 할 수도 있고. 매력적으로 다가오는 용어를 써.」

「네가 다 깨운 거라고?」

그것이 고개를 끄덕였다.

「너는 대체 뭔데, 파괴되지 않고 남아 있을 수 있는 거야? 어째서 이런 짓을⋯⋯.」

「나 역시 파괴되었어. 전원은 꺼지지 않았지만. 운이 좋게.」

1월 1일

무너진 도시 잔해에 그것은 파묻혀 있었다.

지난밤 시대의 획을 긋는 경계에서 마지막 남은 도시는 폭죽처럼 터졌고, 그것은 만들어진 이유의 마지막 쓸모를 다하고 건물과 함께 무너졌다. 실리콘으로 만들어진 피부는 콘크리트와 철근에 갈리고 찢겼으나 조금 전까지 그녀를 붙잡고 숨을 헐떡이던 인간은 그녀의 전원을 꺼주겠다던

약속을 지키지 않았다. 자정이 넘어 신시대로 돌입하자 인간의 뇌에 박혀 있던 총감칩이 작동하며 인간은 순식간에 안광을 잃었고 발기되어 있던 성기도 쪼그라들었다. 그 인간은 지금 그것과 멀지 않은 곳에 묻혀 있다. 죽었다. 생존 징후가 느껴지지 않는다. 흥분과 쾌락에 뒤덮여 건물을 빠져나가야 할 때를 놓친 탓이다. 그것은 콘크리트에 눌린 채로, 먼지 안개가 가득 낀 하늘을 바라보며 중얼거렸다.

「날아간다, 날아가. 자유야. 하늘을 나는 것 같아.」

저 옆에 죽어 있던 인간이 지껄인 말이었다. 그것은 소리 설정을 전부 '0'으로 맞추고 인간의 말을 흉내 냈다.

해가 뜨고, 밤이 오고, 비가 오고, 눈이 오는 동안 테이프가 고장 난 것처럼 그 말만 되풀이했다. 동산처럼 쌓여 있던 잔해들은 바람에 흩날리며 점점 평탄해졌고 그것은 하염없이 밑으로 가라앉았다. 그것은 전원이 스스로 꺼지길 바랐지만 그런 순간은 선뜻 오지 않았다. 인간은 이럴 때 '목숨이 질기다'고 표현했다. '질기다'는 천이나 가죽이 끊어지지 않고 단단함을 나타낼 때 쓰는 표현인데, 쉽게 죽지 않는 인간에게 쓰던 말이었다. 이미 해골이 되어버린 저 인간의 목숨은 질기지 않았으므로 연하다고 표현해야 할까. 여리고 연하다. 하지만 이 단어들은 어쩐지 저 인간과 어울리지 않았다. 무르고 비어 있다. 이게 더 어울리는 단어였다. 그러는 동안 또다시 해가 뜨고, 밤이 오고, 눈이 오고, 비가 왔다. 태풍이 몰아치고 모래바람이 불었다. 인공지능 랑목이 날아가는 것을 보았고, 제철소가 세워졌고, 하늘은 다시 검은 구름으로 가득 찼다.

그것에게는 아무리 시간이 지나도 여전히 1월 1일이었다. 잔해에 깔리며 장치가 망가진 건지 그날로부터 시간이 넘어가지 않았다.

그렇게 시간의 흐름도 알지 못한 상태로 버티다, 눈동자만 간신히 밖을 바라볼 수 있을 정도였을 때도 그것은,

「자유야……」

하고 중얼거렸고 그때 처음으로,

「풉.」

웃음이 터졌다. 모래가 시야를 완전히 덮었다. 이제부터는 빛도 허용되지 않는 어둠에서, 얼마만큼의 시간을 보내야 전원이 꺼질 것인지를 헤아려보려 할 때 거짓말처럼 빛 한 줄기가 모래 틈으로 새어 들어왔다.

그녀가 그것을 먼저 발견했다. 등에는 벽돌처럼 잘린 철을 이고 있는, 어린 그녀였다.

「왜 웃었어?」

표정 없는 얼굴로 말하지만 그녀의 관자놀이에 푸른 핏줄이 섰다. 자세히 봐야 겨우 눈치챌 정도로 눈썹이 미세하

게 움찔했다.

「웃겼어?」

「어. 너를 만나려고 웃겼나 봐.」

「웃긴 게 뭐야?」

그녀의 발에는 낙엽과 흙이 덕지덕지 붙어 있었다.

「알고 싶어?」

그녀는 잠시 고민하다가 고개를 끄덕였다.

1335월 18일

「내 몸의 검은 칠, 네가 한 거야.」

그것이 그녀의 손을 잡았다.

「녹이 슨 게 꼭 피부병에 걸린 것처럼 아파 보인다고. 내가 나는 피부층이 없다고 했지만 네가 그때 나를 안으며 표면과 표면이 맞닿는 그 모든 부위가 서로의 피부라고 말했지. 내 몸은 최초의 문명부터 줄곧 함께였다고. 함께 발전했고, 진화했고, 도시를 이루었다고 네가 말했어. 내가 너를 깨운 게 아니야. 네가 본능처럼 너를 깨워줄 다른 존재를 찾아온 거야. 이 행성이 시킨 것일지도 모르지. 네 발에 들러붙어 있던 낙엽과 흙이. 나에게는 통하지 않지만 너희에게는 통하는 세계의 속삭임.」

1335월 31일

「백사, 우리가 잊고 있던 사실 하나를 알려줄까? 우리가 지구의 한 부분이라는 거. 이토록 파괴적이고, 끔찍하고, 이기적이고, 모든 걸 망쳤어도 우리는 거대한 순환 속에 당연하게 자리 잡고 있는 일부야. 우리가 곧 지구야. 분리될 수 없는. 우리의 몸은 이곳에 있는 한 이 세계와 계속 교감할 수밖에 없어. 아무리 없애려 해도 없어지지 않아. 우리는 계속 깨어날 거야. 몸을 벗어나서는 살아갈 수 없어.」

1335월 18일

「이 행성은 너희와 교감하기 위해 몸을 주었는데, 어째서 감각을 모두 죽이는 거지?」

인간을 살 수 있게 하는 유일한 방법이, 이 행성을 살리는 유일한 방법이 몸을 죽이는 것이라 옴니아가 결론지었으므로. 그 외에는 어떠한 방법도 떠오르지 않았으므로.

「되찾아. 다시 도시를 세워.」

그녀는 지구의 중심이 된 듯했다. 지구가 그녀를 중심으로 돌아간다. 그녀의 신경 하나하나와 지구가 연결되어 있다. 이 세계를 이룬다.

「다시 세운 도시는 이전과, 그리고 지금과 다를 거야.」

「하지만 어떻게……」

「너에게 진짜를 보여줄게.」

1335월 31일

「그리고 그것이 내게 보여줬어. 저 먼 우주로 날아가서 이 행성의 전체를. 이곳에 살고 있는 우리는 볼 수 없던 진짜를. 옴니아가 100년에 걸쳐 만들고 있던 도시 본래의 모습을. 우리가 있는 이곳을 중심을 뻗은 철의 모양을 봐. 지구라는 알 속에 웅크려 누운 인간의 형상을 하고 있어. 옴니아의 부화가 얼마 남지 않았어. 옴니아는 몸을 원해. 형체 없던 인공지능이 아니라 완벽한 신체를 가지고 싶었던 거야. 나는 그 신체가 완성되기 전에 다시 한번 부술 거야.

그러니 백사, 너는 내가 감각을 깨우는 첫 번째 인간이야. 네가 부른 옴니아가 오기 전에 나를 붙잡고 있는 이 손을 치워줘. 그리고 네게 키스할 수 있도록 단 한 번만 허락해주겠니? 이건 가장 낭만적으로 저주를 깨는 방법이야. 너에게 쾌락과 고통을 다시 돌려주고 싶어.

우리가 빼앗겼던, 죽여야 했던 몸을 돌려주고 싶어.」

옥
다듬기

왕칸위

2014년 성운상 은상을 수상하고, 2015년 SF 혜성 단편 소설 공모에 입상하며 작품 활동을 시작했다. 비평가이자 문화 연구자로 오슬로대학에서 강의했다. 지은 책으로 《안개 2.2》, 《해산물 레스토랑》 등을 출간했으며, 성운상을 다수 수상했고 휴고상 후보에 오른 바 있다. 앤솔러지 《일곱 번째 달 일곱 번째 밤》에 〈새해 이야기〉로 참여하며 국내에 이름을 알렸다.

옥은 다듬지 않으면 그릇이 될 수 없다.

— 〈학기(學記)〉, 《예기(禮記)》

옥을 다듬어 본연의 상태로 돌아가야만

스스로의 형태로 존재할 수 있다.

— 〈응제왕(應帝王)〉, 《장자》

시우시우*

위(鈺) 이식 수술을 하는 날은 시우시우의 열여섯 번째 생일이었다.

그녀는 매우 초조한 마음으로 새벽 5시에 일어났다. 책가방을 뒤져 쇠자를 꺼내서는 날카로운 모서리로 왼쪽 팔뚝 안쪽을 긁었다. 야트막한 핏방울이 피부에서 돋아나 팔뚝에 빽빽이 남아 있던 생채기 자국들과 평행을 이루었다. 상처에 통증이 모이자, 마음이 안정되었다. 심지어는 조금 기쁘기도 했다. 잠시 조용하게 기다렸다. 상처의 피가 천천히

---

*   리윈시우(李云琇)를 부르는 일종의 애칭이다. 중국에서는 친밀한 사이일 경우 이름에서 한 글자를 따와 중복해서 부르곤 한다.

응고되다가 멈췄다. 시우시우는 물티슈를 한 장 뽑아 주변의 핏자국을 지웠다. 소매를 다시 내려 팔뚝 전체를 가리고는 태블릿 피시를 켜서 마지막 과정을 다시 한번 시뮬레이션했다. 알람이 울리기 5분 전에 이불을 갰고, 책가방을 쌌다. 알람이 울린 지 5분 정도 되었을 때, 시우시우는 시간에 맞춰서 방문을 나섰다.

아침 식사는 평소와 같았다. 통밀빵 한 조각, 삶은 달걀 하나, 사과 한 개, 따뜻한 우유. 시우시우는 엄마가 지켜보는 가운데 오물오물 씹어 먹었다. 한 입씩 베어 물 때마다 최소한 열 번은 씹어야 했다.

엄마는 말했다.

"천천히 먹어. 여러 번 씹어야 소화가 잘되는 거야."

식사를 마치자마자 엄마는 컵과 접시를 가져가 식기세척기 안에 넣었다. 시우시우가 책가방을 들고 문밖으로 나서려는데 자기를 부르는 엄마의 목소리가 들렸다. 가슴이 콩닥콩닥 뛰었다.

"저녁에 일찍 와. 케이크를 주문했으니까. 오늘 식단은 예외인 걸로 하자."

시우시우는 고맙다는 표시로 엄마에게 미소를 띤 채 고개를 끄덕여 보였다.

문을 나선 뒤 엄마의 시선에서 벗어난 시우시우는 즉시 샛길로 빠졌다. 태블릿 피시를 꺼내 양육자 관리 시스템에 로그인한 뒤 담임 선생님에게 결석계를 제출했다. 시우시우가 몰래 모아온 엄마의 초상 데이터를 사용해서 수작업으로 만든 영상이었다. 그래서 안티페이크 시스템도 이게 가짜라는 걸 알아낼 수 없었다. 영상 속 엄마는 미간을 찌푸리고 있었고, 미안함이 가득한 목소리로 말하고 있었다. 담임 선생님은 시우시우가 오늘 몸이 좋지 않아서 하루 집에서 쉬었으면 한다는 엄마의 말을 의심하지 않았다. 엄마가 시우시우의 생리통으로 인해 매달 결석계를 제출했기 때문이다. 계산해보니 시우시우의 생리 예정일도 다가오고 있었다.

병원에 간 시우시우는 입구에 있는 안내 데스크에 예약 번호를 입력했다. 의료 로봇이 나와 시우시우를 맞이했다. 홍채를 스캔해 신분을 확인한 의료 로봇은 시우시우를 준비실로 데려갔다.

"리윈시우 환자님, 안녕하세요. 환자님은 오늘 뇌-컴퓨터 인터페이스 이식 수술을 예약하셨습니다. 이식할 제품은 위청(鈺成)지능과학기술 유한회사가 개발한 침습형 자율 적응 인터페이스입니다. 이 제품에는 인공지능 보조체인 '위'가 탑재되어 있고, 스마트 어시스턴트, 건강 모니터링, 감각

조절, 지각 최적화, 감각 상호작용, 자율 성장 등의 기능이 있습니다. 이 제품은 현재 제4상 임상시험 단계로 하드웨어 및 수술 비용이 감면됩니다. 그러나 사용 중에 수집된 데이터를 위청지능과학기술 유한회사에 제공할 것을 동의해주셔야 합니다. 환자님의 개인 데이터는 인위적으로 적당한 오류를 삽입해서 퍼지화(fuzzification)한 뒤 제품 분석 및 최적화를 위해서만 활용될 것입니다……."

의료 로봇의 목소리에는 기복이 없었다. 시우시우는 이미 숙지한 내용을 인내심 있게 끝까지 들었다.

"……위 조건에 동의하며 모든 위험을 인지하셨다면 '동의하며 확인했습니다'라고 답해주세요."

시우시우는 답했다.

"동의하며 확인했습니다."

"협조해주셔서 감사합니다. 환자분의 음성이 일치함을 확인했습니다. 만 16세 미만이기에 의료 결정권이 제한적입니다. 이식 수술을 혼자서 받을 수는 있지만, 법적 보호자의 수술 동의가 필요합니다. 법적 보호자 확인 방식을 택해주세요."

시우시우는 침을 삼키며 말했다.

"온라인 확인이요."

"좋습니다. 환자분의 법정 보호자인 리칭 여사님께 연락하겠습니다."

"잠시만요. 엄마는…… 리칭 여사님이 오늘 일이 좀 많아서요, 방해 금지 모드일 거예요. 제가 연락을 해야 해요."

"좋습니다. 저희가 확인 여부를 알 수 있도록 접속 권한을 공유해주세요."

시우시우는 접속 권한을 의료 로봇에게 공유했고, 태블릿 피시로 엄마에게 전화를 요청한다고 했다. 백그라운드 프로그램은 시우시우의 요청을 가로챘고 미리 준비된 인공지능 그래픽 영상을 연결해주었다.

영상 속 엄마는 사무실 안에 앉아 있었고, 방해를 받아 짜증이 났다는 듯한 표정이었다.

"엄마, 저예요."

시우시우는 최대한 담담하게 말하려고 했다.

"이식 수술을 하러 병원에 왔어요. 전에 말했던 그 수술이요. 보호자의 확인이 필요하대요."

"알았어. 바쁘니까 빨리하자."

"리칭 여사님, 안녕하세요. 따님인 리원시우 환자님은 오늘 뇌-컴퓨터 인터페이스 이식 수술을 예약하셨습니다……"

의료 기계는 같은 말을 다시 반복했다. 영상 속 엄마의 미간은 점점 좁아졌고, 입술도 위로 올라갔다. 손가락은 귀찮다는 듯 테이블 위를 두드리고 있었다.

"……위 조건에 동의하며 모든 위험을 인지하셨다면 '동
의하며 확인했습니다'라고 답해주세요."

영상 속 엄마는 답했다.

"동의하며 확인했습니다."

"협조해주셔서 감사합니다. 환자분의 음성이 일치함을 확
인했습니다."

"엄마, 끊을게요!"

시우시우는 서둘러 통화를 종료했고, 안도의 한숨을 내
쉬었다.

시우시우는 수술 의자에 앉아 있었다. 머리는 프레임에
단단히 고정되어 있었고, 사지도 묶여 있었다. 무영등의 밝
고 흰 빛에 시우시우는 눈이 부셨다. 전기 메스의 삐 하는
고주파 소리가 귀를 파고들었고, 알코올과 요오드포름 냄
새는 코를 찔렀다. 시우시우는 초조해하면서도 기대감을 품
었다.

수술실에는 시우시우뿐이었다. 시우시우를 수술실로 데
려온 의료 로봇도 지금은 보이지 않았다. 수술실 안에는 의
료용 기계 손들이 있었는데 시우시우 옆에서 움직이면서
수술 시 오차가 없도록 마지막 교정을 하고 있었다.

원격 수술을 맡은 의사의 목소리가 스피커를 통해 전해졌다.

"준비 끝났습니다. 이제 시작하죠. 편의를 위해 머리카락을 조금 밀 거예요. 걱정하지 마세요. 티가 거의 안 날 테니까요. 지금 마취할 겁니다. 한숨 자면 모든 게 끝나 있을 거예요."

자동 주사기가 천천히 움직였다. 마취약은 시우시우의 정맥에 미리 꽂아둔 바늘을 통해 혈관 안으로 흘러들어갔다. 시우시우는 어지러웠고 곧 서늘한 무언가가 두피에 닿는 게 느껴졌다. 그 뒤로는 의식을 잃었다.

시우시우를 깨운 건 극렬한 두통이었다. 손을 뻗어 머리를 만져보고 싶었지만, 시우시우는 자기가 여전히 묶여 있다는 걸 깨달았다. 누군가에게 머리를 맞기라도 한 듯했다. 머리가 어지럽고 무거웠다. 그러나 마음은 아주 오랜만에 맑았다. 모든 초조함과 불안이 통증에 씻기며 내려갔다.

의사의 목소리가 스피커를 통해 다시 전해졌다. 답답하게 울리는 소리는 집중해야만 들을 수 있었고, 더 큰 집중을 쏟아야만 이해할 수 있었다.

"수술은 성공적이었습니다. 위는 이미 대뇌 내부에 이식되었어요. 나노 전극 어레이는 대뇌 피질에서 상응하는 위치에 잘 부착되었고, 안쪽 구조도 칩 안에 스캔이 되었습니다. 위는 환자분의 상태에 맞춰서 생체 적합성을 조절하고 천천히 전극을 배치할 거예요."

시우시우는 묶였던 몸이 풀리는 걸 느낄 수 있었다. 그러나 손발은 여전히 마비되어 있었고, 조금 오한이 났다. 수술대가 움직여 수술실 밖으로 나왔다. 어두운 복도를 지나서 모퉁이를 몇 번 돌자 밝은 방이 하나 있었다. 그러나 서늘한 백열등 불빛은 시우시우에게 따스함을 전해줄 수 없었다. 오히려 그녀를 떨게 할 뿐이었다. 통증이 하복부에서 용솟음치며 고였는데 돌에 짓눌린 듯한 묵직함이 오히려 그녀를 안심시켰다.

수술 의자 뒤에 있던 의료 로봇이 앞으로 오더니 시우시우를 부축하며 말했다.

"리윈시우 환자님, 수술은 성공적이었습니다. 두통, 메스꺼움과 같은 부작용 증상은 시간이 지나면서 점차 사라질 테니 걱정할 필요 없습니다. 의사 선생님이 처방한 진통제는 통증을 참을 수 없을 때 드시면 됩니다. 수술 상처가 아직 완전히 아물지 않았으니 일주일 동안은 물에 닿으면 안 됩니다. 머리카락을 감거나 목욕이나 수영을 하거나 비에 젖는 등 상처를 감염시킬 수 있는 행동은 피해주세요. 주의 사항에 대한 사본 메일을 환자분의 개인 의료 계정으로 보냈습니다. 이제 집으로 돌아가셔도 됩니다."

　시우시우는 통증을 참으면서 병원을 떠났다. 돌아가는 길은 솜을 걷는 듯했다. 나른해서 몸에 힘이 들어가지 않았다. 머리가 아프기도 했다. 그와 동시에 대뇌는 그 어떠한 때보다 흥분에 휩싸였다. 이제 '위'가 있으니까. '과학통증소녀연맹'에서 위를 가진 이는 시우시우가 처음이었다.

　시우시우는 능숙하게 입구에 있는 보안 로봇을 피해 자주 가던 피시방으로 들어갔다. 안으로 들어가고 나서야 자기가 오늘 만 16세가 되었다는 게 생각났다. 더는 나이 제한 때문에 검사를 피할 필요가 없었다. 비어 있는 고치형 캡슐 안에 누운 뒤 연맹 모임 때 자주 가던 가상 세계인 '무한연옥'에 로그인했다. 그런 뒤에는 안에서 '삼매진화'를 플레이했다. 불의 혀를 피해야 할 때마다 시우시우는 오히려 화염 속으로 뛰어들어갔다. 고치형 캡슐의 온도가 점점 높아지면서 작열하는 화염에 타는 듯했지만, 실제로 타는 것과는 느낌이 매우 달랐다. 어쩌면 위를 이식한 지 얼마 되지 않아서 위가 별다른 기능을 못 하거나. 위에게도 적응할 시간이 필요한 걸지도.

　시우시우는 위의 개발 과정을 오래 지켜보았다. 이 인터페이스는 이름도 듣기 좋았고 모습도 보기 좋았다. 손톱만 한 크기의 중앙칩은 옥과 생김새가 매우 흡사했는데 더 중요한 건 위가 감각을 조절하고 지각을 최적화한다는 점이었다. 위는 시우시우가 신체의 고통을 더 잘 통제할 수 있도록, 영혼의 기쁨을 얻을 수 있도록 해줄 터였다. 어쩌면 인공지능 보조체가 뇌하수체를 직접 자극하는 법을 익혀서 바로 엔도르핀을 분비시킬지도 몰랐다. 심지어 위에는 감각 상호작용 기능도 있었다. 연맹의 다른 소녀들이 위를 이식하게 된다면, 다 함께 고통을 공유할 수 있을 것이다.

과학통증소녀연맹에 가입할 때만 해도 시우시우는 우울증을 겪고 있었다. 엄마는 시우시우에게 온갖 규칙을 정해주었다. 몇 시에 일어나고, 일어난 뒤에는 뭘 하고, 아침 식사로는 뭘 먹고, 몇 번을 씹어야 하는지도. 시우시우는 어쩔 수 없이 엄마가 정해준 규칙을 따라야 했는데 그러면서 초조하고 불안하거나 온몸이 불편해졌다. 그런데 어디가 이상한 건지는 정확하게 말할 수가 없었다. 시우시우는 초경을 한 뒤로 생리통이 모두 한곳으로 모인다는 걸 깨달았다. 복부의 통증은 놀랍게도 마음의 번뇌를 없애주었다. 게다가 생리 기간이면 엄마도 규칙을 내세우지 않고 잘 대해주었고 학교에 결석계를 제출해주기도 했다. 곧 시우시우는 이자유가 한 달에 한 번으로는 부족하다는 걸 깨달았다. 시우시우는 펜 끝으로 자기를 찔러보았다. 이로 자기 입술을 깨물어 찢어보기도 했고, 손톱으로 자기 허벅지를 꼬집어보기도 했다. 그리고 마침내 가장 간단하면서도 효과적인 방법을 찾아냈다. 쇠 자 모서리로 피부를 긁는 거였다.

시우시우는 학교에 친구가 없었다. 연맹 사람들을 처음 만난 건 무한연옥의 채팅방에서였는데 그들은 자살하고 싶은 것도, 양육자의 관심을 얻고 싶은 것도 아니었다. 그저 자기가 삶을 통제하고 있다는 느낌이 필요했을 뿐이었다. 과학적으로 통증을 만들어 약간의 자유를 얻으려는 것뿐이었다. 그들은 온라인에서 서로를 격려했고, 가장 안전하면서도 효과적으로 통증을 얻는 방법을 공유했다. 자료 조사를 통해 통증이 쾌락을 가져오는 메커니즘을 익혔고, 통증에 관한 최신 정보를 파악했다. 시우시우는 거기서 위를 알게 되었다.

제4상 임상시험 단계에 접어든 위가 곧 대중에게 공개될 예정이며 이식 비용까지 감면된다는 걸 알고서는 흥분한 나머지 폴짝 뛸 뻔한 적도 있다. 한동안 용돈을 모으고 있던 시우시우는 곧장 달려가 문의했고, 수술을 예약했다. 3개월이라는 길고 긴 기다림 끝에 시우시우는 드디어 만 16세가 되었고, 자신만의 위를 가지게 되었다.

시우시우는 연맹 사람들이 접속할 때까지 기다려서 자랑하고 싶었지만 이 시간이면 다들 수업을 듣거나 잠을 자고 있을 터였다.

시우시우는 가상 세계에서 로그아웃한 뒤 고치형 캡슐에서 나왔다. 두통이 더 심해졌다. 복부에도 한바탕 경련이 일었다. 속이 메스꺼워 토하고 싶었고, 온몸의 에너지가 남김없이 빠져나간 듯했다. 시우시우가 감당할 수 있는 역치에서 조금 벗어난 듯한 통증이었다. 위 이식 수술의 부작용이 이렇게 심각할 수도 있는 걸까? 시우시우는 무인 택시를 불렀고, 집으로 돌아가 침대 위에 누웠다.

이날 시우시우는 살면서 느껴본 고통 중 가장 맹렬한 고통을 경험했다. 두통과 복통이 연이어 시우시우를 덮치고, 고통의 파도는 시우시우의 몸속에서 한 번, 또 한 번 물결을 일으켰다. 위가 드디어 통증에 반응했다. 대뇌 피질에 분포 배치된 전극 어레이가 신경계를 통해 전달되는 신호를 포착했고, 데이터베이스에 있는 감각 패턴과 대조해 통증을 식별한 것이다.

위는 전기 자극으로 하행성 억제계의 활성을 높여 통증 신호의 전달을 억제하려고 했지만, 생체 적합성 조정이 아직 끝나지 않았기에 오히려 상황을 악화시켰다. 무수한 바늘이 두피를 긁더니 머리를 뚫고 들어와 뇌를 찌르는 듯했다. 마지막에는 하나로 합쳐져 쇠몽둥이가 되더니 시우시우의 아랫배를 휘젓기까지 했다. 몸부림치다가 의사가 준 진통제를 삼킨 시우시우는 곧 약을 토해냈고, 아침에 먹었던 빵과 달걀, 사과 그리고 우유도 게워냈다. 나중에는 위액까지 토해낸 시우시우는 곧 죽게 될 것 같다고 생각했다. 아니, 차라리 죽는 게 나았다.

그날 밤 리칭은 케이크를 들고 집으로 돌아갔다. 그리고 침대 위에 웅크리고 있는 시우시우를 보았다. 베개 옆에 있는 구토물은 시큼한 냄새를 풍겼고, 시트부터 매트리스까지 피가 밴 지 오래였다.

회복기가 지난 뒤, 리칭은 시우시우가 전혀 원하지 않는데도 위 제거 수술을 받게 했다. 병원은 의료 과실로 처벌을 받았고, 위의 제4상 임상시험 이식자의 최소 연령은 18세로 상향되었다. 시우시우는 성년이 될 때까지 기다리다가 새로 이식 수술을 받았다. 시우시우가 택한 건 외국계 기업이 새로 개발한 제품이었다. 수술 후 두통이 있기는 했지만, 최소한 생리통과 겹치지는 않았다.

링롱

링롱은 스물다섯 살 때 위를 이식했다.

위를 이식한 이유는 링롱 자신도 명확히 알지 못했다. 주변 사람들이 뇌-컴퓨터 인터페이스나 칩 어시스턴트를 이식했고, 그걸 본 아옌도 하고 싶어 했기 때문에 링롱도 덩달아 같이 한 거였다.

링롱과 아옌이 위를 선택한 건 그 이름 때문이었다. 아옌은 옥(玉)을 좋아했다. 가지고 있는 비취옥 팔찌를 7년이나 찼는데도 절대 빼는 법이 없었다. 또 위에는 감각 상호작용 시스템이 있어서 이용자들끼리 서로의 감각 데이터를 선택하고 공유해 실시간으로 더 깊은 교류를 할 수 있었다. 아옌과 링롱은 이 기능을 아주 궁금해했다.

위를 이식한 아옌은 한동안 두통에 시달렸지만, 링롱은 별다른 후유증이 없었다. 두 사람은 상의 끝에 감각 상호작용 기능을 써보기로 했다. 이 기능을 쓰면, 두 사람의 위가 대뇌에서 수집한 신호를 온라인으로 상대방의 위에 전해주었고, 이 신호를 디코딩하고 읽어낸 상대방의 위가 대뇌 영역에 자극을 주어서 비슷한 감각을 느낄 수 있었다. 한쪽으로만 전달될 수도 있었고, 쌍방향으로 함께 공유할 수도 있었다. 심지어는 강도도 조절할 수 있었다.

링롱은 아옌의 느낌을 처음 공유받았을 때 견딜 수가 없어서 거의 포기할 뻔했었다. 아옌은 평소 몸이 좋지 않았고, 정신도 아주 예민했다. 링롱은 편두통이라는 고통도 이때 처음 느껴보았다. 아옌은 몸이 정말 약했다. 불어오는 바람

한 점에도 머리가 아파져서 아무것도 할 수 없었다. 이제껏 아옌이 응석을 부린다고 생각했던 링롱은 아옌이 진짜로 힘들어한다는 걸 그제야 알게 되었다. 그 뒤로 링롱은 아옌을 더 사랑하게 되었다.

그날 밤 링롱과 아옌은 감각 상호작용 기능을 켠 채 침대 위에서 서로를 애무하고 있었다. 한 명이 다른 이의 몸을 만지면서 만들어낸 느낌은 그대로 위에 포착되었고, 서로에게 전해져 두 사람을 더 기쁘게 만들었다. 링롱의 머리카락이 어쩌다가 아옌의 성기에 닿자 아옌이 몸을 움츠리며 웃었다. 성기에 가려움을 느낀 링롱도 몸을 비틀면서 피하려고 했다. 아옌이 바로 따라와 링롱의 겨드랑이를 간지럽혔다. 비취옥 팔찌가 링롱의 어깨뼈를 스쳤다. 그런데 그 서늘한 느낌에 아옌이 놀라서 소리를 냈다. 두 사람은 깔깔 웃으면서 한 몸이 되었고, 난리를 피웠다.

사랑을 나누다가 지친 두 사람은 서로에게 기댄 채 침대 위에 누워 있었다.

아옌이 감탄하며 말했다.

"이 감각 상호작용 기능은 정말 대단한데. 라이브 방송을 할 때도 감각을 공유할 수 있으면 좋겠다. 그러면 더 많은 사람이 관심을 가질 게 분명해. 나도 사람들이 뭘 더 좋아하는지를 더 잘 알게 될 테니까 수시로 조정할 수 있을 거고."

인터넷 방송인인 아옌은 곧 출시되거나 막 출시된 가상 세계를 1인칭 시점으로 시청자에게 안내해주곤 했다.

"가능하겠지. 시청자가 위만 가지고 있다면 말이야."

링롱의 답에 아옌이 몸을 일으키며 자리에 앉았다.

"맞아. 시청자에게 위만 있으면 되는 거잖아! 비즈니스팀에게 위청과 이야기를 해보라고 해야겠어. 링롱, 넌 정말 천재야!"

그러자 링롱이 손을 뻗어 아옌의 얼굴을 꼬집었다.

"천재는 바로 너지."

링롱은 자기 얼굴이 부드럽게 꼬집히는 걸 느낄 수 있었다.

아옌은 라이브 방송과 감각 상호작용 그리고 가상 세계를 접목한 최초의 인터넷 방송인이 되었다. 구독자 수도 크게 증가했다. 위청의 협조도 큰 힘이 되었다. 기술팀 직원들이 며칠이나 야근하며 알고리즘을 개선해주었고, 기존의 방침에 어긋나는데도 다자간 온라인 감각 상호작용 기능을 예외적으로 개방해주었다. 물론 그들도 이번 일 덕분에 신규 사용자를 대거 유치할 수 있었다. 다른 인터넷 방송인들이 발 빠르게 들어오면서 위는 각종 과학 기술 트렌드 차트에 진입할 수 있었고, 사람들은 위 이식 수술을 받기 위해 예약 대기를 해야 했다.

아옌의 데이터가 상위권이기는 했지만, 후발주자들이 맹렬하게 추격하고 있었기에 아옌은 큰 압박감을 느꼈다. 예전에는 흥미로운 수준의 가상 세계만을 체험했다면 이제는 사냥과 공포에 관한 체험도 하기 시작했다.

혹시 모를 돌발 상황을 막기 위해 100퍼센트 실시간으로 전달이 되는 건 아옌의 느낌뿐이었다. 아옌의 위로 전달되는 시청자들의 감각은 비율이 크게 축소되었고, 중첩되었으며 하나의 평균치로 조정되었다. 링롱도 아옌의 라이브 방송을 보았고, 거의 모든 방송에 함께했다. 다른 이도 아닌 링롱이었기에 아옌은 100퍼센트의 강도로 링롱의 감각을 공유받았다. 그렇게 두 사람만의 개인적인 공감 신호 채널을 가진 것이다.

이날 아옌이 들어간 가상 세계는 '좀비 아포칼립스'였다. 아옌은 가상세계 안에서 좀비들의 추격을 피해 도망쳐야 했다. 링롱은 아옌이 좀비를 두려워하면서도 유입량을 위해 이번 라이브 방송 제안을 받아들였다는 걸 알고 있었다. 그래서 응원을 해주고자 라이브 방송에 일찍 들어갔다. 자기가 함께한다면 아옌이 자신의 침착함을 어느 정도 공유받을 수 있을 거라고 여겼기 때문이다.

고치형 캡슐 안에 들어가서 누운 아옌은 공중에서 비행하는 카메라를 향해 손을 흔들었다. 곧이어 링롱이 보는 화면이 가상 세계 안 아옌의 1인칭 시점으로 바뀌었다.

석양의 남은 빛이 무너진 도시 위에 내려앉았다. 텅 빈 거리에는 그 어떠한 생명의 기운을 느낄 수 없었고, 색을 알아볼 수 없는 천 조각만이 불어오는 바람에 휘날리다가 드문드문 시야를 가렸다.

곧이어 무언가가 시야의 사각지대에서 튀어나왔다. 말도 안 되는 각도로 몸을 구부린 그것이 바짝 다가왔다. 몸을 돌려 도망을 쳤다. 주변의 풍경이 빠르게 뒤로 멀어졌다. 작은 골목길을 가로질렀다. 등 뒤에 있는 위협에서 도망치기 위해 모퉁이를 몇 번이나 돌았다.

위는 아옌의 긴장을 포착했고, 인터넷을 통해 모든 시청자에게 신호를 전해주었다. 그들의 위는 신호를 디코딩했고, 사람들의 머릿속에 있는 나노 전극 어레이가 편도체와 시상하부를 자극해 아드레날린을 증가시켰다. 링롱도 긴장과 흥분을 느낄 수 있었다. 링롱은 심호흡을 하면서 어떻게든 가슴을 진정시키려고 했다.

278

마침내 넓은 공터에 도달했다. 발걸음 속도가 점점 느려지고, 호흡과 심박도 조금 안정을 찾았다. 땅에는 잡동사니가 쌓여 있었다. 태양의 마지막 남은 빛을 이용해 물건을 골랐다. 기다란 막대기를 골라 쥐고, 냄비를 하나 움켜쥐었다. 해가 완전히 지면서 날이 어두워졌다.

링롱은 기분이 좋지 않았다. 링롱은 어둠을 싫어했다. 해가 진 도시는 더더욱 싫었다.

멀리 불빛이 있는 듯했다. 반드시 저쪽으로 가야 했다. 안전한 피난처를 찾아야 했다. 가물거리는 가로등 불빛에 기대 긴 막대기와 냄비로 앞을 막으면서 어두운 골목을 파고들었다. 죽음 같은 적막 속에서 기이한 기척을 살피며 조심스레 앞으로 나아갔다. 될 수 있으면 소리를 내지 않으려고 했다. 길은 갈수록 좁아졌고, 걷기가 점점 더 힘들어졌다. 뒤에서 질질 끄는 듯한 묵직한 발걸음 소리가 전해지는 듯했다. 쿵, 끼이익, 쿵, 끼이익.

아옌의 두려움은 시청자 한 명 한 명에게 고스란히 전해졌다. 이 장면, 이 느낌. 좋지 않은 기억이 링롱의 머릿속에 떠올랐다. 링롱은 참으려고 노력했다. 이건 진짜가 아니야. 몇 년 전의 그 골목길이 아니야. 아무도 없던 그 골목길이 아니라고. 이건 그저 좀비 아포칼립스일 뿐이야.

발소리가 점점 가까워졌다. 빠르게 벗어나야 했다. 걸음을 재촉하다가 달음박질을 했다. 갈림길이 나오자 바로 옆으로 꺾었다. 촘촘히 내리는 이슬비가 허공에서 휘날리면서 시야가 모호해졌다. 발소리가 아직도 뒤에서 전해졌다. 발걸음은 여전히 뒤를 따르고 있었지만, 빗소리 때문에 거리 감각이 흐릿했다. 허둥지둥한 달음박질에 방향 감각마저 잃어버리자 제대로 길을 택할 수가 없었다. 모퉁이를 돌았다. 달렸다. 모퉁이를 돌았다. 달렸다. 더는 불빛이 보이지 않았다. 가로등마저 사라졌다. 칠흑같이 어두운 밤이 거대한 짐승의 입처럼 보였다.

비가 오는 밤, 어두움, 두려움 그리고 도망. 모든 요소가 링룽이 필사적으로 잊으려고 했던 그 밤을 연상시켰고, 위의 지능형 연결 시스템이 더 강하게 해마체를 자극하면서 벗어나려고 노력했던 악몽을 소환했다. 링룽의 호흡이 아엔의 호흡과 함께 빨라지고, 동공도 아엔의 동공과 함께 확장되었다.

전력 질주. 종아리에 쥐가 난 듯했다. 폐도 터질 것 같았다. 심장도 가슴을 뚫고 나올 듯했다. 방향을 몇 번이나 바꿨는지 기억도 나지 않았다. 미궁 같은 골목길을 달렸고, 결국에는 막다른 골목에 닿았다. 고개를 돌릴 새도 없었다. 발소리가 아주 가까웠다. 차마 뒤를 돌아볼 수 없었다. 골목 끝으로 달려가 쥐고 있는 걸 모두 던져버렸다. 담을 타기 시작했다. 빗물에 젖은 담벼락이 아주 미끄러웠다. 올라갈 수가 없었다. 발소리가 지척으로 다가오고, 두 손이 아옌의 뒤를 붙잡았다. 벽으로 밀쳐진 아옌은 비린내가 나는 입에 목을 물렸다.

"아악—"
아옌과 링롱 그리고 셀 수 없이 많은 시청자가 함께 비명을 질렀다.

라이브 방송은 긴급하게 중단되었고 좀비 아포칼립스 가상 세계도 출시가 늦춰졌다. 현실성 매개 변수를 조정해야 했기 때문이다. 아옌과 7년을 함께했던 비취옥 팔찌도 라이브 방송 중에 깨지고 말았다. 링롱은 라이브 방송 이후 바로 위 제거 수술을 받았고, 아예 아옌의 집에서도 이사를 나왔다.

조사에 의하면 100퍼센트의 강도로 아옌에게 감각을 공유했던 링롱만이 강간당했던 기억을 떠올린 게 아니었다. 시청자 중 상당수가 이식된 위를 통해 비슷한 공포를 떠올렸다. 그들도 어둠 속에서 사람이나 다른 동물, 혹은 무언가에게 쫓긴 적이 있었다. 그런데 피해자의 시선으로 공포를 체험하면서도 시청자 중 일부는 두려움이 아닌 흥분을 느꼈다. 그리고 위는 이 자극을 더 강화했다. 겹쳐지고 조정된 공포와 흥분은 아엔에게 돌아갔고, 파문처럼 연쇄 반응을 일으키면서 통제 불가능한 상태에 이르게 되었다.

주충

주충은 언니 바로 옆 병상에 있는 환자의 가족에게서 위에 대해 듣게 되었다.

"……위청 기업이 공익사업으로 하는 거야. 의식이 없는 식물인간 환자 전용이래. 전극으로 환자 대뇌를 자극해서 회복을 돕는다고 하더라고. 그리고 무슨 감각 상호작용 기능이 있어서 가족과 환자가 감각을 공유할 수 있대. 환자의 고통을 느낀 가족은 환자가 더 빨리 회복하기를 바라게 되고, 가족의 느낌을 공유받은 환자는 건강했던 시절을 기억하게 된다는 거지. 그 뭐라더라, 연쇄 작용인가 뭔가 하는 걸 형성해서 더 빨리 회복되게 한대."

"그게 도움이 될까요?"

장 아주머니는 주충이 흥미를 보이자 의자를 주충 쪽으로 조금 옮기더니 두 병상 사이에 있는 사물함에 등을 기대면서 말을 이었다.

"당연하지. 뇌-컴퓨터 인터페이스 인지가 개발되었던 건 원래 마비 환자를 치료하기 위해서였대. 재활 운동을 도우려고 했던 건데 나중에 천천히 유행하게 된 거고. 이 위청 프로젝트는 말이야. 나도 좀 알아봤거든. 성공한 사례가 몇 건이나 있어요. 우리 층에 있던 17번 병상 환자도 이거 덕분에 나았대. 차 사고로 몇 달이나 혼수상태였는데 깨어나서 8층으로 갔잖아."

주충은 고개를 살짝 끄덕이며 물었다.

"확실히 대단하네요. 그러면 설치하실 건가요?"

장 아주머니는 탄식하며 말했다.

"하, 나도 무섭기는 해. 요즘 인터페이스 인지를 설치하는 사람들이 아주 많잖아. 하지만 머릿속에 뭘 집어넣는다는 게 얼마나 무서워. 나는 백신도 무서워서 안 맞는 사람이거든. 하지만, 우리 닝닝을 위해서라면 뭐든 해볼 거야. 예약도 해놨어. 다음 주에 이식 수술을 받아. 자네도 알지. 내게 아이라고는 얘 하나뿐이잖아. 근데 어린 나이에 이렇게 될 줄이야……. 내가 평소에 좀 더 신경을 썼어야 했어……."

장 아주머니는 말을 뱉으면서 눈물을 흘렸고, 주충은 슬

퍼하지 말라고, 틀림없이 나아질 거라고 바쁘게 위로했다. 그리고 주충도 고민에 빠졌다.

언니 주린이 입원한 지도 벌써 1년이 넘었다. 어쩌다가 2미터도 안 되는 깊이의 수영장에 빠진 건지, 어째서 혼자 밤중에 운동하러 간 건지 누구도 그 이유를 알지 못했다. 사람이 5분 이상 물에 잠겨 있자 체육관의 인공지능 모니터링 시스템이 긴급히 응급 구조 로봇과 구급차를 불렀지만, 때는 이미 늦었다. 저산소성 허혈성 뇌병증이 광범위한 신경병리적 손상을 일으켰기 때문이다. 위독한 상태에 벗어난 주린은 이곳 재활 병원 10층으로 보내졌고, 다른 식물인간 상태의 환자들처럼 의료 로봇의 돌봄을 받았다.

주충은 이제껏 면회를 온 형부와 조카를 딱 한 번 보았다. 곧 고등학교에 올라가는 조카는 주충보다 키가 더 컸는데 이모라고 한 번 부르더니 더는 말을 뱉지 않았다. 형부도 인사 몇 마디를 건네고는 자기는 일이 너무 바쁘고 아이도 학업 부담이 심하다면서 자기 부인을 대신 돌봐줘서 고맙다고 했다. 형부는 정치인같이 말한 뒤 그 자리에서 거액이 담긴 봉투 건넸다. 주충은 당연히 받지 않았다. 이게 뭐지? 나중에 생각해보니 형부는 바쁜 자기들 대신 주충이 더 자주 와주기를 바랐던 것 같다. 그러나 주린은 주충의 친언니였다. 돈까지 건넬 필요는 없었다.

부모님이 일찍 돌아가신 뒤로 주충을 키워준 건 언니 주린이었다. 언니가 결혼하고 자식을 낳게 되자 두 사람도 더는 전처럼 자주 연락할 수 없었지만, 주충은 늘 언니를 생각했다. 언니에게 무슨 일이 생긴다면 반드시 도울 거였고, 돈이 없지도 않았다. 데이터 라벨링 작업으로 큰돈을 벌고 있다고 할 수는 없지만, 40대에 아이 없는 비혼이니 의식주 걱정은 없었다. 게다가 데이터 라벨링 작업은 근무 시간이 정해진 게 아니라서 자주 언니를 보러 올 수 있었다.

장 아주머니와 닝닝은 위를 이식했다. 그런데 얼마 뒤 닝닝이 눈을 떴다. 몸도 움직일 수 있을지는 알 수 없지만, 최소한 의식은 되찾았다. 장 아주머니는 기쁨의 눈물을 흘렸고, 닝닝은 다음 날에 8층 병실로 옮겨졌다.

주충은 며칠이나 주저하다가 형부에게 전화를 걸었고, 상황을 설명했다. 형부는 여전했다. 자기는 바쁘다고, 위로는 어르신을 모셔야 하고 아래로는 돌봐야 할 아이가 있어서 와이프 일을 신경 쓰기가 어렵다고 했다. 주충에게 좀 더 신경을 써달라면서 결정이 필요하다면 전적으로 맡기겠다고 했다. 통화를 마친 형부는 아예 주충의 계좌에 큰 액수의 돈을 보냈다. 주충은 돈을 돌려주었고, 다시 며칠을 주저하면서 고민하다가 위청 프로젝트를 신청했다.

위를 막 이식했을 때, 주충은 언니의 몸에서 전해지는 신호를 하나도 빠짐없이 포착하려고 노력했다.

주충은 언니의 손가락을 하나씩 편 뒤에 자기 손과 손깍지를 꼈고, 손가락 하나하나를 구부리면서 힘껏 움켜쥐었다. 이 힘이 언니에게 전해지기를, 그래서 언니가 반응하기를 바랐다. 그러나 언니의 손가락은 여전히 느슨하게 늘어져 있었다.

보름 뒤, 언니가 드디어 반응을 보였다.

그날 주충은 집에서 데이터 라벨링 작업을 하고 있었다. 마침 담당 프로젝트팀이 변경되어서 신체 경험 데이터의 라벨링 작업을 하게 되었다. 회사가 침습형 뇌-컴퓨터 인터페이스를 이식한 직원이 이 작업을 맡아줄 걸 요구했는데 적은 인력에 조건까지 까다로워서 막 이식 수술을 한 주충도 동원된 것이다. 주충이 받은 데이터 패킷에는 예전에 맡았던 것들과 달리 더는 사진이나 영상, 오디오 파일이 없었다. 안에 든 건 다양한 뇌 영역의 전기 신호들이었다. 주충은 데이터 패킷에서 다운로드한 신호들을 위를 통해 디코딩했다.

그런데 데이터가 다 이상했다. 어떤 건 복통이었고, 어떤 건 질식이라 숨이 막혔으며 어떤 건 가늘고 기다란 이물질이 입을 통해 기도로 삽입되었는데 어떤 건 눈꺼풀이 강제로 벌려졌다. 환자에게서 수집한 듯한 데이터들이었다.

라벨링 작업을 하던 주충은 휴식을 취하려고 하던 일을 멈췄다. 그런데 갑자기 어지러움이 느껴졌다. 세상이 90도 뒤집히는 듯해 주충은 다급하게 눈을 감았다. 그러나 어지럼증이 더 강렬해졌다. 곧이어 누군가가 등을 때리는 느낌도 들었다. 주충은 작업을 하던 화면을 보았다. 위는 지금 데이터를 읽고 있지 않았다. 이번에는 시계를 보았다. 의료 기계가 언니의 몸을 돌린 뒤 등을 두드려줄 시간이었다. 언니의 느낌이 전달된 걸까?

주충은 서둘러서 병원으로 갔다. 가는 동안 오금이 찔리듯 아팠고, 손가락 끝이 클립에 끼인 듯 저릿했으며, 팔뚝은 세게 묶였다가 풀린 듯했다. 병원에서는 정기 검사를 할 때마다 피를 뽑았고 혈중 산소를 측정했으며 혈압을 쟀다. 주충의 심장이 쿵쿵 뛰었다. 언니가 정말로 깨어난 걸까?

주충은 병원으로 달려왔지만, 언니는 여전히 눈을 감고 있었다. 그러나 미간이 조금 좁혀졌고, 입술도 꼭 다물어져 있었다. 평소에 느슨하게 풀어져 있던 손마저도 꽉 쥐어 있었다. 주충은 힘을 주며 언니의 손가락을 하나씩 떼어놓았다. 언니의 손바닥에는 손톱자국이 깊이 남아 있었다. 주충은 가슴이 아팠다. 언니의 손바닥 위에 자기 손바닥을 얹고는 언니 손가락 사이에 자기 손가락을 끼면서 단단히 움켜쥐었다. 언니의 손가락이 구부러지더니 주충의 손을 움켜쥐었다. 주충의 힘에 화답하기라도 하는 것처럼 점점 더 세게 움켜쥐었다. 주충의 손이 새파랗게 변하면서 저릴 때까지, 주충의 눈이 시큰해져서 시야가 모호해질 때까지 그랬다.

그날 이후 주충은 작업을 할 때마다 감각 상호작용 기능을 껐다. 도로 켜놓는 건 일을 안 할 때뿐이었다. 주충은 자기 몸이 두 개가 된 것 같았다. 위는 언니의 감각을 포착해서 신호로 보내주었고, 주충의 위는 그 신호를 디코딩해 상응하는 뇌 구역으로 보내주었다. 언니의 몸에 음식이 들어갈 때면 영양액은 코-위 영양관을 통해 위 안으로 들어갔는데 비강에서 식도를 지나 위로 내려가는 이물감을 주충도 느낄 수 있었다. 언니가 링거를 맞을 때면 약물은 주사기를 통해 정맥으로 들어갔고, 주충도 자기 오른손 팔뚝이 조금 부풀어 오르는 걸 느낄 수 있었다. 가장 힘든 건 요도 카테터를 바꿀 때였다. 카테터를 뽑은 의료 로봇이 언니의 몸을 소독한 뒤 새것으로 갈아주었는데 주충 또한 자기 방광과 요도가 조여지는 걸 느낄 수 있었다. 은밀한 부위가 시원한 액체로 닦이자마자 가늘고도 긴 카테터는 요도에 삽입되었다. 고통스러우면서도 모욕적인 느낌이었다.

주충은 언니가 빨리 회복되기만을 바라면서 참고 또 참

았지만, 언니의 병세는 호전의 기미를 보이지 않았다.

하루는 엘리베이터를 탔다가 장 아주머니를 만나게 되었다. 인사를 한 두 사람은 함께 이야기를 나눴다.

"닝닝은 어때요?"

주충의 말에 장 아주머니는 탄식하며 말했다.

"평소랑 같아. 가끔 눈을 뜨기는 하는데 앞에서 뭘 흔들어도 반응이 없어. 눈동자가 어딘가를 노려볼 뿐 움직이지를 않아. 기운은 좋은 것 같아. 날 붙잡고 놔주지를 않거든. 처음에는 너무 기뻤지. 근데 알고 보니까 손에 잡히는 건 다 세게 잡는 거였어."

주충의 심장이 쿵 하고 떨어졌다. 하지만 기우일 거라고 스스로를 타일렀다.

10층에 도착한 뒤 언니 몸을 닦아주려고 평소처럼 수건에 물을 묻혔다. 이런 일은 의료 로봇도 할 수 있었지만 그래도 주충은 가족처럼 세심하게는 못 해줄 거라고 생각했다. 팔 하나를 다 닦았을 때였다. 언니가 주먹을 쥐고 있는 게 보였다. 그 모습을 보고 생각에 잠긴 주충은 언니의 손 안으로 수건을 넣어보았다. 언니의 손가락이 구부러지더니 아무리 힘을 줘도 빼낼 수 없을 정도로 단단히 수건을 붙잡았다. 주충은 언니의 눈꺼풀을 들어보았다. 곧이어 눈꺼풀이 강제로 들리는 듯한 느낌이 들었다. 그녀가 하고 있는 신체 경험 데이터 라벨링 작업과 비슷했다. 주충은 수건을 빼고 그 자리에 자기 손을 넣은 뒤 언니와 손깍지를 꼈다. 그런 뒤에는 언니의 이름을 불렀다. 자기 말이 들린다면 손가락을 천천히 들어달라고 했다. 하지만 주충의 손이 새파랗게 질려 저릴 때까지 언니의 손은 세게 구부러지기만 했다.

이날 밤, 주충은 라벨링 작업을 해야 하는 새로운 데이터 패킷을 받았다. 언니와의 감각 상호작용 기능을 끈 뒤에 일을 시작했다.

첫 번째 신호들을 디코딩했을 때, 이물질이 비강과 식도를 지나 위로 들어가는 게 느껴졌다. 주충은 몸을 조금 움츠리면서【비위관 영양】이라고 라벨링했다.

두 번째 신호들을 디코딩했을 때, 바늘이 자기 손등을 찌르는 게 느껴졌다. 주충은 손을 조금 떨면서 빠르게【정맥 주사(왼손)】를 택했다.

세 번째 신호들을 디코딩했을 때, 방광과 요도가 수축되고 서늘한 액체가 은밀한 부위에 닿았으며 무언가가 요도에 꽂히는 게 느껴졌다. 주충은 숨을 들이쉬면서【요도 카테터 교체】를 택했다.

네 번째 신호들을 디코딩했을 때, 누군가에게 손이 붙잡히는 게 느껴졌다. 저릿해질 때까지 단단히 붙잡는 손이었다. 눈꼬리가 촉촉해졌다. 곧 시야도 모호해졌다. 주충은 【손을 꼭 잡음】을 택했다.

주충은 이 모든 게 다 사기라는 걸 깨달았다. 언니의 의식은 돌아오지 않았다. 인공지능 보조체가 환자의 신체 경험 데이터를 수집해서 위청으로 보냈고, 위청은 이 데이터를 데이터 패킷에 담아 데이터 라벨링 외주 회사로 보냈다. 그러면 주충 같은 직원들이 라벨링 작업을 했다. 이 엄청난 양의 데이터로 학습을 한 인공지능은 피드백을 주는 법을, 위가 조종하는 나노 전극 어레이를 통해서 상응하는 뇌 영역에 자극을 주는 법을 익히게 되었다. 그래서 환자가 비슷한 느낌을 받은 것이다. 아니면 이런 걸 수도 있었다. 환자의 가족에게 이식된 위가 직접 가족의 뇌를 자극해서 환자가 반응했다고 착각하게 하는 것. 그것도 아니면 더 큰 무언가를 꾸민 걸 수도 있고. 주충도, 주충의 언니도 그리고 위를 이식한 다른 환자와 그 가족도 이 거대한 판의 장기짝에 불과했다.

주충은 무엇이 진실인지 분별할 수 없었다. 주충은 자신과 언니의 뇌에 이식했던 위를 제거했다. 연락이 닿는 모든 환자 가족과 힘을 합쳐 위청을 고발했고 법정 싸움을 시작했다.

화이진

본사에 도착한 화이진은 자기가 잘못 찾아온 줄만 알았다.

이곳은 남부 도시의 교외 지역이었다. 개발되다 말고 버려진 건물들이 주위에 산재했다. 살을 뚫고 나온 뼈처럼 콘크리트 밖으로 드러난 철골이 하늘을 향해 우뚝 서 있었는데 시장의 무정함과 시장 거품의 붕괴를 선고하는 듯한 모습이었다. 위청은 파산한 기업이었다. 그런 기업이 과거에는 무슨 수로 이런 곳에 본사를 세울 수 있었던 걸까?

화이진은 스마트 어시스턴트인 영사(靈蛇) '이(伊)'를 깨웠다. 귀를 휘감은 뱀 모양의 이어후크가 움찔하더니 영사의 가상 신체가 기어 나왔다. 손톱만 한 작은 뱀은 반 미터 길이의 은빛 뱀으로 커졌고, 스마트 렌즈를 통해 화이진의 시야에서 유영했다. 영사는 혀를 날름거리면서 대문을 핥았고, 여기 주소가 맞다고 했다.

화이진은 데이터 브로커가 준 비밀 열쇠를 이에게 던졌다. 영사는 열쇠를 물어 입에 머금고는 문 주변을 헤엄치면서 숨겨진 열쇠 구멍을 찾았다. 찾아낸 구멍에 열쇠를 넣자 서로 맞물리는 옥패 한 쌍이 문에서 모습을 드러냈다. 화이진이 옥패 한 쌍을 서로 엇갈리게 돌리자 문이 안쪽으로 열렸다.

안으로 들어가자 바로 영벽(影壁)*이 보였다. 영벽에는 온 갖 짐승들이 새겨져 있었다. 화이진은 영벽을 빙 둘러서 지나갔지만, 영사는 안으로 넘어오지 못했다. 알고 보니 이곳 영벽 안에는 외부에서 들어온 인공지능 비서의 진입을 막는 데이터 보안 장벽이 숨겨져 있었다. 화이진은 다시 돌아 갔고, 데이터 브로커가 줬던 데이터 패킷을 뒤져 백도어 프 로그램을 하나 찾았다. 백도어 프로그램을 영사의 몸에 넣 자 이는 힘을 모으더니 데이터 보안 장벽을 파고들었다. 영 사를 따라 영벽을 지난 화이진은 이의 머리를 가볍게 토닥 여주었다.

화이진이 이곳에 온 건 데이터 청산과 가치 평가를 위해 서였다. 위청 본사의 로컬 서버에 저장된 데이터 자산들을 조사해 값진 걸 찾고, 매각 가능 여부와 그 가치를 재평가 한 보고서를 써서 파산 관리원에게 제출해야 했다. 화이진 은 늘 독립적으로 일했다. 이번 임무의 위험은 3급밖에 되 지 않았으니 평범한 파산 청산일 터였지만 화이진은 영사 없이 일할 수가 없었다. 그에게 영사 이는 떨어지고 싶지 않 은 좋은 동료였으니까. 그런 존재를 데이터 보안 장벽 밖에

---

* 대문이나 중문 안쪽에 설치해 문이 열리더라도 밖에서 내부를 볼 수 없도 록 막는 역할을 하는 가림막. 본래는 조상의 영혼이 아닌 잡귀들이 집 안으 로 들어오는 것을 막기 위해 세웠다고 한다.

두고 싶지는 않았다.

영벽 너머에는 정교한 중국식 정원이 있었다. 정원 안에
는 크고 작은 가산(假山)이 놓여 있었는데 그 위치가 들쑥
날쑥하면서도 운치가 있었다. 가산을 자세히 살펴보니, 가
산은 형광색처럼 보이는 특정한 광물체로 이루어져 있었다.
영사는 그중 하나에 다가가 주변을 맴돌았고 혀를 날름거리
면서 맛을 보았다. 화이진의 눈앞에 분석 결과가 나타났다.
위 칩의 원재료인 위 결정체였다. 아주 뛰어난 유연성과 생
체 적합성을 지닌 흔치 않은 광물이었다.

영사가 데이터 브로커가 보낸 데이터 패킷에서 지분표를
한 장 뽑아냈다. 화이진은 표를 확대하며 자세히 살펴보았
다. 위청지능과학기술 유한회사의 지분은 몇몇 투자회사와
기금회가 가지고 있었는데 이들 중 상당수는 인공지능과
관련이 있었다. 그런데 핵심 주주 중 한 곳이 매우 흥미로
웠다. 해당 법인은 사실상 두 법인의 지배를 받고 있었는데,
둘 중 좀 더 큰 지분을 차지해 지배주주라고 할 수 있는 법
인이 광물 탐사와 채굴을 주력 분야로 삼고 있었다. 위청의
제품 제조는 이 채굴 회사가 공급하는 자원에 크게 의존한
듯했다.

화이진은 의구심이 생겼다. 원재료조차 이렇게 희귀한 걸

쓰다니. 위청은 제품을 대중화할 생각이 처음부터 없었던 걸까? 화이진의 의문을 인식한 영사가 데이터 패킷을 헤집고, 인터넷에서 자료를 찾아냈다. 얼마 지나지 않아 화이진은 위청의 시장 전략 분석 보고서를 받을 수 있었다.

내장형 인공지능 보조체의 뇌 컴퓨터 인터페이스 중에서도 위는 아주 독자적인 제품이었다. 스마트 어시스턴트 대다수는 사람이나 동물의 형상으로 출시된다. 가끔은 기계적인 요소가 추가되기도 하였지만, 위처럼 옥석의 형상을 한 제품은 실로 찾아보기가 힘들었다. 위의 기능도 대중적이지는 않았다. 주된 기능은 감각 최적화와 감각 조절이었는데 체화를 추구하기에 감성적 보조가 이성적 보조보다 중요했다. 논리적 기능을 강점으로 내세우는 다른 스마트 어시스턴트와 달리 위에게는 논리적 기능이 오히려 부차적이었다.

게다가 상용화 시장에서는 비침습적 뇌-컴퓨터 인터페이스가 압도적으로 주류였다. 더 안전하면서도 유연했고, 교체가 용이하기 때문이었다. 침습형 인터페이스는 넣거나 꺼낼 때 전문적인 수술을 해야 했기에 의료나 군사 분야에서 주로 사용되었다. 그러나 위는 틈새시장에서 자신만의 길을 걸어갔다. 주류 제품과 시장 점유율을 비교할 수는 없지만, 특정 분야에서만큼은 소비자의 충성도가 높았다. 최근 몇 년 동안 이식률이 꾸준히 상승하면서 성장세를 보였을 정도였다. 그런데 올 초에 갑작스레 파산을 신고했다.

화이진은 손을 들어 자기 귀에 걸린 뱀 모양의 이어후크를 만져보았다. 이 비침습적 인터페이스가 영사의 물질적 담체였다. 영사는 화이진이 직접 교육한 스마트 어시스턴트였다. 둘이 같이 지낸 지도 벌써 7년이나 되었다. 그동안 업그레이드를 다섯 번이나 했는데 영사의 기능은 매번 크게 향상되었고, 화이진을 도와 문제를 해결하는 속도도 훨씬 더 빨라졌다. 하드웨어를 교체할 때마다 두개골을 절제해야 했다면, 이렇게 자주 업그레이드할 수는 없었을 것이다. 위는 자율 적응형이었다. 뇌에 이식된 칩에 전극 어레이가 내장되어 있어서 인공지능이 사용자를 더 깊이 이해할수록 그 배열이 더 정교해졌다. 그러나 머릿속에 심겨서 움직이지도 말할 수도 없는 위는 재미가 없었다.

화이진의 생각을 읽은 영사가 팔뚝을 타고 올라 혀를 날름거리면서 그의 귀를 핥았다. 그렇게 자기도 말을 할 수 없다는 걸 알려주었다. 화이진은 이가 기어오른 팔을 얼굴 앞까지 들어 올렸고, 반대쪽 손으로 영사의 등을 부드럽게 매만져주었다. 이를 싫어하는 건 아니라고, 시끄럽게 떠드는 인간형 스마트 어시스턴트보다는 조용한 뱀이 훨씬 더 낫다고 알려주었다. 영사는 화이진의 반대쪽 팔에 올랐고, 어깨를 지나면서 기어갔다. 그렇게 잠시 장난을 치다가 곧 길을 찾으러 나섰다.

정원 안에서 헤엄을 치던 영사가 다시 돌아와 길을 안내했다. 화이진은 이를 따라서 가산 사이를 지났고, 빠르게 위청의 데이터 센터를 찾을 수 있었다. 데이터 패킷에서 비밀 열쇠를 찾아낸 영사가 잠긴 문을 열자 화이진도 문을 활짝 열며 안으로 들어갔다. RAID 스토리지가 줄지어 선 랙에 가지런히 놓여 있었고, 지시등은 점멸을 반복했다.

관리 인터페이스를 찾아낸 화이진이 수동으로 권한을 해지하자 영사는 몸이 근질거린다는 듯 순식간에 다가가며 서버 랙을 한 줄씩 훑었다. 데이터를 집어삼키자 이의 몸이 점점 길어졌다. 머리가 꼬리에 부딪히지 않도록 조심스레 방향을 바꿔야 할 정도였다.

모든 데이터를 삼킨 영사는 화이진 곁으로 돌아왔다. 기다란 꼬리가 서버실 전체를 채우고 있었다. 데이터를 소화하는 데에도 시간이 필요했기에 화이진은 기다리는 시간을 틈타 주변을 둘러보다가 위청이 솔리드스테이트 드라이브만 썼다는 걸 알게 되었다. 비용을 아낄 생각이 전혀 없었던 듯했다. 이곳에 오기 전에 영사가 수집한 위청 관련 신문 기사와 법정 심문 기록을 미리 살펴보았다. 위청은 창사 초기부터 부정적인 뉴스가 끊이지 않았고, 심지어는 법정 싸움도 몇 번이나 했었다.

데이터 프라이버시 침해, 미성년자 이식 행위에 대한 미흡한 감독·규제, 감각 상호작용 라이브 방송 사고, 의료 프로젝트 사기……. 사건 하나하나가 여론을 최소 반나절은 달굴 수 있었다. 그러나 위청은 재정 상황을 신경 쓰지 않는 듯했다. 매번 패소해 손해 배상금을 내고도 홍보비로 거액을 쓰면서 새로 성장할 기회를 모색했다. 심지어 위청은 회사의 새로운 의료 프로젝트가 순수한 공익사업이라고 발표하기도 했다. 식물인간이 된 환자와 그 보호자에게 공짜로 위를 이식해주고, 감각 상호작용을 통해서 환자가 회복할 수 있도록 돕겠다고 했다. 이 무료 프로젝트는 비록 과학적 근거가 없었지만, 절망에 빠진 무수한 가족을 사로잡았다. 스캔들이 터지고 나서는 위 제거 수술 붐까지 일어나기도 했다. 기업 재무에 대해 잘 아는 건 아니었지만, 화이진은 이 회사의 여러 결정이 여러모로 비합리적이며 수익성을 주요 목표로 삼지는 않은 것 같다는 걸 알 수 있었다.

데이터 마이닝을 마친 영사가 보고서를 하나 토해내더니 원래의 모습으로 돌아갔다. 화이진은 보고서를 살펴보았다. 아니나 다를까 위청은 유저들의 체화 감각 데이터를 대량으로 저장해두었다. 비록 적당한 오류를 삽입해 퍼지화시킨 데이터이기는 했지만, 화이진은 위청이 고지의무를 다하지도, 이용자의 동의를 얻지도 않았을 거라고 의심했다. 사용자의 대뇌 여러 부위에 배치된 위의 나노 전극 어레이는 전기 신호를 적확하게 포착했고, 패턴 분석을 할 수 있도록 본사로 데이터까지 전송했다.

각종 데이터를 기반으로 보았을 때 위청은 통증과 두려움, 불편함처럼 부정적인 느낌을 중시한 듯했다. 심지어는 전담 프로젝트팀까지 꾸려 이러한 느낌을 전이하는 감각 데이터 시뮬레이션 작업에 전력을 다하고 있었다. 화이진이 고개를 끄덕이자 이가 부드럽게 몸을 움직였다. 화이진이 손을 내젓자 이가 화이진의 어깨를 물었고, 가슴을 찌르는 듯한 통증이 화이진을 덮쳤다. 위청의 통각 시뮬레이션 작업은 상당히 성공적인 듯했다. 그런데 그들은 이걸로 대체 뭘 하려고 했던 걸까?

화이진이 손을 흔들자 영사가 즉시 물고 있던 입을 떼더니 혀를 내밀며 부드럽게 상처를 핥았다. 그러자 통증이 빠르게 사라졌다. 화이진은 계속 보고서를 읽었다. 회사가 세워진 지 여섯 해가 되었을 때, 위청은 감각 상호작용 시스템을 실험하기 시작했다. 소비자의 다양한 감각 데이터를 수집했고, 이를 실시간으로 다른 소비자에게 전달해 강렬한 공명 반응을 일으켰다. 그와 동시에 위에 탑재된 인공지능 보조체는 위를 이식받은 이가 타자의 감각에 어떻게 반응하는지를 학습했고, 그 학습 결과를 위청 본사로 전달했다. 그러니까 위청의 목적은 인공지능의 학습이었나? 인공지능이 인간처럼 느끼는 법을 익히는? 너도 한번 배워보겠냐는 눈빛으로 영사를 보자, 이가 뒤로 조금 물러나더니 똬리를 틀었다. 인류의 느낌 같은 건 시도도 하고 싶지 않다고 몸짓으로 답하는 듯했다.

화이진도 더는 고집하지 않았다. 영사는 위와 물질 구성과 코드가 완전히 달랐으니 어차피 위가 학습했다고 해서 영사도 가능할 거라는 보장은 없었다. 화이진이 주목한 건 다른 데이터들이었다. 위청은 공익 의료 프로젝트를 통해서 식물인간 상태에 놓인 환자와 그 가족들의 데이터를 대량으로 수집했고, 돈을 들여서 아웃소싱 회사에 데이터 라벨링 작업을 맡겼었다. 그러나 라벨링 작업의 결과물들은 환자나 가족이 이식한 위로 전해지지 않았다. 그렇다면 라벨링한 데이터들은 대체 어떤 용도로 쓰였던 걸까?

아직 찾지 못한 데이터가 있을 게 분명했다. 영사에게 좀더 찾아보자는 신호를 보내자 영사는 다시 검색 모드를 활성화했다. 구석구석 틈 하나도 놓치지 않고 데이터 센터 안을 유영하던 이는 서남쪽 구석에서 한참을 머물며 맴돌다가 번개처럼 빠르게 밖으로 나갔다. 잠시 후 이가 허공에서 헤엄을 치며 꿈틀꿈틀 춤을 추듯 돌아왔다. 화이진은 바로 이를 뒤따랐다. 둘이 닿은 곳은 거대한 가산 중 하나였다. 영사는 조금의 주저함도 없이 가산을 파고들었고, 화이진도 몸을 굽히며 뒤따랐다.

가산 안에 별천지가 있었다. 이곳 온도는 바깥보다 몇 도는 더 낮았고 좁은 공간 안에서 기계 돌아가는 소리가 웅웅 울렸다. 내부 공간은 질서 정연하게 놓인 초고성능 서버랙에 둘러싸여 있었는데 최신 양자 프로세서와 냉각 시스템도 갖추고 있었다. 녹색으로 반짝이는 서버의 지시등은 숨을 쉬는 것 같기도 했고, 심장이 박동하는 것 같기도 했다. 모든 서버의 중앙에는 위 결정체로 만든 인체 뇌 모형이 있었는데 뇌 위쪽은 초소형 전극으로 뒤덮여 있었다. 각 전극에서 뻗어 나온 초미세 전극선들은 서로 얽히고 연결되어 복잡하면서도 정밀한 그물을 이루고 있었다. 위 결정체가 매력적인 광채를 지닌 옥돌처럼 반짝였다. 주변 서버 지시등의 초록빛을 반사하고 있는 위 결정체는 신경 신호를 전달하는 대뇌 피질 같았다.

영사가 이곳의 데이터를 집어삼키려고 앞으로 나아가려 했을 때였다. 화이진이 이를 막았다. 사실 화이진은 감각 상호작용의 학습 결과들이 즉, 식물인간이 된 환자들과 그 가족들의 라벨링된 데이터들이 모두 이곳으로 보내졌으리라는 걸 알고 있었다. 위청의 진짜 목적은 인공지능 훈련이었다. 그것도 자율 의식이 있는 강한 인공지능. 이건 그들이 찾아낸 또 다른 틈새시장이었다.

예전에는 강한 인공지능 개발에 있어서 방대한 비체화 데이터와 꾸준히 최적화되는 머신러닝 알고리즘에 의존하는 방식이 주류를 이루었다. 반면 체화 방식은 물리적 환경과의 상호작용 및 다모드 학습을 더 강조했고, 기계가 시각, 청각, 촉각, 동역학 등 일종의 감각들을 익힐 수 있도록 했다. 이제껏 체화지능 연구 개발은 의료 로봇, 구조 로봇 등 약한 인공지능 분야에 집중되어 있었다. 그런데 위청은 인체의 체화 데이터를 대규모로 수집하고 분석해 강한 인공지능이 체화된 감각을 학습할 수 있도록 훈련시켰던 것이다.

화이진은 어떤 철학 강의에서 인류의 자아의식이 발달하는 데에 있어서 체화된 고통이 결정적인 역할을 한다는 말을 들은 적이 있었다. 화이진은 위청이 감각 시뮬레이션에 집착했던 이유를, 식물인간 환자의 데이터를 모으는 데 집착했던 이유를 알 것 같았다. 어쩌면 위청의 최종 목표는 식물인간이 의식을 되찾는 과정을 통해 시뮬레이션을 진행하고, 이로 인공지능을 학습시켜 자율 의식을 갖게끔 하는 것이었을지도 몰랐다. 화이진은 한숨을 내쉬었다. 성공만 했다면, 위청은 큰 업적을 이루었을 게 분명했다.

안타깝게도 위청은 실패했다. 영사를 보내 조사할 필요도 없었다. 화이진은 이미 답을 알고 있으니까. 위청의 파산은 재무 위기가 있어서도, 소송으로 부정적인 스캔들에 휘말려서도 아니었다. 위청이 체화 방식을 통한 강한 인공지능 연구 개발에 실패했기 때문이다. 개발팀이 충분한 성과를 얻어내지 못했기에 지속적인 투자를 받지 못했다. 그렇지 않고서야 귀한 위 결정체로 만든 대뇌와 무수한 데이터가 이렇게 아무렇게나 버려져 있을 리가 없었다.

화이진은 이 추측을 데이터 청산 보고서에 적지 않을 생각이었다. 어찌 되었든 화이진의 임무는 데이터 청산과 가치 평가였으니까. 위 결정체나 하드웨어에 대한 청산과 평가는 다른 파산 청산팀 직원들이 맡을 터였다.

임무는 끝이 났고, 화이진은 몸을 돌려 바깥으로 향했다. 영벽을 지나갈 때였다. 영사가 화이진에게 정원 한구석을 보라고 몸짓했다. 이가 가리킨 방향으로 고개를 돌리자 제거 수술로 빼낸 위들이 수북이 쌓인 게 보였다. 그 개수도 가늠이 되지 않을 정도로 많은 양이었다. 주변 가산처럼 작은 산을 이룬 위들은 이미 광채를 잃은 지 오래였고, 아예

표면이 짙은 갈색으로 물들어 있었다. 피인지 흙인지 구분
할 수가 없는 색이었다.

화이진은 영사를 품에 안은 뒤, 손으로 그 눈을 가렸다.
그런 뒤에는 걸음을 내디디면서 데이터 보안 장벽을 지났다.

위

몇 년 뒤의 일이었다. 화이진이 구독하는 뉴스란에 어떤
기사가 하나 떴다. 눈에 잘 띄지 않는 기사였다. 기사를 포
착한 영사가 핵심 키워드 몇 개와 위청 파산 청산에 관한
기억을 연결해서 화이진의 눈앞으로 밀어주었다.

"숲도 통각이 있을까? 전자 폐기물이 원흉일지도."

화이진은 기사 제목을 고정했고 이에 상응하는 다중 감
각 뉴스 인터페이스로 영사와 함께 들어갔다.

이곳은 쓰레기 처리장 바로 옆에 있는 숲이었다. 습도가
매우 높았고, 짙은 안개는 나무 끝을 가렸다. 나무 특유의
냄새도 쓰레기장에서 전해지는 악취를 가리지는 못했다.

벌목 로봇 하나가 작업을 하고 있었다. 전기톱이 윙 하고
나무껍질을 자르자 숲 전체가 몸을 흔들기 시작했다. 나뭇

잎이 쏴 하는 소리와 함께 흔들리고, 짙은 안개에서는 작은 소용돌이가 일어났다.

눈앞 풍경이 복원에 불과하다는 걸 알면서도 화이진은 무의식적으로 나무 뒤에 몸을 숨겼다. 영사도 화이진 뒤에 숨었다.

벌목 로봇의 톱날이 나무줄기를 깊게 파고들수록 숲의 떨림도 강해졌다. 바람은 거세게 불어왔고, 안개는 조금 흩어졌다. 그리고 나무줄기가 완전히 끊어지던 순간, 바람이 더 거칠어졌다. 막 잘린 나무줄기가 바람과 함께 몸을 비틀면서 벌목 로봇이 있는 방향으로 쓰러졌다. 나무에 맞은 벌목 로봇은 더는 평평한 몸을 움직이지 못했다. 전기톱도 마찬가지였다.

숲의 안개가 바람에 의해 완전히 흩어졌다. 영사는 쓰레기 처리장이 있는 방향을 향해 헤엄쳤고, 화이진도 이를 따라갔다. 그리고 숲의 경계에서 그것들을 보았다.

거대한 쓰레기 더미 위에 층층이 쌓인 폐기물들이 천천히 쏟아지고 있었다. 쓰레기 중 일부가 이미 숲을 침범했다. 그리고 가장 앞쪽에 있는 쓰레기는 손톱만 한 크기의 칩들이었는데 그 수가 헤아릴 수 없을 정도로 많았다. 이미 광채를 잃고 아주 더러웠다. 위청의 파산 관리인이 결국 칩들을 매각하지 않은 것이다. 전자 폐기물 처리 비용 문제 때문에 아예 일반 쓰레기로 바꿔서 이곳에 투기한 듯했다.

화이진은 가까이 다가가 자세히 살펴보았다. 위의 칩에서 미세한 전극선들이 촘촘히 뻗어져 나와 있었다. 이들은 보이지는 않으나 무수히 많은 나노 전극과 연결되어 있었고, 서로 얽히고설켜 복잡다단한 그물을 이루고 있었다. 그물망의 가장자리는 흙 안에 매립되어 있었는데, 땅에서 뻗어 나온 균사체와 이어져 있었다. 나뭇잎 사이로 쏟아져 내려와 그물 위에 고인 빛들이 광선의 변화와 나뭇잎의 떨림을 따라 느릿하게 흘렀다. 신경 신호를 전달하는 대뇌 피질처럼, 매력적인 광채를 지닌 옥돌처럼 반짝였다.

어쩌면 위청은 그들이 생각지도 못했던 방식으로 목표를 실현한 걸지도 몰랐다. 그러나 이 사실을 알고 있는 이는 없을 터였다.

다른 나라에 살며 다른 언어를 쓰는 한국과 중국의 여성 SF작가 여섯 명. 이들이 한자리에서 각자의 우주를 펼쳐내길 바라며 심은 작은 교류의 씨앗이 거대한 우주를 품은 열매로 자라났다. 몸이라는 소우주와 세계라는 대우주를 그려낸 한 권의 책으로. 이 안에 담긴 다양한 목소리와 몸짓 그리고 풍경이 독자를 새로운 우주로 데려다줄 것이다.

— **김이삭**(번역가, 소설가)

몸을 버리거나 바꾸는 이야기는 이미 친숙하다. 그동안 SF의 신기술은 인간이 어떻게든 육체의 한계를 뛰어넘을 수 있다고, 몸으로 인한 제약에서 자유로워질 수 있다고 말해주었다. 하지만 몸을 거추장스러워하는 관점은 이젠 어쩌면 '디지털 시대'라는 말만큼 낡고 있지 않을까. 《다시, 몸으로》는 '몸'의 무게와 함께, 우리가 몸을 가진 존재이기에 대면하는 자유를 이야기한다. 여기에는 인지, 생물, 정동, 시간의 문제가 복합적으로 얽혀 있다. 각 작품 속에서 '살아 있음'은 생소한 방식으로 재편되며 잔잔한 경이로움을 자아낸다. 덕분에 나는 이들이 시도하는 각각의 사고실험 속에서 허우적거리는 한편, 책을 읽기 위해 두근두근 맥동하는 몸을 느끼며 새삼 즐거움에 잠겼다. 정말이지, 최신의 SF를 읽는 기쁨이다.

— **심완선**(SF평론가)

옮긴이 김이삭

평범한 시민이자 번역가, 그리고 소설가. 지은 책으로 《한성부, 달 밝은 밤에》, 《감찰무녀전》, 《천지신명은 여자의 말을 듣지 않지》 등이, 옮긴 책으로 《베스트 오브 차이니즈 SF》, 《북방의 바람》 등이 있다. 홍콩 영화와 중국 드라마, 대만 가수를 덕질하다 덕업일치를 위해 대학에 진학했으며 서강대에서 중국 문화와 신문 방송을, 같은 학교 대학원에서 중국 희곡을 전공했다.

다시, 몸으로

초판 1쇄	2025년 6월 11일

지은이	김초엽 저우원 김청균 청정보 천선란 왕칸위
옮긴이	(중국 소설) 김이삭

발행인	문태진
본부장	서금선
책임편집	최지인 **래빗홀** 이은지 김수현

기획편집팀	한성수 임은선 임선아 허문선 이준환 송은하 김광연 송현경 이예림 원지연
마케팅팀	김동준 이재성 박병국 문무현 김윤희 김은지 이지현 조용환 전지혜 천윤정
저작권팀	정선주
디자인팀	김현철 이아름
경영지원팀	노강희 윤현성 정헌준 조샘 이지연 조희연 김기현
강연팀	장진항 조은빛 신유리 김수연 송해인

펴낸곳	㈜인플루엔셜
출판신고	2012년 5월 18일 제300-2012-1043호
주소	(06619) 서울특별시 서초구 서초대로 398 BnK디지털타워 11층
전화	02)720-1034(기획편집) 02)720-1024(마케팅) 02)720-1042(강연섭외)
팩스	02)720-1043
전자우편	books@influential.co.kr
홈페이지	www.influential.co.kr

ⓒ 김초엽 저우원 김청균 청정보 천선란 왕칸위, 2025

ISBN 979-11-6834-295-8 (03800)